폭설

김영현 장편소설

창작과비평사

폭설

초판 1쇄 발행/2002년 12월 10일
초판 5쇄 발행/2004년 1월 30일

지은이/김영현
펴낸이/고세현
편집/강일우 김정혜 문경미 김명재
펴낸곳/(주)창비
등록/1986년 8월 5일 제85호
주소/경기도 파주시 교하읍 문발리 파주출판도시 42블록 5 우편번호 413-832
전화/031-955-3333
팩시밀리/영업 031-955-3399 · 편집 031-955-3400
홈페이지/www.changbi.com
전자우편/literat@changbi.com

ⓒ 김영현 2002
ISBN 89-364-3345-8 03810

인간은 꿈의 세계에서 내려온다

체 게바라

Ernesto Che Guevara

차 례

눈길

이윽고 고갯마루에 닿았다.

그때까지 눈은 끈질기게 따라오며 퍼부어대고 있었다. 고개 아래로 읍내가 바라다보였다. 눈의 장막에 가려진 읍은 짙푸른 물빛 어스름 속에 한마리 커다란 짐승처럼 엎드려 있었다. 읍의 한쪽 그리 높지 않은 언덕에 낯선 풍경처럼 자리잡은 교회가 먼저 눈에 들어왔다. 크리스마스가 지난 지 한참 되었지만 아직도 첨탑을 따라 색등이 길게 늘어져 있었다. 거대한 눈의 장막은 바람이 불 때마다 사선으로 펄럭였다.

형섭은 흘낏 시계를 보았다.

오후 네시 반.

겨울인데다 눈이 와서 그런지 날이 짧았다.

두 사람은 다시 읍을 향해 서둘러 내려가기 시작했다.

읍이라지만 군부대에 기대어 사는 소읍이어서 손바닥만했는데 눈이 쌓인 거리는 마치 폭격이라도 당한 것처럼 어두컴컴하고 을씨년스러웠다. 군데군데 불이 들어와 있는 좁은 도로를 따라 전봇대와 간판이 어지럽게 늘어서 있었다.

그때, 체인을 감은 트럭 한대가 철컥철컥 소리를 내며 그들 옆으로 지나갔다. 벌떼처럼 흩날리던 눈이 잠시 헤드라이트 불빛에 갇혀 머뭇거리다가 재빨리 뒤로 사라졌다. 꽁무니에서 뽀얗게 눈보라가 일었다.

"어따, 지독하게 퍼붓는구먼. 어째 아침부터 수상하더라니깐."

차를 피해 얼른 도로 한쪽으로 비켜난 동식이 큰 소리로 말했다. 건강한 수말처럼 그의 입에서 허연 입김이 쏟아져나왔다. 근처 가게의 처마밑으로 들어간 두 사람은 먼저 모자를 벗어 머리와 어깨에 두꺼운 외투처럼 쌓여 있는 눈부터 털어냈다. 깨끗이 다려 입은 예비군복이 어느새 후줄근하게 젖어 있었다.

"대설주의보가 내렸다기에 설마했지. 하필이면 우리 빠져나오는 날 폭설이 내릴 줄 누가 알았겠수? 안 그렇수? 그나저나 어디 들어가서 따끈한 국물이라도 한그릇 헙시다."

동식이 뒤에 서 있는 형섭을 돌아보며 짐짓 호기롭게 말했다.

그러나 형섭은 아무 대꾸도 않고 우두커니 처마 밖 하늘을 올려보고 있었다. 점점 어두워가는 하늘을 배경으로 수천 수만의 눈송이들이 어지럽게 날리며 내려왔다.

어떻게 할까……

굳이 가자면 오늘 안으로 강릉까지 못 갈 것도 없었다. 형섭은 시외버스 정류장 쪽을 쳐다보았다.

아스팔트가 깔린 차도에는 길에서 밀려나온 눈으로 작은 둔덕이 만들어져 있었다. 그 위로 가벼운 벌레들의 잔해처럼 또다시 함박눈이 소리없이 쌓였다. 이 정도 눈이 온다고 하여 차가 끊기진 않았을 것이다.

그러나 강릉까지 간다고 하여 뾰족한 수가 있는 것도 아니었다. 남쪽 지방에 있는 집까지 가려면 어차피 내일 새벽차를 탈 수밖에 없었다. 그러니까 오늘밤은 어디에서든 여인숙이나 여관 신세를 지지 않을 수 없을 것이었다. 그렇다고 이 바닥에서 저 박동식이란 친구와 비비적거리며 지내는 것도 그리 썩 내키는 일은 아니었다. 함께 눈길을 걸어오는 동안 마음 한구석이 조금 허물어졌다곤 하나 돌아서면 어차피 언제 볼지도 모르는 친구가 아닌가.

공병대 출신이라는 동식과는 아까 여단(旅團)에서 전역식을 할 때 처음 만난 사이였다. 형섭처럼 대대에서 출발이 늦어져 다른 친구들이 전역식을 마치고 다 빠져나간 다음에야 어슬렁거리며 나타났던 것이다. 얼굴이 검고 곰처럼 어깨가 둥근 친구였다.

어쨌든 배가 고팠다. 그런데다 눈길 십리를 걸어오느라 형섭은 입 속이 바싹 말라붙어 있었다. 그래, 어차피 민생고는 해결하고 봐야 할 테니까 같이 밥이나 먹자. 그러고 나서 생각해도 늦지 않을 것이다.

두 사람은 처마에서 나와 근처에 있는 식당 쪽으로 발걸음을 옮겼다. 손바닥처럼 뻔한 동네라 헤매고 다닐 필요도 없었다. 두 사람은 십여 미터 떨어진 '뼈다귀해장국'이라는 간판이 달린 집을 향해 약속이나 한 듯 앞서거니 뒤서거니 걸어갔다.

유리문을 열고 들어서자 돼지고기 삶아내는 냄새가 담배연기와 함께 역하게 코끝에 감겼다. 뒤이어서 왁자지껄한 소리가 몰려왔다. 난롯가 한쪽 식탁에서 장기 하사관 대여섯 명이 둘러앉아 먹성좋게 밥을 먹는 중이었다. 식탁 중간에 놓인 쟁반에는 살을 다 발라버린 뼈다귀가 수북하게 쌓여 있었다.

"어라, 전역들 하셨구먼."

"조옹겠시다!"

두 사람을 보고 그중 누군가가 아는 체를 하며 낄낄거렸다. 어제까지만 해도 반말이었을 텐데 예비군복을 입고 나니 그래도 반높임말을 써주었던 것이다.

"선임하사님들이구려. 많이들 드시우."

동식이 그새 머리에 앉은 눈을 털며 배짱좋게 받았다.

"눈이 많이 오나부네. 씨펄, 오늘 부대 들어가려면 고생깨나 하게 생겼구먼."

뼈다귀를 빨다 말고 누군가 입으로만 걱정을 하며 말했다.

"아줌마! 여기 해장국 둘하고 쐬주 한병!"

동식이 형섭에게 물어보지도 않고 주방 쪽을 향해 큰 소리로 주문했다. 하긴 건성으로 차림판을 보아도 별로 선택할 여지가 없었다. 기다리는 동안 동식과 형섭은 똑같이 담배를 한대씩 뽑아물었다.

"포병이었수?"

담배연기를 뱉어내며 동식이 지나가는 투로 물었다.

"그렇소. 백오 밀리……"

"똥포였구먼."

동식이 뭐가 우스운지 피실피실 소리내어 웃었다.

"젠장, 아침 일찍 나가나 했더니 눈 땜에 부식차가 뜨질 않더라구요. 근데 형씨는 왜 그렇게 늦었수?"

"그냥 꾸무럭거리다 보니 그렇게 되었소."

형섭은 신통치 않은 표정으로 받았다. 눈을 맞은 어깨가 젖어서 으슬

10

으슬 한기가 돌았다. 신발 안에도 어느새 눈이 들어왔는지 축축하게 느껴졌다.

"우스운 게 사람 마음이라더니 아침에 떠나온 부대가 벌써 까마득하게 생각되는구려. 사실 난 군대 들어오기 전에도 노가다를 했다우. 국방부 인사계 애들이 귀신이라니까요. 그래, 장형은 기다려주는 애인이라도 있수?"

동식이 천장을 향해 담배연기를 기분좋게 뱉어내며 말했다.

"······없소."

형섭은 잠시 생각하다가 짤막하게 대꾸했다.

"하긴, 있으면 오늘 같은 날 가만있질 않았겠지. 근데 진작부터 느낀 것이지만 장형은 아모래도 먹물깨나 드신 것 같은데······ 대학 댕기다 왔수?"

"그렇다면 그런 셈이죠."

동식의 호기심 어린 눈빛을 피하며 형섭은 여전히 미적지근하게 대답했다.

"어쩐지."

박동식이 짐작대로라는 표정으로 미소를 지으며 말했다.

"얼굴에 그렇게 써 있다 했수. 만만한 얼굴은 아니우. 매운 눈빛에 그림자도 잔뜩 끼었구. 좋겠시다. 난 다시 그놈의 노가다판으로 곧장 앞으로 갓!이오. 뭔가 다른 팔자라도 만나볼까 하고 말년엔 공무원 시험 준비도 해보았수다만 아모래도 펜대 잡고 앉았는 게 내 팔자는 아닌게벼요. 친구 한놈이 서울 지하철에서 땅을 파는데 날더러 같이 일하자고 편지가 왔지 뭡니까. 그게 다아 팔자라니까요. 그 친구도 예전에 막장에서 일을 했는데 막장이 지하철로 바뀌었을 뿐 땅 파는 일은 매한가지

거든. 어쨌든 지금은 끈 떨어진 연 신세나 진배없으니 그 친구 자취방에서 메칠 뒹굴어보면서 생각해보기로 했수."

묻지도 않은 말에 살까지 붙여가며 동식은 장광설을 늘어놓았다.

"어쨌거나…… 박형 덕분에 눈길 잘 왔수다."

형섭은 그제야 그에게 얼핏 미소를 지어 보이며 인사치레 삼아 한마디했다. 사실 동식이 길동무라도 해주지 않았더라면 지금쯤 후줄근한 모습으로 어느 식당에선가 청승맞게 혼자 쭈그리고 앉아 밥을 먹고 있을지 모를 일이었다.

"장형은 어떻게 생각할지 모르지만 난 사실 군대생활이 맘에 꼭 들었수다. 공짜루 먹여주지 재워주지, 배운 놈이건 못 배운 놈이건 잘났건 못났건 누구나 이등병에서부터 시작해서 오대장성이라는 병장 계급까지 한번씩은 다 달아보는 곳이 군대 아니우. 나같이 못 배우고 가진 것 없는 노가다야 어딜 가나 마찬가지 인생이니까. 그래서 아예 말뚝을 박아버릴까 하는 생각도 더러 했소만……"

그는 푸념이라도 늘어놓듯 커다란 목소리로 말했다. 식당 가운데 놓인 연탄난로 위의 주전자가 끓어대고 있었다. 주둥이에서 허연 김이 흘러나왔다.

"허긴, 우리 노가다란 본디 알고 보면 철새처럼 떠돌아다니는 족속들이라서 한군데 매여 있는 건 질색이거든. 그러나 어쨌든 말뚝을 박았다 해도 후회하지는 않았을 거요. 어차피 한세상 사는 건데 이러면 어떻고 저러면 어떻겠수?"

동식이 그런 푸념을 늘어놓고 있는 동안 김이 풀풀 나는 뼈다귀해장국을 들고 주인인 듯한 뚱뚱한 여자가 나타났다. 음식을 보자 회가 요동을 치는지 배에서 쪼르륵 소리가 났다.

"자자, 군대 이야긴 집어치우고 우리 쐬주부터 한잔 합시다."

동식이 먼저 형섭의 잔을 채우고 형섭이 동식의 잔을 채운 다음 둘이 서로 부딪쳤다.

두 사람은 단숨에 잔을 비우고 나서 황급하게 뼈다귀를 집어들었다. 차고 날카로운 술기운이 창자를 찌르르 훑으며 내려갔다.

밥을 먹고 나서 어쨌든 오늘중 강릉까지는 가는 게 좋겠어. 밥술을 뜨며 형섭은 속으로 생각했다. 낼 새벽차를 타려면……

"자, 오늘은 우리의 날이오. 니기미, 눈도 내리고 잘됐지 뭐유. 한잔 쭉 하슈."

그러나 동식은 이쪽의 사정은 아랑곳없다는 듯 형섭의 빈 잔에 다시 넘치도록 술을 부어주며 말했다. 형섭은 형섭대로 속으로 딱 한잔만 더 하지 하면서 주는 대로 받아마셨다. 알코올 기운은 위장을 적신 다음 천천히 온몸의 세포를 깨우며 머릿속까지 기분좋게 번지고 있었다. 순식간에 한병을 비우고 나자 동식은 한병을 더 시켰다. 형섭은 그만 일어나야겠다고 생각하면서도 엉거주춤 다른 한병이 다 빌 때까지 자리를 지키고 앉아 있었다.

"캬아! 초옷 같구면."

동식이 소주잔을 비우고 나서 손등으로 입가를 쓱 문지르며 말했다. 그러고는 눈을 가늘게 뜨고 마치 형섭의 마음을 떠보듯 말을 이었다.

"어떻수? 내가 한잔 살 테니까 우리 '야간비행'에나 들렀다 가는 거이……"

"난 오늘중 강릉까지 갈 생각이오만……"

형섭이 무김치 하나를 젓가락으로 집어들며 아까보다는 조금 자신이 없어진 목소리로 말했다.

"어따, 강릉에 뭐 숨겨둔 애인이래두 있남. 딱 한잔만 더 하구 갑시다. 강릉 가는 차는 밤에도 숱하게 댕기니깐. 이것두 인연인데 내가 한잔 사겠수. 은자 엉덩이 구경도 좀 하구."

술기운 때문인지 형섭은 마음이 흔들렸다. 눈길을 십리 걸어나오는 동안, 동식은 내내 읍내에 나가면 자기가 잘 아는 '야간비행'이란 술집이 있는데 그곳에 은자라는 쓸 만한 여자애가 하나 있으니 한잔 하고 가자고 꼬드겨왔던 것이다. 하긴 서둘러 고향에 돌아간다 해도 별다른 계획이 있는 것은 아니었다. 더구나 오늘은 제대한 날이다. 길고긴 터널에서 벗어나 해방된 날이란 말이야…… 그러나 해방감보다는 오히려 까닭없는 불안과 밑모를 외로움 같은 것이 형섭의 가슴 밑바닥에 어두운 그림자처럼 떠돌고 있었다. 어쩐지 세상의 바깥 어둠속으로 혼자 떨어져나와 있는 듯한 기분이 들었다.

"나갑시다."

그때 형섭의 그런 상념을 깨뜨리기라도 하듯 동식이 커다랗게 말했다. 형섭은 별말 없이 따라 일어섰다. 눈길을 걸어온데다 처음 몇잔을 빈속에 마셔서 그런지 제법 머릿속이 얼얼했다.

그사이 밖에는 이미 어둠이 빈틈없이 꽉 들어차 있었다. 눈발은 여전히 위세를 누그러뜨리지 않고 줄기차게 내렸다. 가로등 불빛 주위로 벌떼처럼 날아다니던 눈은 두 사람의 머리와 발끝을 향해 수북하게 떨어져내렸다. 동식이 앞서고 야전점퍼의 칼라를 세운 형섭이 엉거주춤 그 뒤를 따랐다. '야간비행'은 그곳에서 멀지 않은 시장 끝쪽에 있었다. 지하로 내려가는 입구를 빙 둘러 색등이 깜빡깜빡 돌아가고 있었지만 왠지 허름하고 낡은 느낌이 들었다. 안에서 쿵쾅거리는 음악소리가 들렸다. 거기까지 오긴 했지만 다시 내키지 않는 마음이 생겨 주춤거리는데 동식이 형섭의 그런 기색을 알아챘는지 소매를 잡아끌며 채근하듯이 말했다.

"딱 한잔만 하고 미련없이 돌아섭시다. 밖은 이래도 물은 이 바닥에서 젤 좋다니까요. 외박 나올 땐 꼭 들르고 해서 알아요. 날 믿으슈."

형섭은 에라, 하는 심정으로 동식의 뒤를 따라 계단으로 내려갔다. 계단이 끝나는 지점에 여자의 실루엣이 그려진 유리문이 달려 있었다. 유리문을 열자 쿵쾅거리는 소리가 더욱 커다랗게 귀를 때렸다. 그러나 어두컴컴한 홀 안에 손님은 하나도 보이지 않고 대신 텅 빈 테이블 사이로 레코드 소리만 썰렁하게 흘러다니고 있었다.

한쪽 구석에 톱밥난로가 놓여 있었는데 난로 주변에 앉아 있던 여자 둘이 누군가, 하고 문 쪽을 쳐다보다가 화들짝 놀란 표정으로 일어났다. 그중 얇은 흰 미니스커트를 입고 두꺼운 털오버를 걸친 여자가 반갑게 소리를 질렀다.

"어서 오세요! 오마나, 야비군 아저씨들이네. 오빠들 오늘 제대하셨나봐?"

"그려. 밖엔 지금 눈이 펑펑 쏟아져내리는데 뭘 하고 자빠져 있었남?"

동식이 한쪽 어깨에 메고 있던 가방을 근처 테이블 위에 아무렇게나 던져놓으며 호기롭게 말했다.

"뭘 하긴…… 오빠들 기다리고 있었지."

"지랄. 근데 은자는 어디 갔어?"

"은자? 어머, 이 오빠 월남 갔다왔나봐? 은자 걔 그만둔 지가 언젠데……"

"그래? 그럼 그 지집애가 나한테 신고도 안하고 가버렸단 말이냐?"

"오빠가 걔 기둥서방이라도 되나? 오늘부텀 내 서방 해라, 응? 잘해줄게."

흰 미니스커트가 재미있다는 듯 동식의 팔짱을 끼며 깔깔거리고 웃었다.

"알았다, 알았어. 씨펄. 하긴 지나가는 외기러기, 누구 서방이면 어떠냐. 장형, 앉읍시다. 이봐, 오늘 눈도 오고 우리 두 사람 탈바가지도 벗은 날잉께 문 걸어버리고 화끈하게 한번 마시자, 응? 알았지? 먼저 맥주 몇병하고 안주 한 사라 빨리 가져와보라구. 넌 저 오빠 옆에 앉구."

동식이 흰 미니스커트 뒤에 서 있는 아가씨를 향해 말했다. 아래위로 검은색 재킷과 바지를 입은 말라깽이 아가씨였다.

"알았어요, 오빠. 잠깐만!"

그동안 손님이 없어 하품이나 하고 있었을 두 여자의 동작이 형섭 일행의 출현으로 갑자기 바빠졌다.

형섭은 이왕지사 이렇게 된 것 느긋하게 마음먹기로 작정했다. 손님이 없어 썰렁한 것이 오히려 기분을 편하게 만들어주었다.

"어떻수? 말라깽이가 맘에 드시우. 아님, 파트널 바꾸든지."

"맘대로 하시오."

형섭은 대수롭지 않은 듯이 말했다. 흘낏 보았지만 인상이 그리 나쁘지는 않은 것 같았다.

"하긴, 어차피 데리고 살 것도 아니니깐. 여자란 그저 스쳐가는 한때의 바람과 같은 것이지. 장형도 혹시 좋아했다가 헤어진 여자라도 있으면 빨리 잊어버리시오. 죽자살자 하지만 다아 그때 한순간뿐이라니까. 그 땜에 탈영하는 놈들 보면 참 한심하기도 하고 불쌍한 생각이 들기도 하쥬. 우리 부대에서도 그런 놈이 하나 있었지만…… 사랑은 눈물의 씨앗이라는 말도 있잖수? 세월이 약이란 말도 있구. 그나저나 오늘은 내가 사는 거니까 마음 푹 놓고 드슈."

그렇게 동식이 횡설수설하는 중에 아가씨들이 맥주를 가득 담은 소반과 널찍한 과일접시를 들고 왔다. 고를 것도 없이 흰 미니스커트는 동식 옆에, 까만 바지는 형섭 옆에 앉았다.

"나명숙이라 해요."

맥주를 잔에 따르면서 먼저 흰 미니스커트가 자기소개를 했다.

"저는 한미혜라고 해요."

다음에 까만 바지가 형섭을 향해 고개를 까딱하며 말했다.

"어쭈구리, 이름들은 어디서 주워건졌냐. 탤런트 뺨치겠구먼. 야, 너 한미혜. 오늘 옆의 오빠 잘 모셔야 한다, 알았지?"

"넘 걱정 말고 오빠나 잘하세요."

"자자, 다같이 부라자 한번 하자! 잔을 높이 들라구."

네 개의 잔이 공중에서 쨍, 소리가 나게 부딪쳤다.

"오마나, 이 오빠 되게 급하시네."

흰 미니스커트가 킬킬거리며 말했다. 동식의 손이 어느 틈엔가 흰 미니스커트의 가슴속으로 쑥 들어가 있었다. 그녀의 눈가에 잔주름이 거미줄처럼 퍼졌다. 화장을 짙게 했지만 붉은 조명등에 비친 얼굴이 한눈에도 나이가 들어 보였다.

"자, 오빠, 우리도 건배 한번 해요."

한미혜가 형섭의 코앞으로 술잔을 들이대며 말했다. 동그스름한 얼굴이 미니스커트보다 나이가 한참이나 아래로 보였다. 널찍한 이마와 서글한 눈매가 미운 상은 아니었다.

"나 벌써 한잔 하고 왔어. 천천히 마실게."

"술에 약한가봐. 근데 오빠 눈이 참 예쁘다. 남자 눈이 뭐 그래? 쌍꺼풀도 다 지구."

"치잇."

형섭은 실소를 터뜨렸다.

"오빠 집이 어디야? 서울?"

"아니, 저어 남쪽이야. 아주 머언 남쪽……"

"따뜻한 남쪽나라? 바다 멀리? 물새가 나는 곳? 그거 유행가 가사 아냐?"

그러고 나서 미혜는 후훗거리며 혼자 웃었다.

"자, 오빠, 그런 의미에서 한잔!"

이번엔 형섭도 잔을 들고 벌컥벌컥 마시지 않을 수 없었다.

……부딪쳐서 흩어지는, 물거품만 남기고오……

나명숙과 동식이 어느 틈엔가 홀 중앙에 있는 마이크로 가서 한곡 뽑고 있었다.

……가버린 그 사람을, 그리워하아네……

"마담 언닌 가수야. 남자 잘못 만나 여기까지 흘러왔지만……"

포크로 사과를 찍어 형섭의 입에 넣어주며 미혜가 말했다. 형섭은 맥주를 한잔 들이켜고 나자 취기가 한꺼번에 머리로 몰려왔다. 오후 내내 눈길을 걸어온데다 뼈다귀해장국에 소주와 맥주까지 들어가고 나니 갑자기 온몸이 나른하게 풀어지는 것도 무리가 아니었다.

"자기 졸려? 어마, 너무하다. 우리 나가서 춤추자."

"난 춤 못 춰."

"그럼 노래해."

"노래도 못해."

"그럼 술 마시자."

미혜가 재미없다는 표정으로 말했다. 형섭은 그녀를 따라 다시 술잔을 기울였다. 젖은 발이 시렸다. 으슬으슬한 한기가 어깨를 타고 가슴 팍까지 파고들었다. 동식과 미니스커트는 번갈아 메들리로 기분을 내고 있었다. 형섭은 솜 젖듯이 무겁게 몰려오는 졸음을 쫓느라 담배를 피워물었다. 눈알에 벌겋게 핏기가 섰다.

어느새 잠이 들었던 걸까. 형섭은 소파에 고꾸라진 채 꿈을 꾸고 있었다.

햇빛이 환히 내리비치는 마당이었다. 마당 한쪽 화단에는 치자꽃이 하얗게 피어 달콤한 향기를 토해내고 있었다. 치자꽃 향기…… 아아, 그러고 보니 그곳은 고향집이었다. 고향집 마당에는 해마다 초여름 무렵 하얀 치자꽃이 피어 집안 구석구석을 달콤한 향기로 가득 채우곤 했다. 치자꽃 향기와 함께 아버지가 있는 사랑방에서는 은은한 한약재 냄새가 났다. 이태 전에 돌아가신 아버지가 혼자 사랑방에 앉아 신문지를 깔고 작두로 한약재를 썰고 있었다. 우물가 화단에는 채송화와 봉선화, 나팔꽃이 색색으로 소담하게 피어 있었다. 꿈이라서 그런지 봄 여름 가을 겨울이 마구 뒤섞여 나타났다. 부엌에서 어머니 하동댁이 물 묻은 손을 치마에 닦으며 나오는 모습도 보였다. 형섭은 까마득한 어린시절로 돌아간 것 같은 행복감과 불안감에 젖었다. 흑백 무성영화가 돌아가듯 사방은 조용하였고, 무언지 모르게 퇴락해가는 풍경 속으로 어느 핸가 죽은 누렁이가 나타나 느릿느릿 우물 쪽을 향해 걸어가고 있었다. 그때 짙은 감나무 그늘이 진 우물가에 앉아 누군가 빨래를 하고 있는 것이 보였다. 뒷모습이었지만 어디선가 많이 본 듯했다.

아, 연희야!

형섭은 하마터면 큰 소리를 지를 뻔하였다. 그래, 틀림없이 연희였다. 그러나 그녀는 뒤를 돌아보지 않고 여전히 한가롭게 빨래를 하고 있을 뿐이었다. 그녀의 작고 둥근 어깨 위에 햇살이 하얗게 내려앉아 있었다. 그런데 연희가 어떻게 이곳에 왔을까. 나와 결혼이라도 했단 말인가. 반가움과 안타까움이 뒤섞여 명치께를 찌르르 울리며 지나갔다. 그러나 금세 연희는 사라지고 우물가는 텅 비어버렸다. 갑자기 이제 영영 그녀를 다시 만날 수 없을지도 모른다는 생각이 들었다. 형섭은 아득한 시간의 저쪽으로 혼자 떠내려온 것 같은 느낌에 싸였다. 순간, 불길함이 어둠처럼 에워쌌다.

꿈일까 생시일까. 다시 감옥에라도 들어왔단 말인가.

추웠다. 발도 어깨도 몹시 시렸다. 온몸이 뻣뻣하게 굳어버린 것처럼 저려왔다. 형섭은 가까스로 눈을 뜨고 고개를 들었다. 목이 몹시 말랐다.

"오빠, 깼어?"

낯선 목소리였다. 여긴 어딜까. 곰팡이 냄새와 뒤섞인 역한 술냄새. 희미한 불빛. 소파와 탁자…… 형섭은 비로소 이곳이 간밤에 동식과 함께 술을 마시러 들어왔던 지하 '야간비행'이라는 것을 깨달았다. 그러니까 저 목소리의 주인공은 한미혜일 것이었다.

"어…… 나 물 한잔 줄래? 몇시나 됐어? 이 양반은 어디 갔어?"

소파에서 몸을 일으키며 형섭은 몇가지 질문을 동시에 내뱉었다.

"갔어."

미혜는 마지막 질문에 대해서만 짧막하게 대답했다.

"뭐?"

"간 지 한참 됐어."

형섭은 순간 정신이 번쩍 들었다. 뭔가 일이 잘못되어가는구나 싶었다. 그런 예감을 딱 적중시키듯이 미혜가 이어서 말했다.

"술값은 오빠가 계산한다며?"

"뭐?"

형섭은 무언가로 뒤통수를 한대 맞은 느낌이었다. 귀신에게 홀린대도 이렇지는 않을 것이었다. 그것도 제대 첫날. 기가 막힐 일이었다.

"나 물이나 한잔 줘."

형섭은 가까스로 정신을 추스르며 말했다. 미혜가 주방 쪽으로 갔다. 시계를 보았다. 시침이 한시 가까이를 가리키고 있었다. 나쁜 자식, 어쩐지…… 그런 녀석을 믿고 따라온 내가 바보였지. 분노와 후회가 밀물처럼 밀려왔다. 한미혜가 유리잔에 물을 가득 채워서 들고 왔다. 형섭은 단숨에 벌컥벌컥 소리내어 마시고 나서 내뱉듯이 말했다.

"얼마야?"

"십사만원. 계산서 줘?"

"아니, 됐어."

형섭은 윗주머니에서 돈을 꺼내 열네 장을 세어서 주었다. 그리고 한 장을 더 집어 미혜에게 주며 잔뜩 벼른 목소리로 말했다.

"그 자식 만나면 내가 그러더라고 말해. 배때기에 철판 깔고 다니는 게 좋을 거라고!"

"알았어."

"아직 눈 와?"

"몰라."

"마담은?"

"언닌 자러 갔어."

"그 자식이랑?"

"아니, 언닌 애인 있어. 주유소 주인이랑. 아까 오토바이 타고 데리러 왔어."

"그래? 나 간다."

형섭은 가방을 메고 모자를 바지 뒷주머니에 쑤셔넣은 다음 유리문을 열고 나왔다. 일층으로 올라가는 계단은 눈이 얼어붙어 몹시 미끄러웠다. 밖으로 나오니 얼음처럼 찬 기운이 싸하게 얼굴을 감쌌다. 눈은 그쳐 있었다. 대신 푸르디푸른 어둠이 흰눈 위를 덮고 있었다. 형섭은 담배를 꼬나물고 불을 붙인 다음 천천히 눈길을 밟고 가기 시작했다.

나쁜 자식. 어째 처음부터 설레발을 풀어대는 모습이 수상하더라니. 그런 자식의 말을 믿고 실실 웃으며 따라붙었던 내 꼬락서니라니.

형섭은 벌레라도 씹은 기분으로 터벅터벅 발걸음을 옮겼다. 아직 아무에게도 밟히지 않은 눈이 발밑에서 뽀드득뽀드득 소리를 내며 무너졌다. 구름 터진 사이로 언뜻 푸른 달빛이 비쳤다.

"오빠!"

그때 뒤에서 누가 따라오며 부르는 소리가 들렸다. 한미혜였다.

"잠깐만!"

형섭은 서서 미혜가 가까이 오기를 기다렸다. 미혜는 아까 입고 있던 까만 옷 위에 두꺼운 회색 코트를 하나 달랑 걸치고 깡충깡충 뛰어왔다. 그러고는 대뜸 형섭의 한쪽 팔에 매달렸다. 미혜의 머리카락이 출렁이며 형섭의 뺨에 닿았다. 진한 화장품 냄새가 몰려왔다.

"나 오늘 오빠 따라가면 안돼? 응?"

"………"

"오늘 바가지 썼지? 학교 다니다 왔어?"

"………"

"……오빠 처음부터 그 사람과 달랐어. 척 보면 알지. 눈이 슬퍼 보여. 처음 보았을 때 어쩐지 마음이 찡하더라."

"………"

"애인 있어?"

"없어."

"거짓말. 뭐, 있어도 상관없어. 오늘은 내가 오빠 애인 되어줄게. 후훗, 우습지? 내가 생각해도 별꼴이야. 눈이 내리니까 미쳤나봐."

미혜는 형섭의 팔을 꼭 안았다. 길 끝에 여관 간판이 나타났다. 빨간 네온으로 '백합장'이라고 씌어진 간판은 어둠속에서도 선명하게 시선을 끌었다. 형섭은 가볍게 한숨을 쉬었다.

색등으로 장식된 두 그루의 인조나무 사이로 '백합장'이라고 씌어진 유리문이 보였다. 문을 밀치고 들어가자 문 위에 달려 있던 작은 방울이 딸랑딸랑 하고 울렸다. 입구에 딸려 있는 카운터의 작은 방 창문이 열리면서 졸음이 잔뜩 붙은 오십대 초반의 여자가 부스스한 모습으로 얼굴을 내밀었다.

"자고 갈 거유? 이층으로 올라가시우."

여자가 방 호수가 박힌 나무패가 달린 열쇠와 샴푸, 칫솔, 콘돔을 싼 수건을 주면서 말했다. 미혜가 얼른 그것을 받아서 손에 쥐었다.

"얼마요?"

형섭이 돈을 꺼내면서 물었다.

"이만원."

형섭이 돈을 세어 주었다. 여자 얼굴이 사라지고 나자 다시 작은 창문이 닫혔다. 형섭은 천천히 계단으로 올라갔다. 붉은 카펫이 깔린 복도는 어두컴컴하였고 군데군데 희미한 등이 켜져 있었다.

이백구호. 번호를 확인하자 미혜가 열쇠로 문을 땄다. 스위치를 올리자 형광등이 놀라 잠에서 깬 놈처럼 화르르 켜졌다. 불빛에 드러난 방은 백합장이라는 이름과는 달리 낡고 지저분했다. 방에는 공간의 대부분을 차지한 침대와 탁자가 하나씩 있을 뿐이었는데, 탁자 위에는 물주전자와 컵, 그리고 채널스위치가 다 떨어져나간 텔레비전이 하나 덩그러니 놓여 있었다. 탁자 뒷벽에는 커다란 거울이, 그리고 침대 옆벽에는 달력에서 오린 듯한 조잡한 그림이 걸려 있었다.

"나 먼저 씻을게."

미혜가 말했다. 미혜는 형섭을 한번 꼭 안아주고는 입고 있던 코트를 벗어 벽에 걸고 재킷을 벗고, 마지막으로 바지를 벗었다. 금세 브래지어와 팬티 바람이 되었다.

"저쪽으로 봐."

형섭의 시선을 의식한 미혜가 어색하게 웃으면서 말했다. 브래지어와 팬티마저 벗은 미혜는 수건으로 앞을 가리고 목욕탕 안으로 얼른 뛰어들어갔다. 이어서 쏴아, 하는 물소리가 들렸다. 형섭은 침대에 벌렁 누워 담배를 뽑아물었다.

생각하면 참으로 길고도 이상한 날이었다. 아침에 떠난 부대의 위병소와 무릎까지 푹푹 빠지던 눈길. 오늘 처음 만난 박동식이란 친구와 한미혜…… 그리고 지금 누워 있는 백합장 이백구호실…… 그 모두가 비현실적인 꿈처럼 낯설게 떠올랐다.

물소리 사이로 아득히 철컥거리며 지나가는 차의 체인 소리가 들렸다.

형섭은 비로소 자기가 너무나 멀고 낯선 곳에 혼자 와 있다는 생각이 들었다. 그러자 문득, 오늘처럼 깊은 겨울밤 어두운 교도소의 흰 담장과 그 위로 어둡게 빛나던 푸른 달빛이 떠올랐다.

　그동안 유신의 어두운 그림자를 드리웠던 독재자는 죽었다. 형섭이 훈련소에 있을 때 마른 낙엽과 함께 그 소식이 들려왔다. 부산 마산 지역에 소요가 발생하고 위수령과 함께 공수부대가 투입되었다는 소식이 들린 지 얼마 지나지 않아서였다. 그곳이 고향인 사병들은 휴가가 금지되어 있었다. 영구, 성호, 태수…… 친구들의 얼굴도 떠올랐다. 다들 뭘 하고 있을까. 계엄은 풀렸다지만 광주를 피로 물들인 새로운 군사정권이 철퇴를 휘두르는 중이었다.

　철컥철컥.

　체인을 감은 차바퀴 소리가 또다시 어둠을 밟고 가슴 위로 지나갔다.

벚꽃 아래로

고향으로 돌아온 형섭은 한달 내내 잠만 자며 지냈다.

가사상태에 빠진 것처럼 잠에 취해 자고, 자고 나서 잠시 멍하니 있다가 다시 잠 속으로 빠져들어갔다. 그렇게 잠을 자고 있는 동안만은 이 세상의 일과 잠시 이별을 해도 좋았다. 그곳에는 더이상 철조망도, 점호도, 얼어붙은 시멘트 벽도 없었다. 대신 빛과 어둠속에서 수많은 기억들이 되살아났다. 어떤 기억은 괴롭고 어두웠으며 어떤 기억은 따뜻한 그리움을 불러일으켰다. 가로수가 일직선으로 뻗어 있는 시골길을 혼자서 한없이 걸어가는 꿈도 꾸었다. 누군가 뒤에서 목마르게 부르는 소리가 들렸다. 귀에 익은 소리였지만 누구의 목소리인지 분명하게 떠오르지 않았다.

누굴까. 누가 부르는 소리일까.

형섭은 뒤를 돌아보았다. 길 위에는 아무도 없었다. 길가 텅 빈 벌판 위로 까마귀들이 까악까악, 소리를 내며 날아가고 있었다. 새벽의 뿌연 안개를 헤치고 물오리들이 날개를 치며 날아오르는 소리도 들렸다. 꿈속으로 하얗게 눈이 내렸다. 발가벗은 오리나무 숲 뒤로 백동전같이 창백한 달이 지나가고, 해가 지나갔다. 때때로 바람이 불고 비가 내리기도 했다.

눈과 바람과 비의 꿈 끝에 연희의 모습이 나타났다.

연희와 헤어지던 날, 가리봉 오거리에는 차디찬 겨울비가 내렸다. 공단 쪽 길은 칙칙한 어둠에 잠겨 있었다. 흰 연기를 뿜어대는 굴뚝 위로도 소리없이 찬비가 내리고 있을 것이었다. 형섭은 한손에 우산을 들고 한손은 호주머니에 찌른 채 걸어갔다. 연희도 우산이 있었지만 자기 우산을 접고 형섭의 우산 속에 들어와 나란히 걸었다.

시꺼먼 개천을 따라 빠르게 흘러가는 물소리가 들렸다.

어두운 공단 뒤편 개천길에는 외등만 밝을 뿐 아무도 다니는 사람이 없었다. 그즈음 공단 지역에서는 위장취업자를 찾기 위해 혈안이 되어 있었다. 모든 것은 차갑고 어두운 안개로 가득 덮여 있는 것 같았다. 얼마 전에도 경찰이 공장으로 들어왔다. 여공들의 뺨을 때리고 머리채를 끌고 갔다. 비명소리와 고함소리. 정말 악몽이라도 꾸는 것 같았다.

"형섭아……"

그때 연희가 말했다.

"정말 떠날 거니?"

형섭은 천천히 연희 쪽으로 고개를 돌렸다. 그리고 한동안 그녀의 눈을 쳐다보았다. 그녀의 눈에 물기가 고여 있었다. 형섭은 가슴이 찢어지는 것처럼 아팠다. 그러나 그런 감정을 억누르기라도 하듯 그녀의 시선을 피한 채 말했다.

"미안해."

"바보……!"

연희는 쓰러지듯 형섭의 가슴에 머리를 묻었다. 연희의 어깨가 가늘게 떨렸다.

"너에게까지 이런 일 시키고 싶지 않아. 어렵고 힘들어. 위험하기도 하고…… 이건 내가 선택한 일이야. 누구나 자신이 꿈꾸는 세상이 있지. 난 내가 꿈꾸는 세상을 향해 갈 뿐이야."

형섭이 말했다.

"너의 꿈이 왜 나의 꿈이 될 수 없지?"

연희가 말했다.

"내게는 고통뿐이야. 네게 줄 수 있는 건 아무것도 없어."

연희는 마침내 소리내어 흐느꼈다. 형섭은 누군가 주먹으로 심장을 꽉 쥐어짜는 것처럼 아팠다. 왜 그녀에게 따뜻한 말 한마디 해줄 수가 없을까. 내가 사랑하는 사람은 오직 너 하나밖에 없다고…… 너를 위해서라면 나의 모든 것을 다 주어도 괜찮다고…… 그리고 내가 돌아올 동안 꼭 기다려달라고……

그러나 그럴수록 형섭의 표정은 더욱 굳어지고 말은 더 차가워졌다.

"이젠 오지 마. 이렇게 우중충한 곳은 너 같은 공주님에겐 어울리지 않아."

연희는 손수건으로 눈가를 닦았다. 두 사람은 천천히 버스정류장으로 걸어갔다. 버스를 기다리는 동안 둘 다 아무 말도 하지 않았다. 이윽고 빗물을 튀기며 버스가 왔다. 연희는 잠시 멈칫거리다가 말했다.

"조심해, 형섭아. 기다릴게. 네가 돌아올 때까지…… 꼭! 언제까지라도……"

연희는 자신에게 다짐이라도 하듯 큰 소리로 말했다. 그녀의 목소리가 비에 젖었다. 연희가 오르자 차는 곧 떠났다. 겨울비는 여전히 검은 도시를 적시고 있었다. 비에 젖은 아스팔트가 어둠속에서 번쩍거렸다. 형섭은 연희를 태운 버스가 모퉁이를 돌 때까지 지켜보았다. 마침내 버스의 빨간 미등이 시야에서 꺼지듯 사라졌다.

언제까지라도……

버스가 사라지고 나서도 형섭은 한참 동안 그 자리에 서서 그 말을 되뇌고 있었다. 텅 빈 거리에 빗소리만 자욱하게 가슴을 두드려대고 있었다. 이윽고 형섭은 어두운 공단 뒤편 언덕길을 향해 천천히 발걸음을 옮기기 시작했다.

이틀 후 새벽.

형섭의 자취방으로 낯선 사내 셋이 들이닥쳤다. 구로서에서 나온 형사들이었다.

"야, 장형섭! 너 장형섭 맞지?"

그들의 몸에서 빗물이 뚝뚝 떨어지고 있었다. 어둠속 발치에서 그들의 그림자가 희미하게 보였다. 형섭은 그 순간 오랫동안 마음속으로 준비해온 긴 여행을 떠나야 할 때가 되었다는 것을 깨달았다. 마음이 이상할 정도로 차갑게 가라앉아 있었다. 아버지 장약국과 어머니 하동댁의 얼굴이 스쳐지나갔다. 그리고 연희의 얼굴도 환영처럼 지나갔다. 바보같이…… 끝내 사랑한다는 말을 해주지 못했다니…… 기다려달라는 말도……

"이 새끼!"

그럴 필요가 없었음에도 불구하고 누군가 주먹으로 형섭의 뺨을 한대 세차게 때렸다. 입안이 터졌는지 찝찔한 맛이 순식간에 가득 고였다. 며칠째 내리던 비는 차디찬 진눈깨비가 되어 있었다.

경찰서에는 형섭 외에 구로에서 같이 일하던 친구 세 명도 이미 잡혀와 있었다. 그들과 함께 열흘 동안 썰렁한 유치장에 수감되었다가 검찰청을 거쳐 구치소로 이송되었다. 철문 밖으로 눈이 내리고 있는 게 보였다. 그해 들어 내리는 첫눈이었다.

구치소에 도착했을 때는 늦은 밤이었다. 마침 등화관제 훈련중이어서 주위는 온통 캄캄한 어둠에 싸여 있었다. 푸른 수의로 갈아입고 짝이 맞지 않는 검은 고무신 한켤레와 플라스틱 식기 두 개를 받아들고 교도관의 뒤를 따라 긴 낭하를 걸어갔다. 싸이렌 소리가 요란하게 울렸다. 밤하늘에 써치라이트가 긴 팔을 휘두르며 지나갔다. 열쇠로 철문을 따고, 또 철문을 따고, 또 철문을 따고 마침내 도착한 곳은 어두운 독방이었다.

형섭은 영점칠평의 방에 자신의 닻을 내렸다. 경찰서와 정보기관에서 시달리느라 몸도 마음도 만신창이가 되어 있었다. 이렇게 작은 공간이라도 혼자의 공간, 혼자의 어둠속에 묻히자 오히려 평화가 느껴졌다. 형섭은 오랜만에 깊고깊은 잠에 빠졌다.

연희에게서 소식이 날아온 것은 이듬해 봄, 부활절 무렵이었다. 영치해준 책표지 안쪽에 눈에 띄지 않게 편지를 넣어 보낸 것이다.

……형섭씨, 힘들지? 오늘은 부활절이야. 햇살도 꽃도 다 눈부셔. 어젠 혼자 양수리에 갔다왔어. 예전에 우리가 쉬었던 느티나무 밑에도 가보았지. 강이 보이는 의자에 혼자 앉아 있으려니 바보같이 또 눈물이 나려고 하지 뭐야. 그날, 형섭씨랑 헤어져 돌아올 땐 얼마나

원망을 했는지 몰라. 하지만 기다림 그게 또 내 몫의 생이란 생각이 들었어. 여긴 다들 잘 있어. 영태는 얼마 전에 군대갔고, 은숙인 얼마 전에 아버지가 돌아가셨어. 지난번 모였을 때 다들 형섭씨 걱정 많이 하더라. 부디 건강 조심해. 사랑해!

편지를 받은 날, 형섭은 내내 행복하였다. 마치 따뜻한 봄햇살이 좁고 어두운 방 구석구석 환히 들어와 비치는 느낌이었다. 겨울이 지나가고 마침내 봄이 오고 있었다. 죽음으로부터 깨어나 모든 만물이 부활의 기지개를 켜고 있었다. 그사이 일심 재판이 열렸다. 형섭은 이년 유월의 징역을 선고받았다.

봄이 가고 여름이 가고 가을이 가고 겨울이 지나갔다.

그리고 또 봄이 가고 여름이 가고 가을이 가고 겨울이 갔다. 연희는 그동안 내내 형섭에게 책을 넣어주었다. 책갈피에는 가끔 깨알 같은 글씨로 암호문처럼 안부편지가 적혀 있었다. 잘 있으니 걱정 말라는 내용이었다. 시간의 강을 건너 다시 만날 때까지 자기는 언제까지라도 기다리겠다고 했다. 모두가 떠난 자리에 연희 혼자 남아 있었다. 일주일에 한번 연희는 형섭이 살고 있는 교도소로 면회를 다녀갔다. 그러나 면회가 허용되지 않았기 때문에 책만 넣어주고서 혼자 긴 담장을 돌다가 돌아가곤 했다.

교도소를 빙 둘러 백양나무와 오리나무들이 심어져 있었다. 감시망대가 띄엄띄엄 서 있는 높고 흰 담장 위로는 비둘기들이 날아다녔다. 비록 면회는 못했지만 연희가 다녀간 날, 형섭은 하루종일 행복하기도 하고 불행하기도 한 느낌에 빠져 있었다.

형섭이 감옥에서 나온 것은 늦가을 무렵이었다.

그러나 고향으로 돌아온 그를 기다리는 것은 입영통지서였다. 그해 초겨울 형섭은 다시 입영열차에 몸을 실었다. 이번에는 유형의 길이었다. 알 수 없는 절망감이 형섭의 폐부를 찔렀다. 이 세상에 더이상 아무런 희망도 존재하지 않는 것 같았다.

열차는 덜컹거리며 산을 지나고 물을 건너며 끊임없이 달렸다. 긴 터널을 통과할 무렵 첩첩으로 포개진 채 달리는 산맥의 능선 너머로 강원도의 새벽빛이 푸르게 번져오기 시작했다. 푸른 새벽빛 속에 눈을 하얗게 인 산들이 거인처럼 드러났다.

연희야……

형섭은 조그맣게 그 이름을 불러보았다. 비 내리던 날 어두운 가리봉 오거리에서 헤어지던 마지막 모습이 아득한 전생의 일처럼 떠올랐다. 모퉁이를 돌아가는 버스의 빨간 미등 불빛이 오랫동안 망막 위에 점처럼 떠돌고 있었다.

고향에 돌아온 지 한달이 거의 다 지나갈 무렵 형섭은 드디어 자리에서 일어났다.

가슴을 만져보니 뼈가 앙상하게 드러났다. 마치 큰병이라도 앓고 난 뒤끝처럼 수염은 멋대로 자라 있었고, 머릿속은 이상하게 텅 빈 것 같았다. 마당에는 겨울햇살이 하얗게 내려앉아 있었다. 어머니 하동댁은 우물가에서 파를 다듬고 있었다. 형섭은 마루 끝에 앉아서 어머니 쪽을 멀거니 쳐다보았다.

"일어났구나. 몸은 좀 어떠냐?"

형섭을 보고 어머니가 먼저 걱정스러운 표정으로 말했다. 언젠가 형섭이 꿈에서 본 것처럼 어머니의 등 위에도 하얗게 햇살이 얹혀 있었다. 그러나 그곳에 앉아 있는 사람은 연희가 아니라 어머니였다.

"괜찮아요."

형섭은 자신없는 목소리로 대꾸했다.

"너무 오래 누워 있으니까 정말 병자라도 된 것 같아요."

햇빛에 반사되어 더욱 세어 보이는 어머니의 머리카락을 보자 형섭은 죄스러운 마음이 들어 변명하듯 말하며 웃었다.

"어딜 가려구?"

"읍내로 바람이나 좀 쐬고 오려구요."

"그래, 너무 늦지 않게 들어오너라. 아직도 바람이 쌀쌀해."

어머니의 걱정스런 목소리가 형섭의 등에 무겁게 실렸다.

집을 나선 형섭은 십여리 떨어진 읍내를 향해 천천히 걸어갔다. 길가 가로수에도 봄이 오는지 연초록빛이 언뜻언뜻 비치는 것 같았다.

예비군복을 입고 폭설이 내리는 산길을 걸어나오던 기억이 마치 먼 옛날 일처럼 떠올랐다. 물빛 어둠속으로 잠겨가던 소읍의 풍경과 그 위로 장막처럼 드리워진 채 내리던 눈…… 낡은 여관과 낯선 여자…… 그 다음날, 형섭은 새벽같이 일어나 여관을 나왔다. 여자는 아직 자고 있었다. 얼어붙은 거리의 푸른 새벽빛 속으로 차가운 눈바람이 불어오고 있었다. 시외버스 정류장에는 아직 사람들이 별로 눈에 띄지 않았다. 엔진을 덥히느라 공회전을 시키고 있는 버스만 그르렁거리며 새벽 공기를 흔들 뿐이었다.

가시나무 같은 가슴속으로 물그림자가 일렁이며 지나갔다.

형섭은 시장과 극장과 목욕탕이 있는 중심가를 향해 천천히 걸어가 보았다. 읍내 거리는 예전과 다름없이 낡고 어수선했다. 누군가 아는 얼굴이라도 부딪힐 것 같은 기분이 들었지만 중심가를 다 걸어갈 동안 다행인지 아무도 마주치지 않았다. 별로 변한 것 없어 보이는 읍내 거리의 풍경은 모두 형섭의 눈에 익었다. 이발소도 그대로였고, 기름집, 방앗간, 양품점, 읍사무소도 그 자리에 그대로 있었다. 다만 목욕탕 옆 만화방이 있던 자리에는 프라이드 치킨집이 들어앉아 있었고, 명구 형이 하던 세탁소 자리에는 '숯불갈비'라는 커다란 간판이 붙은 이층 음식점 건물이 대신 들어서 있었다.

형섭은 읍사무소 옆 낡은 다리 위에 서서 아래쪽을 바라다보았다. 개천을 따라 집들이 아슬아슬하게 서 있었다. 형섭이 어렸을 땐 정월 대보름날이면 저녁을 먹고 나서 읍내 사람들이 모두 이 다리로 몰려나와 자기 나이만큼 다리밟기를 하곤 했다. 그러나 지금은 다리 아래로 꺼멓고 더러운 하천만 말라붙은 채 읍의 중심부로 뻗어 있을 뿐이었다.

다리 위에서 잠시 추억에 젖어 있던 형섭은 다시 발걸음을 옮겼다.

저 앞에 우체국이 보였다.

우체국을 보자 형섭은 문득 엽서가 사고 싶어졌다. 꼭 쓸모가 있어서가 아니었다. 연희에게 엽서를 쓰는 장면을 잠시 상상하였지만 곧 지워버렸다. 그냥 아무 일도 없었던 것처럼 건너기에는 너무나 큰 강이 그녀와 자기 사이에 놓여 있는 것 같았다.

우체국은 지은 지 얼마 되지 않은 새 건물이었다. 형섭은 두 손을 호주머니에 찌른 채 안으로 들어갔다. 하얗게 칠한 벽에서는 상큼한 시너 냄새가 났다. 우체국 안에는 커다란 소포 꾸러미를 노끈으로 묶고 있는 새마을모자를 쓴 광대뼈가 튀어나온 오십대의 사내 외에는 없었기 때문에 한산하게 느껴졌다.

"저어기…… 엽서 주세요."

형섭은 창구 쪽으로 걸어가서 조심스럽게 말했다. 창구에는 두 명의 아가씨가 앉아 있었다. 한명은 책을 읽고 있었고, 한명은 장부에 무언가를 적고 있었다. 장부에 무언가를 적고 있던 아가씨가 발딱 일어나서 형섭 쪽은 쳐다보지도 않고 서랍에서 엽서 꾸러미를 꺼내며 말했다.

"몇장이요?"

"석장……"

형섭은 주머니에서 돈을 꺼내면서 말했다.

"백오십원 주세요."

아가씨는 비로소 형섭과 눈을 마주쳤다. 순간, 그녀의 얼굴에 놀라움과 함께 반가운 기색이 떠올랐다.

"어머, 그런데…… 저어기 혹시 형섭 오빠 아니세요?"

"네?"

형섭은 무언가 들키기라도 한 것처럼 순간 당황하며 그녀를 쳐다보았다.

"저 모르겠어요? 미경이, 문미경……"

"문미경……?"

형섭은 비로소 아가씨의 얼굴을 자세히 살펴보았다. 그러자 자기도 모르게 얼굴이 후끈 달아오르는 것을 느꼈다. 그녀는 초등학교 시절 두해 후배인 문미경이었던 것이다.

그러나 오래간만에 만난 그녀에게 반말을 해야 할지 존댓말을 해야 할지 형섭은 미처 판단이 서지 않았다. 그래서 마치 아무런 느낌도 없는 사람처럼 필요 이상으로 딱딱하게 굳어진 표정으로 말했다.

"맞아, 그렇군. 문미경. 미경씨……였군요."

"제대했어요? 오빠 이야기는 들었어요. 고생 많았다구요."

미경이 하얗게 이빨을 드러내고 웃으면서 말했다.

"이런 데서 미경씰 다 만나다니……"

그제야 형섭도 희미한 미소를 떠올리며 말했다.

"정말 뜻밖이네요. 그렇지 않아도 오빠 소식이 궁금했었는데…… 바쁘지 않으면 들어와서 차나 한잔 하고 가세요. 마침 국장님도 안 계시니까."

미경이 재빨리 말했다. 형섭이 혹시 그냥 가버리지나 않을까, 하는 불안한 빛이 순간 그녀의 눈에 보일락말락 스치고 지나갔다.

어떻게 할까, 잠시 망설이던 형섭은 마침내 결심을 한 듯 창구 너머 미경이 있는 사무실 안으로 들어갔다. 초록색 인조가죽으로 된 소파가 마주하고 있고, 소파와 소파 사이의 탁자에는 카네이션 조화가 담긴 기다란 유리 화병이 하나 놓여 있었다. 그리고 벽 쪽에는 태극기와 대통령 사진이 든 액자 밑에 '우체국장 김정남'이라고 씌어진 팻말이 놓인 커다란 나무책상이 있었는데 소파와 그 나무책상 사이에는 기름난로가 아직 치워지지 않은 채 놓여 있었다. 형섭은 사무실을 한번 돌아보고는 소파 한쪽에 조심스럽게 엉덩이를 걸치고 앉았다. 조금 있다가 미경이 일회용 종이컵에 커피를 타서 들고 왔다.

"선생님은 잘 계세요?"

형섭이 뜨거운 커피에 입술을 축이면서 말했다. 미경의 아버지 문용탁 선생은 형섭이 중학교 다닐 때 국어를 가르치던 담임선생이었다.

"그렇지 않아도 형섭 오빠 이야길 자주 하셨어요. 내려오면 한번 보시고 싶다고……"

"집은 아직 옛날 그곳인가요?"

형섭이 미경의 눈을 보며 마치 인터뷰라도 하는 것처럼 여전히 딱딱한 어조로 말했다. 눈길이 마주치자 미경의 얼굴이 조금 붉어졌다.

"예, 군청 뒤쪽……"

미경이 미소를 지으며 말했다. 입가의 보조개가 패며 하얗고 가지런한 이가 드러났다. 형섭은 일부러 외면하는 척 눈길을 돌린 채 훌쩍거리며 커피를 마셨다. 그렇지, 군청 뒤였지……

긴 머리를 리본으로 묶고 무릎까지 오는 흰 양말을 신은 미경의 어릴 적 모습이 희미하게 떠올랐다. 미경은 어릴 적부터 시골 아이가 아니라 도회지에서 온 아이처럼 보였다. 얼굴이 유난히 뽀얗고 키가 커서 그런지도 몰랐다. 비록 어린 나이이긴 했지만 그때도 형섭은 선생님 댁에서나 길에서 그애와 마주치면 자기도 모르게 얼굴이 빨갛게 되곤 했다.

"전 졸업하고 나서 얼마간 놀다가 우체국에 들어온 지 두 해 되었어요. 국장님이 아버지 친구시거든요. 형섭 오빠 곧 다시 서울로 올라가시겠네요?"

미경이 컵을 만지작거리면서 말했다.

"아마도 그래야겠지. 하지만 아직 복학 결정이 나질 않아서 어떻게 해야 할지 모르겠어요."

형섭은 미경의 눈을 쳐다보며 높임도 낮춤도 아닌 말로 적당히 우물거렸다. 미경의 짙은 갈색 눈과 마주치자 형섭은 번개처럼 날카로운 것이 어두운 가슴 한쪽을 그으며 지나가는 것을 느꼈다. 순간 미경의 얼굴에 겹쳐 연회의 그림자가 떠올랐다. 형섭은 아무런 내색 없이 눈을 내리깔고 묵묵히 커피를 마셨다.

"잘 마셨어. 고마워요."

이윽고 커피를 다 마신 형섭은 새로 산 엽서를 안주머니에 넣고 자리에서 일어나며 다시 이전의 딱딱한 목소리로 돌아가서 말했다. 미경이 우체국 입구까지 따라나왔다.

"집에 한번 다녀가세요. 아버지도 보고 싶어하시니까."

미경이 조금 허전한 표정으로 말했다.

"그러지. 조만간에 한번 찾아뵙겠다고 전해줘요."

형섭은 그제야 미경을 향해 엷은 미소를 지어 보이면서 말했다. 미경이 다시 우체국 안으로 들어가고 나자 형섭은 천천히 발길을 돌려 왔던 길을 따라갔다.

초등학교를 졸업하고 나서 형섭이 미경을 다시 본 것은 대학 1학년 겨울방학 무렵이었다. 길고 무료한 겨울방학. 깊고 어두운 밤 혼자 집에 누워 책을 보고 있다가 문득 어떤 예감과도 같이 미경이 떠올랐던 것이다. 미경을 떠올리자 아득한 유년의 저쪽에서 풋사과 같은 향기가 날아와 형섭의 가슴을 몽환에 젖게 만들었다. 그런 꿈의 한구석에는 대학생이 되어 있는 자기 모습을 보여주고 싶은 마음도 있었을 것이다.

형섭은 오랫동안 망설이다 미경에게 전화를 걸었다. 혹시 문선생이 받으면 어쩌나 하는 걱정에 가슴이 조마조마했지만 다행히 전화 저편에서 들려오는 소리는 틀림없는 미경의 목소리였다. 형섭은 떨리는 가슴을 억누른 채 자기는 장형섭인데 혹시 기억나느냐고 물었다. 잠시 있다가 미경은 조그만 목소리로 알고 있다고 대답했다. 그 다음 말은 잘 생각이 나지 않았다. 형섭은 조금 있다가 오늘 저녁 일곱시쯤 청계다리 옆으로 좀 나와줄 수 없겠느냐고 물었다. 그러자 갑자기 먹통이라도 된 것처럼 아무런 대답이 없었다. 그러나 전화를 끊지 않고 있다는 것은 느낌으로 알 수 있었다. 형섭은 여보세요, 여보세요 하고 몇번 부르다가 수화기를 놓았다.

그렇게 일방적인 약속을 해놓고 반신반의하면서 그날 밤 형섭은 청계다리 옆에서 두 시간을 기다렸다. 눈이 내리고 있었다. 형섭은 파란 수은등 아래에 서서 흰눈을 맞으며 미경을 기다렸다. 그러나 미경은 오지 않았다. 흰눈은 수은등 주변을 맴돌다가 발밑에 하얗게 쌓여가는데 미경은 끝내 나타나지 않았던 것이다. 다만 저쪽 다리께의 어둠속에서 무릎 아래까지 오는 검은 코트를 입고 머리를 양쪽으로 땋은 여학생 모습의 그림자 하나가 잠시 어른거리다가 사라졌을 뿐이다. 형섭의 어깨 위에 눈이 소리없이 쌓이고 있었다.

그날 밤 형섭은 무언지 모를 괴로움과 슬픔 속에서 심한 몽정을 하였다. 그러고 나서 다른 청춘의 낯선 한순간들처럼 망각의 강 너머로 흘려보내고 말았는데 오늘 뜻밖에 우체국에서 그녀를 다시 만난 것이다.

봄이 오고 있었다.

한바탕 봄을 재촉하는 비가 내렸다. 삼월도 깊어가는 어느날, 형섭이 마루에 앉아 책을 보고 있는데 누가 찾아왔다. 전에도 알고 있던 읍내 경찰서 정보과의 김형사였다.

"어이, 형섭이 집에 있었구먼."

"아니, 김형사님 웬일이세요?"

형섭은 책을 집어든 채 엉거주춤 일어나며 그를 맞았다. 고향 선배라 형님이라 부를 수도 있었지만 그런 말이 낯간지러워 한번도 형님이라고 부르지 않았다. 땅딸막한 키에 입술이 얇고 턱이 짧은 그는 짙은 감색 가죽점퍼를 입고 손에 주스박스를 하나 들고 있었다.

"뭘 이런 걸……"

"제대했다는 말은 진작에 들었지만 하두 정신없이 바빠서……"

형섭 곁 마루에 걸터앉으면서 그는 변명삼아 웃었다. 그러나 입으로만 웃을 뿐 날카로운 눈매는 어느새 본능적으로 형섭의 요모조모를 순식간에 훑고 지나갔다.

"전두환이 들어서고 나서 더 바빠졌어. 삼청교육대다 뭐다 하면서 전과자를 잡아들이라고 할당해 내려보내더니 이번에는 공무원들 비리 숙정한다고 연일 들쑤시고 다니니 어디 맘 편할 날이 있어야지. 씨펄, 완전히 보안대 새끼들 세상이라니까."

그러면서 그는 점퍼 주머니에서 담배를 꺼내 형섭에게 권했다.

"피울래?"

"아뇨, 금방 피웠어요."

형섭은 아무런 내색을 하지 않았지만 마음의 긴장은 풀지 않은 채 말했다. 김형사는 담배에 불을 붙인 다음 마당을 향해 길게 연기를 뱉어내었다.

봄비가 추적추적 내리는 마당가 치자나무 가지에 어느새 연초록 물이 묻어나고 있었다.

"약국 어른이 돌아가시고 나니까 집이 텅 빈 것 같네."

그는 약간 감회에 젖은 듯한 어투로 마당을 한번 둘러보면서 말했다.

"나도 어릴 땐 약국 어른 약 많이 먹었지. 근데 소식 들었어?"

그는 지나가는 투로 말을 이었다. 그의 표정으로 봐서 순간 심상치 않은 내용의 말을 꺼내려 한다는 것을 형섭은 직감적으로 깨달았다.

"무슨 소식……?"

형섭이 약간 긴장한 표정으로 되물었다.

"신문도 안 봐? 부산 미문화원에 애들이 들어가서 기름 붓고 불지른 거?"

"예?"

"어허, 놀라긴. 정말 모르고 있었어?"

김형사는 믿기지 않는다는 표정으로 형섭의 얼굴을 흘낏 한번 쳐다보았다.

　"그 땜에 지금 나라가 온통 난리가 아니야. 간덩이가 부어도 보통 부은 놈들이 아니지 어디에다 불을 질러? 부산 고려신학대에 댕기는 문 아무개란 놈하구 김아무개란 년이 주동이 돼가지고 대낮에 휘발유통을 들고 들어가서 미국 문화원에다 불을 질렀다지 뭔가. 광주사태에 미국놈들이 책임이 있다면서 말이야. 공수대 투입해서 광주사태를 진압하는 데 미국이 눈감아주었다는 거야. 와중에 문화원에서 공부하던 대학생 한명이 타죽었다더라. 미친놈들이지. 미국이 어떤 나란데…… 위에서 눈이 벌게가지고 그들을 잡아내라고 연일 난리야."

　"안 잡혔어요?"

　형섭이 여전히 놀란 눈으로 말했다.

　"그러니까 더 난리지. 걔들 잡히면 사형감이야. 혹시 이상한 이야기 들은 거 없어?"

　그랬군. 형섭은 그제야 김형사가 자기를 찾아온 이유를 알 것 같았다.

　"몰라요. 들을 턱이 있나요? 얼마 전까지만 해도 전방에서 박박 기고 있었는데……"

　"하긴."

　김형사는 다시 어눌한 시골형사의 모습으로 돌아와서 고개를 끄덕거렸다.

　봄비를 맞으며 감나무 아래 우물가에서 닭들이 모이를 쪼고 있었다. 처마에서 낙수 떨어지는 소리가 규칙적으로 들렸다.

　"많이 야위었구면. 조심해. 상부에서 너 같은 빨간 줄들 철저히 감시하라는 지시가 내려와 있어. 살벌한 세상이야. 언제 다시 잡아들이라

할지 몰라. 법이란 게 없어. 힘있는 놈이 곧 법이지. 예전부터 그랬어. 넌 나보다 더 많이 배워서 유식하겠지만 고향 선배로서 하는 말인데 어쨌든 미친 몽둥이는 피해가는 게 좋아. 맞으면 너만 손해니까. 인생이 끝장난단 말이야, 알겠니? 하필이면 미문화원이라니…… 겁도 없어."

그는 걱정과 위협이 섞인 어투로 마당을 내려다보며 말했다.

"학교는?"

"한 학기 남았어요."

"조심해. 네 부친이 얼마나 네 자랑을 했는지 아니? 네 부친뿐만 아니라 우리도 기대가 컸어. 이 시골바닥에서 서울 명문대에 들어가기가 어디 쉬운 일인감?"

김형사는 안타깝다는 듯이 그렇게 말하고는 일어섰다. 그러면서 다시 힐끗 한번 형섭의 방 쪽을 살펴보는 것을 잊지 않았다. 어느새 차갑고 매서운 눈매로 돌아와 있었다.

"혹시 나한테 부탁할 일이 있음 경찰서로 연락해. 아무 때라도 좋으니까 말이야."

그는 주머니에서 명함을 꺼내 형섭에게 건네주며 말했다.

김형사가 가고 나자 형섭은 그 길로 길 건너편에 있는 방앗간으로 달려가서 며칠치의 신문을 빌려왔다. 과연 신문 일면에 대문짝만한 사진과 함께 '좌경 과격 대학생 부산 미문화원 점거 방화'라는 기사가 온통 시꺼멓게 장식하고 있었다.

저녁을 먹고 자리에 누웠을 때도 형섭의 가슴과 머리는 온통 불길로 일렁이고 있었다. 그와 함께 극도의 불안과 두려움이 깊은 어둠속으로 자신을 끌고 들어가는 것 같았다. 누군가가 금세라도 문을 차고 들어올 것만 같은 기분에 자기도 모르게 한번씩 문 쪽으로 시선이 갔다. 문밖에는 성난 짐승들이 허옇게 이빨을 드러내고 먹이가 걸리면 사정없이 갈기갈기 찢어놓고야 말 듯한 기세로 돌아다니고 있는 것 같았다. 일단 그들에게 걸리면 온몸을 발가벗기고 전기로 지져댈 것이었다. 그리고 거꾸로 매달아놓고 고춧가루 탄 물을 주전자로 사정없이 부어댈 것이었다. 끝없는 매질과 질문으로 육체와 정신의 질서를 완전히 망가뜨려 놓고야 말 것이었다. 자신의 입에서 나오는 끔찍한 비명에 스스로 놀라며 죽음보다 깊은 구렁텅이로 아득히 떨어지게 하고 말 것이었다.

어둠속에서 걸어나오는 짐승의 시간, 깊은 어둠속에서 들려오는 짐승의 비명소리…… 낯선 사내들…… 아, 형섭은 자기도 모르게 탄성을 질렀다. 목이 말랐다.

며칠 후 저녁, 형섭은 읍내로 나가 가게에서 정종 한병과 과일 한봉지를 사들고 어둑어둑해지는 군청 옆길을 따라 올라가기 시작했다.

서울로 떠나기 전에 문용탁 선생을 한번 찾아뵙고 가야겠다는 생각이 들었던 것이다. 김형사가 다녀가고 나서 형섭은 더이상 집에 머물러 있을 수가 없었다. 세상 돌아가는 것도 궁금했고 무엇보다 연희의 소식을 알고 싶어 견딜 수가 없었던 것이다.

형섭 아버지 장약국과도 친했던 문선생은 어릴 적에 미경을 데리고 가끔 약국 사랑방에 와서 한참 동안 놀다 가고는 했다.

그러나 문선생을 한번 찾아뵈어야지 하는 마음에는 사실 미경에 대한 마음이 감추어져 있는지도 몰랐다. 우체국에서 잠깐 보긴 했지만 집에 와서도 내내 그녀의 모습이 이상하게 마음 한쪽에 숨은 그림처럼 남아 있었던 것이다. 그녀를 생각하면 자기도 모르게 가슴이 설레곤 했다. 이제 미경은 더이상 소녀가 아니었다. 그녀의 짙은 갈색 눈은 무언가를 열망하듯 깊게 빛나고 있었고 출렁이는 머리칼 아래의 이마는 형섭이 수많은 가시덤불을 헤치고 나와 성숙한 청년이 되었듯 그녀 역시 성숙한 처녀가 되었다는 사실을 말해주고 있었다.

군청 담장을 따라 늘어서 있는 아름드리 벗나무에서는 이제 막 터지기 시작한 꽃망울들이 검은 하늘을 배경으로 차양처럼 하얗게 하늘을 덮고 있었다. 바람 속에서도 향기가 나는 것 같았다. 군청 담장을 끼고 개천을 따라 한참 올라가면 은행나무가 나오고 그 은행나무를 끼고 산비탈로 올라가면 탱자나무 울타리가 길게 쳐진 언덕빼기 밭 한쪽에 낡은 목조집이 하나 나타나는데 그 집이 미경이, 아니 문선생의 집이었다. 담장을 새로 했는지 탱자나무 울타리 사이 나지막한 블록 담장이 깨끗하게 집을 둘러싸고 있었고 초록색 페인트를 칠한 나무대문이 새로 달려 있었다.

그 집 가까이 가자 형섭은 자기도 모르게 소년처럼 가슴이 빠르게 뛰는 것을 느꼈다.

대문은 열려 있었다.

안으로 들어가자 조그마한 배밭이 나타났다. 배밭 뒤로는 감나무들이 병풍처럼 둘러서 있었다. 등이 까맣고 배가 누런 개 한마리가 뛰어나와 형섭을 향해 컹컹컹 소리내어 짖어댔다.

"선생님 계십니까?"

형섭이 조심스런 목소리로 말했다.

"누구시오?"

그러자 안에서 약간 잠긴 듯한 나지막하고 느린 목소리가 흘러나왔다.

"저, 형섭입니다. 장형섭이……"

문살 사이로 불빛이 비치는 방문 앞에 서서 형섭이 다시 크지도 작지도 않은 목소리로 대답했다.

"누구……? 형섭이? 아니, 형섭이가 왔어?"

문선생은 마침 집에 있었다. 그는 깜짝 놀란 표정으로 문을 열고 마루로 뛰어나왔다.

"아이구, 이놈아! 어서 들어와. 여보, 형섭이 왔어! 장약국네 막내아들 형섭이!"

문선생은 한편 형섭의 손을 끌면서 한편 안으로 자기 아내를 불렀다. 안에서 된장국 끓이는 냄새가 구수하게 풍겨나오고 있었다. 곧이어 부엌에서 문선생 부인이 손의 물기를 닦으면서 나왔다.

"형섭이가……? 아니, 자네가 정말로 형섭인가?"

그러면서 그녀는 젖은 손으로 형섭의 손을 꼭 잡았다.

"세월이 무섭긴 무서운가보우. 그새 이렇게 컸다니?"

문선생 부인은 형섭의 얼굴을 찬찬히 뜯어보며 말했다.

"그러잖아도 우리 미경이한테서 자네 왔단 이야긴 들었어."

웃는 눈매가 미경과 꼭 닮았다. 어둠속이었지만 그녀의 얼굴에도 세월이 지나간 흔적이 역력했다. 예전에는 퍽 고운 모습이셨는데……

"어서 방으로 들어가. 난 얼른 저녁 차릴게."

문선생 부인은 다시 부엌으로 들어가며 말했다. 방으로 들어간 형섭은 약간 쑥스러운 표정으로 문선생을 향해 절부터 했다.

"진작 찾아뵙지 못해 죄송합니다, 선생님. 그간 별고 없으셨어요?"

"오냐, 나야 잘 있었지. 자네야말로 고생이 많았지? 이야긴 다 들었네. 부친마저 돌아가셔서 참 안됐다. 좋은 어른이셨는데."

형섭은 오랜 스승인 문선생을 대하자 마치 아버지와 마주앉은 기분이 들었다. 문선생도 그새 많이 늙었다. 이마를 덮고 있던 앞머리는 다

빠지고 그나마 남아 있는 머리에도 하얗게 서리가 내려앉아 있었다.

"잘 왔다. 그러잖아도 미경이한테서 자네 왔단 이야길 듣고 한번 들르나 어쩌나 하고 기다리던 참이었어."

"진작 찾아뵙는다고 하면서도……"

형섭은 변명하듯 말하고는 방안을 한번 둘러보았다. 책이 빽빽이 꽂힌 책장 옆엔 오래된 목제 책상이 있었고, 부엌으로 통하는 문이 달린 다른 쪽 벽엔 기다란 괘종시계와 붓글씨를 쓴 액자가 걸려 있었다.

"미경씬……?"

"응, 곧 올 거야."

문선생은 벽에 걸린 괘종시계를 흘낏 보면서 말했다.

"그래, 감옥살인 할 만하던가? 나오자마자 군대까지 갔다오고……"

문선생은 형섭을 향해 미소를 지으며 말했다. 주름살이 얼굴 가득 물이랑처럼 번졌다.

"힘들긴 했지만 견딜 만했어요. 책을 많이 읽었어요."

"보나마나 고생이 많았겠지."

문선생은 형섭의 얼굴을 찬찬히 살펴보면서 말했다.

"그새 세상이 많이 변한 줄 알았더니 그게 아니더군요."

형섭은 가볍게 한숨을 내쉬며 말했다.

"그게 어디 한두 사람 고생한다고 될 일이겠나?"

문선생은 가만히 고개를 끄덕이며 말했다.

"인생은 길고 역사는 그것보다 더 길지. 길게 보고 깊게 호흡하지 않으면 안돼. 인간의 역사가 하루아침에 달라지지 않는 법이거든."

그의 얼굴에 다시 엷은 미소가 번졌다.

"앞으로도 많은 희생이 있겠죠."

46

형섭은 방바닥에 시선을 던진 채 우울한 표정으로 말했다. 문선생은 묵묵히 고개를 끄덕였다.

"난 자네를 잘 알아. 어릴 때부터 선친을 닮아 정의감이 강했지. 공부도 잘했고…… 그러잖아도 난 늘 자네가 생각났어. 해주고 싶은 말도 있고 말이야."

문선생은 잠시 생각에 잠긴 눈치더니 말을 이었다.

"자네도 나이가 들면 언젠가는 깨닫게 되겠지. 그래, 자네 말대로 지금은 희생이 필요한 때인지도 몰라. 독재체제와도 맞서 싸워야 하고, 분단의 질곡과 싸워야 하는지도 몰라. 하지만 그것만으로는 안돼. 나도 젊은시절 사회주의에 빠진 적이 있네만 그것 역시 앞으로 몰락의 길을 걸을 수밖에 없을 거네. 인간의 욕망이 변하지 않는 한 말이야. 인간의 욕망이 변하지 않는 한 역사는 끊임없이 반복될 수밖에 없어. 눈앞의 당면한 과제가 해결된다고 하여 그게 끝은 아니라는 말이네."

"그래도 어쩔 수가 없죠. 이런 세상에서 누가 온전히 자기 꿈을 꿀 수가 있겠어요?"

"이런 경쟁사회에서는 결국 모두가 패배자가 될 수밖에 없다네. 대량생산과 대량소비의 거대한 자본주의 톱니바퀴 밑에서는 말일세. 자네의 눈 속에는 아직 너무나 많은 불꽃들이 타고 있네. 그게 젊다는 표시이기도 할 테지. 그래, 자네같이 아직 분노하는 젊은이들이 있다는 것은 다행이지. 하지만 언젠가 그 불꽃도 사그라들 때가 있을 걸세. 대신 환멸과 절망이 그 자리를 차지하게 될지도 몰라."

문선생은 형섭의 눈을 똑바로 쳐다보며 말했다.

"이 지상에는 일찍부터 수많은 혁명들이 있었고 수많은 성인과 수많은 선지자들이 있었지만 결코 한번도 완전한 해방이 일어난 적은 없었다네. 일찍이 러시아에서 볼셰비끼 혁명이 일어나고 나서 오랜 망명에서 돌아온 레닌이 핀란드 역에서 연설하던 모습이 생각나누먼. 흑백필름으로 보았지만 정말 감동적인 장면이었지. 전세계 진보주의자들의 가슴에 그 장면은 황홀한 꿈과 같았어. 젊은시절 많은 내 친구들도 그 황홀한 이상에 부나비처럼 자신의 목숨을 스스럼없이 던졌지. 하지만 스딸린과 그 후계자들이 이어져내려오는 동안 그 위대했던 혁명은 어떻게 되었는가? 그들의 구호는 다 어디로 갔는가 하는 말이네. 환멸과 배반, 그것밖에 더 있는가 하는 말이네."

"세상에 영원한 것이야 없겠죠. 수많은 혁명들이 그랬던 것처럼…… 하지만 그런 노력이 없었다면 지금까지 인간은 얼마나 비참한 상태에 놓여 있었을까요? 희망도 없이……"

"나는 인류를 구원하겠다는 이데올로기는 모두 위험하다고 생각하네. 그건 지금 이 세상을 지배하는 권력과 똑같이 위험해. 총화단결을 주장하는 파쇼나 그것에 저항하는 저항세력이나 위험하긴 마찬가지라는 말이네. 지금은 다들 당면한 문제 때문에 어쩔 수 없긴 하겠지만 언젠가는 그 세력도 파쇼화하고 말 걸세. 마치 자석 옆에 있는 쇠붙이들이 모두 자석화가 되는 것처럼…… 인간 내부에 있는 욕망이 바뀌지 않는 한 결코 이 폭력과 광기로 물들여진 역사가 달라지진 않아."

"그러면 누가 이 어두운 세월과 싸워나가죠? 선생님 말씀대로라면 역사에 있어 정의는 어떻게 되나요? 나찌의 형무소에서 죽어가면서 역사를 위해 변명했던 신학자 본회퍼 같은 이들은 다만 망상가에 지나지 않았을까요? 욕망…… 그래요, 우리는 욕망을 가진 존재죠. 그러나 우리 모두가 어느날 갑자기 성인이나 신이 될 순 없지 않겠어요?"

형섭은 약간 흥분한 표정으로 논쟁이라도 할 듯이 말했다.

"그래, 나도 알아. 어쩌면 피비린내 나는 투쟁이 그친 세상은 결코 오지 않을지도 몰라. 인간의 미래를 생각하면 참으로 우울한 생각밖에 들지 않는다네. 나는 예전부터 형섭이 자네의 다정다감함을 사랑했네. 자네의 정의심과 사랑도 말이네. 하지만 언젠가 역사는 자네를 배신할 걸세. 대신 절망과 환멸의 구렁텅이에 빠뜨려놓고 말 걸세. 자기가 던진 돌에 자기가 맞는 것이 역사의 법칙이지. 자네가 환멸에 빠질 때, 자네의 날개에 힘이 빠질 때 마지막 돌아가야 할 곳이 어딘가, 하는 것을 생각해보게. 그게 여기 땅이라네. 어머니와도 같은 대지 말일세. 이런 세상에서 농사야말로 누구에게나 열린 마지막 희망이고 위안이네. 우리는 좀더 근본적인 방법을 생각하지 않으면 안된다네."

문선생은 탄식하듯 말하고 나서 한참 동안 말없이 허공을 쳐다보았다. 그러고 나서 다시 천천히 입을 열었다.

"내 꿈은 소박하나마 예전에 살던 방식대로 작은 공동체를 부활하는 것이라네. 그것을 위해 뜻이 맞는 친구들 몇이랑 작은 두레농장을 마련해두었다네. 작은 생산공동체야말로 새로운 세상에 대한 나의 대안이야. 사회주의조차 실패했던 인간의 욕망체계에 대한 도전이지."

"그야말로 가나안이군요."

"그래, 인간은 이제 미래에 대한 새로운 프로그램을 가지고 있지 않으면 안돼. 그러기 위해서는 무언가 근본적으로 달라지지 않으면 안될 거야."

"하지만 저에겐 선생님이야말로 마치 사납게 불어오는 태풍 앞에 비닐하우스를 짓겠다는 사람으로밖에 안 보이는군요. 그렇게 하여 몇몇이 만족하면서 살 순 있을지 모르지만 그게 다른 사람들에게 무슨 힘이 되겠어요? 세상 전체가 바뀌지 않는 한 아무도 자유롭지도, 평화롭지도 못할 겁니다."

"글쎄…… 하지만 똑바로 가는 길이 언제나 지름길은 아니라네. 돌아갈 때가 되면 돌아가는 것이 진보지. 그게 인간의 역사가 시작된 이래 가장 오래 지속된 일이라네."

형섭은 묵묵히 방바닥을 내려다보며 생각에 잠겼다. 두 사람 사이에 잠시 무거운 침묵이 흘렀다. 그때, 마치 두 사람을 그 침묵에서 구원해 주기라도 하듯 밖에서 무슨 소리가 나더니 미경이 문을 열고 들어왔다.

"어머, 형섭 오빠 오셨네!"

형섭을 보자 미경은 깜짝 놀라는 표정으로 반갑게 말했다.

"언제 왔어요?"

미경은 입고 있던 코트를 벗어 황급히 벽에다 걸어두고 형섭의 옆에 나란히 앉으며 말했다. 미경의 몸에서는 밖에서 묻어온 냉기와 함께 연한 화장품 냄새가 풍겼다.

"응, 조금 전에……"

미경과 눈이 마주치자 형섭은 조금 전의 심각한 논쟁을 한꺼번에 잊어버리기라도 한 것처럼 괜히 또 얼굴이 붉어지는 걸 느끼며 더듬거리면서 말했다.

"잘됐다. 손님이 왔으니 오래간만에 같이 저녁이나 하자꾸나."

어색해진 분위기를 바꿀 요량으로 문선생이 웃으면서 말했다.

"저는…… 먹었어요."

형섭이 체면치레로 말했다.

"먹긴, 이 사람. 지금이 몇신데 벌써 먹어? 미경아, 나가서 엄마랑 빨리 상 봐와라."

"예."

미경이 기다렸다는 듯 발딱 일어나 부엌 쪽으로 달려나갔다. 열린 방문 사이로 봄밤의 향기로운 바람이 불어왔다. 어디에선가 꽃잎 하나가 바람에 날려 떨어지고 있는 것 같았다.

"아무튼 조심해. 자신을 귀하게 여기라는 말이네. 자신을 귀하게 여기지 않는 사람은 남을 사랑할 줄도 모르는 법이니까."

미경이 나가고 나자 문선생은 아까 하던 이야기의 마무리라도 짓듯 조용하게 웃으면서 말했다.

저녁을 먹고 나자 날이 어두워져 있었다. 형섭은 문선생 내외에게 작별인사를 하고 밖으로 나왔다. 마당에 연해 있는 배밭에 달빛이 은싸라기를 뿌려놓은 것처럼 하얗게 내려와 쌓이고 있었다.

"이제 곧 서울로 가겠네? 배꽃 피면 한번 다녀가게나. 부디 몸조심하고……"

탱자나무 울타리에 연이은 나무대문께까지 따라나온 문선생이 말했다.

"난 형섭 오빠 바래다주고 올게요."

미경이 자기 아버지한테 말하고 형섭을 따라나섰다. 형섭은 공연히 또 얼굴이 붉어지는 것을 느꼈지만 주위가 어두워 표가 나지 않는 게 다행이었다. 형섭은 다시 한번 문선생 내외한테 인사를 한 다음 길을 따라 내려가기 시작했다. 아까 올 때는 혼자였는데 지금은 미경과 함께였다. 개천을 따라 내려가는 길은 형섭이 어릴 때부터 다니던 길이라 훤했는데 미경은 마치 형섭이 초행길이라도 되는 것처럼 바래다주러 나선 것이다.

개천가에는 벚나무들이 늘어서 있었다. 쏟아지는 달빛을 받아 벚꽃은 희디희게 하늘을 덮고 있었다. 미경과 단둘이 걸어가는 동안 형섭은 소년처럼 자기도 모르게 가슴이 뛰는 것을 느꼈다. 고개를 숙인 채 천천히 걸어가는 미경의 옆모습을 슬쩍 훔쳐보았다. 어둠속에 하얗게 드러난 미경의 얼굴은 벚꽃보다 더 화사해 보였다. 형섭은 자기도 모르게 작게 한숨을 지었다.

"선생님은……"

마침내 무슨 말이라도 해야 할 것 같아 형섭은 자신의 감정을 감춘 채 천천히 입을 뗐다.

"예전이나 다름없이 여전히 이상주의자시군."

"제 눈엔 형섭 오빠나 아버지나 둘 다 이상주의자 같으신데……"

형섭의 심각한 목소리에도 불구하고 미경은 명랑하게 말했다.

"하긴 그럴지도 모르지. 하지만 나랑은 달라. 선생님은 세상 사람이 모두 성인이 될 수 있다고 믿고 계신가봐. 국가도 권력도 소용없는 그런 완전한 자율적 세상 말이야. 그러나 이기적인 욕망이 없는 세상이란 게 과연 가능할까? 신들의 세상이 아닌 이상……"

"아버진 늘 그랬어요."

미경이 말했다. 형섭은 뒷짐을 진 채 천천히 걸어가며 독백이라도 하듯 말했다.

"어쩌면 지금까지 인간의 역사란 선생님의 말씀대로 늑대와 늑대, 야만과 야만의 싸움이었는지도 몰라. 하지만 인간은 자신의 존재조건을 깨기 위해 힘겨운 투쟁을 벌였어. 자유와 평등. 그것이야말로 인간이 이 어둠속에 내팽개쳐졌을 때 최초로 불을 발견했던 것처럼 역사를 움직이게 했던 이념들이야. 그렇지 않다면 인간의 역사 속에 벌어졌던 그 숱한 투쟁들이 모두 하잘것없는 욕망끼리의 싸움에 지나지 않았을 거야. 나 역시 역사에 있어 도덕이라든가 정의라든가 하는 게 얼마나 추상적인 개념일까 하는 회의에 빠질 때도 있어. 하지만 그런 게 없다면 인간의 세계라고 하여 약육강식의 동물의 왕국과 다를 게 뭐가 있을까? 오늘 죽은들 내일 죽는 것과 다를 건 또 뭐구."

말을 하는 동안 형섭은 자기도 모르게 흥분이 되어 아까 문선생 앞에서 다하지 못했던 이야기를 마치 한꺼번에 쏟아내기라도 하듯이 말했다. 그러나 사실은 미경을 향해 그런 열변을 토할 이유가 없었다. 형섭은 발걸음을 멈추고 미경을 바라보았다. 어둠속에서 미경의 눈이 빛나고 있었다. 형섭의 눈길이 잠시 그녀의 눈빛에 사로잡힌 듯 어지럽게 흔들렸다. 순간, 지하써클에 모여 격한 논쟁을 벌일 때 상기된 모습으로 자신을 바라보던 연희의 얼굴이 겹쳐졌다. 형섭은 말할 수 없이 복잡한 혼란의 늪에 빠져드는 기분이었다.

그런 감정을 지우기라도 하듯 형섭은 다소 단호한 목소리로 말했다.

"난 어릴 때부터 겁이 많았지. 우리 아버진 종종 나의 그런 소심함을 나무라곤 하셨어. 한번은 구멍이 숭숭 난 철판 다리를 건너는데 도저히 혼자 건너갈 용기가 나지 않았어. 우리 아버진 그런 나를 끝까지 도와주지 않았어. 결국 건너긴 했지만 난 사실 그런 인간이야. 소심하고 겁많은 인간…… 근데, 그런 내가 어느날 갑자기 위험한 인물로 찍혀 감옥으로 가게 되었어. 나도 모르게 말이야."

형섭은 자기도 모르게 다시 격정적인 감정에 싸인 채 말했다.

"어떤 땐, 어떤 보이지 않는 힘 같은 것이 한 인간의 운명에 불을 댕기고 마침내 송두리째 뒤흔들어놓아 어쩔 수 없이 그 길을 걸어가도록 할 때가 있지. 그때 그 인간은 스스로 그 길을 선택했다고 착각하게 마련이지. 하지만 오히려 보이지 않는 절대적인 힘, 역사적 필연 같은 것에 선택을 당했다고 하는 편이 옳을지 몰라."

형섭은 열정에 젖은 눈빛으로 미경을 돌아보았다.

개천이 끝나는 지점에 다리가 나타났다. 그 옛날 겨울방학 눈 내리던 날 밤 미경을 기다리며 서 있던 그 다리였다. 지금은 눈 대신 눈보다 더 흰 달빛이 은가루처럼 하얗게 부서져 개천에 가득 출렁이고 있었다. 벚꽃 향기가 은은한 달빛에 실려 날릴 때마다 다리 위에 드리워진 나무 그림자가 일렁거렸다. 약속이나 한 것처럼 두 사람은 걸음을 멈추었다.

"형섭 오빠……"

그때 미경이 조그맣게 그의 이름을 불렀다.

그녀의 목소리가 가늘게 떨리고 있었다. 형섭은 걸음을 멈추고 돌아서서 미경을 바라보았다. 달빛에 비친 미경의 얼굴은 하얗게 빛이라도 나는 것 같았다.

"………"

그녀의 얼굴을 바라보는 동안 형섭의 가슴속으로 수많은 감정들이 빠르게 흘러갔다. 시간은 멈추어섰고, 꿈과 현실의 경계가 허물어져버린 느낌이 들었다.

순간, 미경이 무너지듯 형섭의 품에 안겼다. 미경의 부드러운 머리카락이 코끝에 닿았다. 뜨거운 숨결이 목께에 느껴졌다.

"미경아……"

형섭 역시 자기도 모르게 미경을 꼭 끌어안았다.

"난 어쩐지 형섭 오빠가 다시 돌아올 것 같은 예감이 들었어요. 그날 우체국으로 형섭 오빠가 나타났을 때…… 얼마나 놀랐는지 몰라요. 꿈인가 했어요."

미경의 눈에 따뜻한 물기가 번졌다. 달빛에 비친 물기는 유릿조각처럼 반짝였다.

나야말로…… 얼마나 가슴이 뛰었는지 몰라.

형섭은 그녀의 머리카락에 뺨을 묻은 채 속으로 중얼거렸다. 하지만 안돼. 내겐 아직 건너가야 할 강이 있어. 연희라는 이름의 강. 가슴이 터지도록 불러도 다하지 못할 그리움의 강. 그 강을 건너지 않는 한 나에게는 희망도 자유도 남아 있지 않아.

"미안해, 난 아직…… 돌아온 게 아니야. 얼마나 많은 시간이 또 흘러가야 할지 몰라."

이윽고 형섭이 말했다. 미경은 천천히 형섭의 품에서 벗어났다.

형섭은 다리 아래 개천을 향해 돌아섰다. 꺼먼 물이 흘러가는 개천에 달빛이 안개처럼 환하게 담겨 있었다. 담배를 뽑아물었다. 미경이 형섭의 등에 가만히 얼굴을 기댔다. 멀리서 개 짖는 소리가 밤하늘을 공허하게 울렸다.

"아무 말 하지 않아도 다 알고 있어요. 형섭 오빠는 언제나 내게서 너무나 높은 곳에 있었어요. 옛날부터 지금까지, 언제나…… 서울 가면…… 부디 건강하세요."

미경이 젖은 목소리로 말했다. 그녀의 말은 그대로 비수가 되어 형섭의 가슴을 찌르는 것 같았다. 가슴 깊은 곳에서 피가 배어나왔다. 그러나 더이상 그녀에게 해줄 수 있는 말이 아무것도 없었다.

"먼저 가."

이윽고 형섭이 말했다. 미경이 고개를 끄덕였다. 그러고는 잠시 말없이 서 있다가 빠른 걸음으로 오던 길을 돌아서 가기 시작했다. 벚나무 그늘 속으로 걸어가는 그녀의 모습을 형섭은 한참 동안 지켜보았다. 울고 있는 걸까. 바바리코트의 끝자락이 팔랑거리며 어둠속으로 잠겨갔다.

미경이 시야에서 점점 멀어질수록 형섭은 후회와 함께 절망감에 빠졌다. 그럴 수만 있다면 당장이라도 달려가 품에 꼭 안고 싶었다. 그러나 형섭은 돌처럼 그 자리에 서서 사라져가는 그녀의 뒷모습만 지켜볼 뿐이었다. 고통스럽고도 괴로운 감정이 형섭의 가슴을 온통 휘저어놓았다.

길게 누운 벗나무 그림자들이 바람결에 소리없이 무너지고 있었다.

어둠의 심연

형섭은 비탈진 골목길을 빠른 걸음으로 내려갔다.

그동안 끙끙대며 작업한 번역거리의 일부를 가지고 친구인 홍석태가 편집장으로 있는 출판사로 가는 중이었다. 입에 풀칠이라도 하라며 우정으로 맡겨준 것이었는데 워낙 영세한 출판사라 번역료래야 장당 오백원도 되지 않았다. 그래도 형섭에게는 눈물나게 고마운 일이었다. 막상 서울로 오긴 했지만 특별히 손에 잡히는 일도 없었거니와 푼돈이라도 만지려면 무슨 일이든 하지 않으면 안될 처지였기 때문이다.

형섭이 서울에 온 지도 한달이 다 되어가고 있었다. 미경과 헤어지고 나서 그 다음날로 보따리를 싸서 상경한 것이었다. 미경을 생각하면 마치 한바탕 아픈 꿈이라도 꾸고 난 것 같았다. 벚꽃이 핀 개천길과 화사하던 그녀의 모습이 한장의 사진처럼 남아 있었다.

서울에 온 형섭은 당장 거처할 곳이 마땅치 않아 우선 대학 친구인 최동만이 자기 후배와 둘이서 자취하는 이곳 봉천동 산동네의 허름한 집에 염치 불고하고 비비고 들어가서 발을 뻗었다.

골목길을 내려와서 와자지껄한 재래시장을 지나 버스를 탔다. 시계를 보니 다섯시를 막 지나고 있었다.

석태네 출판사는 서대문 로터리 부근에 있었다. 버스에서 내린 형섭은 번역원고 뭉치를 한쪽 겨드랑이에 끼고 잰걸음으로 걸어가기 시작했다. 초여름으로 접어드는 날씨라 이마와 등에 어느새 축축하게 땀이 차올랐다.

로터리를 건너 우체국을 끼고 한참 올라가자 삼층짜리 낡은 목조건물이 나타났다. 그 건물의 일층에는 미장원이 있었는데 바로 그 옆의 어둡고 가파른 나무계단을 올라가면 이마를 한대 딱 때리듯이 '도서출판 예감'이라고 씌어진 작은 아크릴 간판이 나타났다. 그곳이 석태네 출판사였다. 직원이래야 해직기자 출신이라는 사장까지 포함해 네 명밖에 되지 않는 그야말로 코딱지만한 출판사였다.

형섭이 들어가자 마침 석태는 안경을 이마에다 얹어놓은 채 영감 같은 모습으로 교정지에 코를 박고 있었다. 어디를 두드려도 먼지가 풀풀 일어날 것 같은 사무실 한쪽 유리창에 때마침 석양이 한조각 비스듬히 걸려 있었는데, 그 석양을 받은 책상 쪽에 앉아 있던 젊은 아가씨가 역시 빨간 볼펜을 들고 교정을 보고 있다가 먼저 형섭을 발견하고는 아는 체를 했다. 지난번에 한번 인사한 적이 있는 안혜숙이라는 편집부 직원이자 동시에 석태의 애인이기도 한 처녀였다.

"어, 형섭이 왔어?"

그제야 고개를 든 석태가 촛점을 맞추느라 눈을 가늘게 뜨며 말했다.

"응, 전화도 없이 불쑥 와서 미안하다. 바쁘지 않니?"

"지랄, 언제부터 그렇게 예의 차렸냐? 앉아."

석태는 안경을 벗고 사무실 한쪽에 놓인 겉이 너덜너덜하게 벗겨진 인조가죽 소파를 눈으로 가리켰다. 소파 위에는 책과 원고가 산더미처럼 쌓여 있어 겨우 엉덩이를 붙일 자리만 남아 있었다. 곧 석태가 한쪽 다리를 절룩거리며 왔다. 유난히 뾰족한 턱 끝에 면도질을 잘 하지 않아 염소수염 몇가닥이 조금 우스꽝스럽게 나 있었다. 그러나 꼭 다문 얇은 입술에는 늘 그렇듯 냉소 같은 게 흐르고 있었는데 그것은 그의 쌍꺼풀 없는 실눈과 어울려 어딘지 모르게 차가운 느낌을 주었다.

"번역 다 했어?"

"아니, 삼분의 일 정도. 일단 이거라도 갖다줘야겠다 싶어 먼저 가져왔어."

"너 궁하구나."

"아냐, 처음 해보는 번역이라 의견도 듣고 싶고 해서……"

형섭이 황급히 변명이라도 하듯 말했다.

"알았어. 계산은 나중에 하기로 하고 일단 오만원만 줄게. 잘했겠지?"

"몰라. 교정이나 잘 봐줘."

"지랄, 잘못했다간 빠꾸야."

석태가 웃으면서 협박조로 말했다. 형섭이 원고 꾸러미를 주자 건성으로 몇장을 뒤적이는 척했다.

그때 혜숙이 커피를 타서 왔다.

"마침 퇴근시간이네. 우리 나가서 같이 저녁이나 먹지. 혜숙씬 약속 있어?"

석태가 시계를 보더니 혜숙을 향해 물었다.

"아뇨."

혜숙이 형섭 쪽을 쳐다보며 석태 대신 그에게 대답했다. 머리를 뒤로 묶은 혜숙은 단단하고 귀여운 인상이었다. 석태는 자기 책상으로 가서 대충 정리를 한 다음 옆구리에 책을 한권 끼고 나왔다.

"뭘 먹을까?"

석태가 물었다.

"아무거나."

"아무거나는 없어."

"기름기 있는 거 먹고 싶은데…… 삼겹살 사줄래?"

"삼겹살?"

그 말에 석태가 후후 소리내어 웃었다.

"애들은 제대하고 나면 꼭 삼겹살을 사달라는구먼. 알았어. 마침 여기 골목 뒤에 삼겹살 잘하는 데 있으니까 그리로 가지."

석태가 앞장서서 절룩거리며 위태롭게 계단을 내려가고, 그 뒤를 형섭이 조심스럽게 따라 내려갔다. 혜숙은 사무실의 자물쇠를 잠그고 맨 나중에 내려왔다. 어느새 골목 안에 어둑한 땅거미가 내려와 있었다. 축축한 저녁바람이 얼굴에 감겼다.

고기 굽는 냄새와 담배연기가 뒤섞인 좁은 식당 안에는 허름한 차림새의 사내들이 대여섯 명 둘러앉아 시끌벅적하게 떠들어대고 있었다. 안으로 들어갈까 하다가 백열등을 달아놓은 바깥쪽에 자리잡았다. 기름때가 번질번질하게 배어 있는 탁자를 사이에 두고 석태와 혜숙이 나란히 앉고 그 앞에 형섭이 마주앉았다.

"아줌마, 여기 삼겹살하고 소주 한병 주세요."

석태가 필요없이 큰 소리로 주문을 한 다음 형섭을 보고 흐뭇한 표정으로 한쪽 눈을 찡긋거렸다. 하긴 삼겹살은커녕 변변한 밥 한끼 먹는 것도 힘들던 가리봉동 시절을 생각하면 그럴 만도 했다. 석태는 불편한 몸에도 불구하고 예전에 주물공장에서 형섭과 같이 일했다.

"이봐, 형섭이. 널 보면 괜히 미안한 마음이 든단 말이야."

형섭의 잔에 먼저 소주를 따라주며 석태가 말했다.

"사돈 남 말 하고 있네. 너나 잘살아라."

"여하튼 미안해. 너네 아버지 돌아가셨을 때도 못 가보구. 나중에야 소식 들었어. 자, 그런 의미에서 한잔 합세."

석태가 웃으며 소주잔을 들었다.

"고생 많았어. 그동안 많이 변한 것 같지만 실상 변한 것은 아무것도 없어. 나이를 좀 먹었다는 것만 빼고 말이야. 그래도 살아 있으니까 이렇게 또 만나는구먼. 그래, 복학은 언제 할 건가?"

"이번 가을에. 통지서가 왔어, 복학을 해도 좋다는."

"잘됐군. 지금 같은 땐 공부라도 해두는 게 최선의 길인지 몰라. 몸도 좀 추스르고 말이야. 그런데…… 연희 소식은 들었니?"

그렇게 말하며 석태는 궁금하다는 듯이 형섭을 쳐다보았다.

"아니."

연희 이름이 나오자 형섭은 자기도 모르게 표정이 어두워졌다.

"그래? 정말이니?"

석태는 형섭의 아픈 상처를 건드렸다고 생각했는지 괜히 어색한 표정을 지었다.

그러나 형섭은 짐짓 무심한 표정으로 담배를 피워물었다. 다른 친구의 입에서 연희 이름이 나오자 갑자기 만감이 교차하는 기분이었다. 얼마나 궁금해하던 소식이었는가. 하지만 서울에 온 후 아직 누구에게서도 연희 소식을 들을 길이 없었다. 자기가 제대해 돌아왔다는 것을 알기나 할까.

"연희 소식이라면…… 내가 조금 알고 있는 게 있어요."

그런데 바로 그때 한쪽 옆에서 가만히 두 사람의 이야기를 듣고 있던 혜숙이 머뭇머뭇 그들의 대화에 끼여들었다.

두 사람은 뜻밖이라는 표정으로 혜숙을 쳐다보았다.

"혜숙씨가?"

혜숙은 잠시 탁자 위에 시선을 던져두고 있다가 천천히 입을 열었다.

"예. 사실 연휜 나랑 친한 친구의 친구거든요."

"그래요?"

전혀 기대하지 않았던 일이라 형섭이 놀란 목소리로 말했다.

"하지만 차라리 모르고 있는 게 더 나을지도 몰라요."

그러나 혜숙은 형섭의 반응과는 달리 신통치 않은 목소리로 대꾸했다.

"아니, 왜?"

형섭 대신 석태가 호기심을 참지 못하고 물었다. 그러나 혜숙은 그의 말을 무시라도 하듯 잠시 동안 입을 다물고 있었다. 그녀의 얼굴에 괜히 말을 꺼냈다는 듯 가볍게 후회하는 빛이 스쳐지나갔다. 갑자기 무거운 침묵이 흘렀다.

"난 괜찮아요. 어떤 이야기라도……"

형섭이 불안한 마음을 애써 누르며 먼저 말문을 열었다.

"하지만 이야기를 들어보면 그렇게 간단치만은 않을 거예요."

혜숙은 여전히 곤혹스러운 표정을 지으며 말했다. 형섭은 혜숙의 다음 말을 기다리며 입술에 술잔을 갖다대었다. 말은 그렇게 해놓았지만 가슴은 기대와 흥분으로 소리없이 뛰고 있었다. 얼마나 듣고 싶던 연희 소식인가. 이런 자리에서, 혜숙으로부터, 그녀의 소식을 듣게 되리라곤 정말 상상도 해보지 않은 일이었다.

"사실 난 형섭씨를 만나기 전부터 형섭씨 이야길 많이 들었어요."

이윽고 혜숙이 천천히 입을 열었다.

"내가 연희를 만난 건 몇해 전 연희가 한창 방황하던 때였을 거예요. 내 친구, 그러니까 그녀의 친구이기도 한 어떤 애와 그때 셋이서 자주 만나곤 했죠. 지금 기억해도 연희는 첫눈에 눈매가 시원한 게 아주 매력적인 인상이었어요."

혜숙은 마치 기억이라도 더듬는 것처럼 눈을 가늘게 뜨고 조용한 목소리로 말했다.

"그러나 시원한 인상에도 불구하고 어딘지 모르게 그녀의 얼굴 한구석엔 우울한 그림자가 짙게 깔려 있었어요. 담배를 배운 지 얼마 되지 않았다고 하면서 줄담배를 피우더군요. 한숨처럼 연기를 뱉어내곤 하던 모습이 지금도 선명하게 기억나요."

혜숙은 그렇게 말해놓고 나서 잠시 생각에 잠긴 표정으로 먼 곳을 향해 시선을 던져두고 있었다. 형섭은 마치 판결문을 기다리는 죄수처럼 극도의 긴장감을 억누른 채 그녀의 다음 말이 떨어지기를 기다렸다. 혜숙은 한숨을 커다랗게 한번 쉰 다음 말을 이었다.

"그래요. 그녀는 그때 분명히 자기도 어쩔 수 없는 고통에 빠져 있는 것처럼 보였어요. 모든 게 불확실하고 모든 게 엉망인 그런 상태 말예요. 나는 나중에야 그녀가 빠져 있는 고통의 고리 저쪽에 어떤 남자가 있다는 것을 알게 되었죠."

그리고 나서 혜숙은 형섭의 눈을 쳐다보았다.

"세상이 참으로 좁게도 그 사람이 알고 보니 장형섭씨 바로 당신이었어요."

형섭은 그제야 혜숙을 처음 만나 인사했을 때 그녀가 깜짝 놀라는 표정을 지었던 이유를 알 수 있을 것 같았다.

"하지만 지금은 아니에요. 만난다 하더라도 실망할 거예요. 그래서 난 아무것도 모른 척 그냥 지나치려고 했죠. 사실 이런 자리가 아니었으면, 그리고 우연히 이야기를 꺼내지 않았더라면, 난, 아무 말도 하지 않았을 거예요."

그렇게 말하는 동안 그녀의 얼굴이 점점 착잡하게 변했다. 그러나 다음 순간 혜숙은 단호한 목소리로 명령이라도 하듯 말했다.

"잊어버리세요. 아시겠어요? 그게 두 사람을 위해 좋을 거예요. 형섭 씨에게나 연희에게나……"

그러고는 혜숙은 더이상 할 이야기가 없다는 듯 입을 굳게 다물었다. 그러자 세 사람은 동시에 각기 깊은 생각에 빠진 것처럼 조금 전보다 더 무거운 침묵 속에 잠겼다. 고기가 타고 있었지만 아무도 젓가락질을 하지 않았다. 눅눅한 바람이 형섭의 이마를 스치고 지나갔다.

"정말 그럴까……?"

그때 문득 석태가 침묵을 깨고 두 사람 사이에 끼여들며 말했다.

"난 오히려 반대야. 언젠가는 만나게 될 걸 가지고 시간을 끌 필요는 없잖아. 그럴 바에야 난 두 사람이 빨리 만나보는 게 좋다고 생각해. 상처는 묻어둔다고 해결되지는 않는 법이니까."

"그렇지 않아요."

갑자기 혜숙이 석태의 말을 잘랐다. 그러고 나서 그녀는 가볍게 한숨을 쉰 다음 말했다.

"그건 지금 연희가 어떤 상태에 놓여 있는가를 모르기 때문에 하는 말이에요."

"그게 무슨 뜻인가요?"

그러자 이번에는 형섭이 불안한 눈빛으로 물었다. 혜숙은 잠시 동안 심각한 표정으로 앉아 있다가 마침내 천천히 입을 열었다.

"그녀는 예전의 연희가 아니에요. 이제 그녀를 만나는 것도 쉽지 않아요. 어떤 사람과 함께 도바리중이거든요. 말하자면 수배중이란 뜻이죠. 이젠 됐어요?"

"예? 뭐라구요?"

형섭은 물론 석태도 전혀 상상조차 해보지 못한 이야기였다. 두 사람은 놀란 눈으로 혜숙을 쳐다보았다.

연희가 도바리중이라니……? 그것은 도대체 무슨 뚱딴지 같은 말인가. 그러자 혜숙은 주변을 한번 살펴보더니 마치 은밀한 비밀을 털어놓는 것처럼 이어서 나지막하게 말했다.

"그녀는 지금 지하조직의 멤버로 활동하고 있어요. 옛날 유대교의 가장 과격한 한 분파의 이름을 따서 '열심당'이라고 이름지어진 조직이죠. 신학대학을 나왔다는 성유다라는 사람이 우두머리예요. 지금 당국에서 혈안이 되어 쫓고 있는 지하 청년사회당도 실은 열심당의 한 분파예요."

성유다……? 열심당……?

형섭은 갑자기 암호로 가득 찬 추리소설이라도 읽고 있는 느낌이었다. 형섭은 아무 말 없이 술잔을 들어 입술에 대는 시늉을 하였다. 그런 혼란으로부터 그를 구해준 것은 석태였다.

"열심당이라면 나는 조금 아는 것이 있어. 로마제국이 이스라엘을 침략했을 당시 끝까지 항쟁했던 유대교의 가장 과격한 근본주의자 중의 일파지."

그는 조용하게 설명이라도 하듯 말했다. 쌍꺼풀 없는 가는 눈매가 어둠속에서 반짝였다.

"그들 중 죽음까지도 불사한 테러리스트를 '시카리'라고 불렀지. 희랍어로 단검을 지닌 사람들이란 뜻이야. 품속에 단검을 지니고 로마인과 로마에 협력하는 부역자들을 암살하는 것을 목적으로 했어. 비타협, 불복종, 폭력적 방법, 그리고 엄격한 규율이 그들 조직의 특징이야. 예수를 배신했던 가롯 유다도 열심당원이었어."

"그래서 그 친구가 자신의 이름을 가명으로 성유다라고 붙였군."

형섭이 신음이라도 하듯 말했다.

"맞아요. 사실 나도 한때는 그 조직원으로 일했으니까…… 내가 아는 친구가 연희와 나를 그곳으로 끌어들였지요. 나는 지금도 그들이 나쁘다고는 생각하지 않아요. 하지만 나는 그들의 종교적 방식이 싫었어요. 어떨 땐 숨통이 막히곤 했지요. 끝없는 자기 비판과 반성…… 신비에 싸인 중앙위원회. 그런 게 싫었어요. 폭력적인 권력에 대항하기 위해 또다른 폭력적인 조직을 만들어야 하는가 하는 회의도 들었구요. 하지만 연희는 달랐어요. 그녀는 마치 오랫동안 그런 일을 기다려오기라도 한 사람처럼 자신을 불사르듯 열심히 일했죠. 사람이 변했어요. 그리고 그녀는…… 성유다의 애인이 되었어요."

혜숙은 무서운 비밀이라도 말하듯 형섭의 눈을 똑바로 쏘아보며 마지막 말을 덧붙였다. 형섭은 순간, 둔기로 머리를 맞은 것처럼 정신이 멍해져오는 것을 느꼈다. 누군가 자신의 심장을 손아귀로 꽉 잡아쥐는 것 같았다.

"그랬군."

형섭 대신 석태가 끙 하고 신음소리를 내며 말했다.

형섭은 갑자기 돌이라도 된 것처럼 꼼짝 않고 앉아 있었다. 머릿속이 백지처럼 텅 비어버린 것 같았다. 수천 수만 길의 구렁텅이로 아득히 떨어지는 기분이었다. 성유다…… 연희…… 형섭은 마치 주문이라도 외우듯 그들의 이름을 중얼거려보았다. 그러자 절망감과 함께 패배감이 가슴 안쪽을 송곳처럼 파고들었다.

이윽고 형섭은 정신을 가다듬어 단숨에 남은 술을 들이켠 다음, 혜숙을 향해 무거운 목소리로 마치 애원이라도 하듯 말했다.

"설사 그것이 사실이라 해도, 그녀를 한번 만나보고 싶군요. 그녀에게 내 이야기를 꼭 좀 전해주세요."

혜숙은 잠시 곤혹스런 표정으로 앉아 있다가 한숨을 한번 쉰 다음 말했다.

"좋아요."

그러고 나서 다짐이라도 받아두려는 듯 형섭을 향해 말했다.

"하지만 그리 기대는 하지 마세요. 어쨌든 결정은 저쪽에서 할 일이니까. 그리고 형섭씨를 위해 하는 말이지만 오늘 내가 했던 유다에 대한 이야기는 잊어버리세요. 아는 것만큼 위험하다잖아요?"

형섭은 말없이 고개를 끄덕였다. 세 사람 사이에 다시 깊은 침묵이 흘렀다.

"자, 됐어. 이제 잊어버리고 술이나 마시자. 세상일이란 게 참으로 묘해. 오늘 이야기가 이렇게 돌아갈 줄 누가 알았겠누?"

석태가 분위기를 바꿀 셈으로 잔을 채우고서 높이 들며 큰 소리로 말했다. 그러나 새삼 신명이 일어날 리 없었다. 어색하고 썰렁한 침묵이 여전히 그들 사이를 납덩이처럼 무겁게 누르고 있었다. 시계는 열한시를 넘기고 있었다. 차일 밖으로 똑똑 물 떨어지는 소리가 들렸다. 그사이 비가 내리고 있었다. 가게 안의 사람들도 이미 다 가버리고 아줌마가 혼자 의자를 올려놓고 청소를 하고 있었다. 백열등 불빛에 비친 형섭의 얼굴은 창백하고 쓸쓸해 보였다.

"갈까?"

이윽고 석태가 책을 들고 일어서며 말했다.

"응."

큰길로 나와 석태와 혜숙이 먼저 버스를 타고 가고 그들과 헤어진 형섭은 터벅터벅 신촌 쪽을 향해 발걸음을 옮기기 시작했다. 이슬처럼 내리는 비가 형섭의 머리카락을 적시고 목덜미를 적시고 있었다. 비에 젖은 도시의 네온은 시들어가는 가을꽃처럼 활기를 잃어버린 채 깜박였다. 성유다. 그는 어떤 친구일까. 연희가 그의 애인이 되었다니…… 어떻게 그런 일이 일어날 수 있단 말인가.

형섭은 비 내리는 밤거리를 한없이 걸어갔다. 차츰 굵어진 빗줄기가 어깨를 적시고 있었지만 아랑곳하지 않았다. 이대로 한없이 걸어 차라리 지구의 끝에라도 이르고 싶었다. 멀리 한강이 보였다. 휘황한 가로등이 강을 따라 내려가고 있었다. 강 너머에는 예전에 자기가 다니던 공단이 있을 것이었다. 연희와 헤어지던 날에도 이렇게 비가 내렸다. 축축한 빗속에서 연희의 냄새가 나는 것 같았다. 이제는 너무나 낯설어져버린 존재…… 어쩌면 이제는 더이상 이 세상에 없는 존재일지 모르는 그녀…… 지난 오년의 시간과 함께 모든 것은 강물처럼 흘러가버렸는지 몰랐다.

갑자기 콧등이 찡하게 울렸다. 눅눅한 바람이 머리칼을 날리며 불어왔다.

집으로 돌아온 형섭은 한동안 깊은 혼돈 속에서 지냈다. 연희의 소식을 듣긴 했으나 듣지 않은 것보다도 못한 소식이었다. 형섭은 어둠의 심연을 들여다보는 것처럼 괴롭고 고통스러웠다. 모든 것은 미래의 불투명한 장막 속에 가려져 있었다. 그것을 잊기라도 하려는 듯 석태네 출판사에서 받아온 번역일에 매달렸다.

여름을 재촉하는 비가 연일 내렸다. 수돗가에 서 있는 라일락나무의 발치에도 비를 맞고 떨어진 보랏빛 꽃들이 수북이 깔려 있었다. 처녀의 속살 같던 연둣빛 잎새들이 어느새 짙은 녹색 기운을 더해가고 있었다.

동만이 학원에 나가고 나면 민수는 새벽 무렵에야 돌아왔다. 야간쌀롱에서 웨이터로 일하는 민수는 밤새 주정꾼들과 여자들 시중을 들고 나서 청소를 한 다음 파김치가 되어 돌아오는 것이다. 그리고 오전 내내 잠을 자고 점심때 일어나 밥을 먹고 대학 검정고시 준비랍시고 책을 몇자 보다가 저녁에는 깨끗이 샤워를 한 다음 어제 입었던 옷을 다시 다려서 입고 술집으로 출근을 하곤 했던 것이다.

세살이나 아래인 민수가 그렇게 사는 모습을 보노라면 형섭은 공연히 미안하고 죄스러운 기분이 들었다. 그래도 민수는 늘 웃는 낯에 낙천적인 성격이었다. 게다가 술집에 나가는 아이 같지 않게 순진한 면이 있었다. 처음엔 낯선 사이라서 불편하지나 않을까 했는데 민수는 전혀 개의치 않았을 뿐만 아니라 형섭을 원래 함께 있던 동만보다 더 잘 따랐다. 그런 민수와 같이 있는 시간이 형섭에겐 무엇보다 즐거웠다.

"다른 과목은 그럭저럭 될 것 같은데 영어 땜에 과락 먹지나 않을까 걱정이야. 나두 형들처럼 영어책 팍팍 읽을 수 있음 얼마나 좋을까."

보고 있던 영어참고서를 던져두고 벌렁 드러누우면서 민수가 말했다.

"영어 잘해서 뭘 하게?"

형섭이 그런 민수를 보고 미소를 지으며 말했다.

"나두 형들처럼 대학가서 신나게 놀고 싶어. 예쁜 여학생들이랑 데이트두 하구. 그리고 돈을 벌 거야. 무지무지하게 많이 벌 거야. 정주영이나 이건희보다 더 많이 말이야."

"재벌 나겠군. 제발 좀 그래 봐라. 이 형도 네 덕에 호강 좀 해보게 말이야."

형섭은 웃으면서 말했다.

"형은 모를 거야. 씨펄, 돈 많은 새끼들, 술집에 와서 황제처럼 거들먹거리는 꼴 보고 있으려면 속이 뒤집힐 때가 한두번이 아니거든. 야, 이리 와, 저리 가! 자기 집 똥개 부리듯이 한단 말이야. 여자애들 앉혀놓고 주물럭거리면서…… 성질 고약한 놈들은 양주를 얼굴에 휙 뿌리기도 하고, 뺨에 손이 올라올 때도 있어. 그래도 굽실굽실, 예, 예야. 제기랄, 누군 성질 없어서 그러구 사는 줄 아남? 내가 지까짓 것들한테 굽실거리는 줄 알면 오산이지. 내가 굽실거리는 것은 돈이지 걔들이 아니야."

민수는 우스꽝스런 표정으로 열을 올리면서 말했다.

"그래도 돈이 세상의 전부는 아니야."

형섭이 부드러운 목소리로 말했다.

"알고 있어. 하지만 돈이 없으면 사람 취급을 못 받는 세상이잖아. 술집 웨이터 인생이 얼마나 고달픈지 형은 잘 몰라서 그래."

"미안하다."

"근데 요즘 형 얼굴도 영 예전 같지가 않아. 뭔가 수심이 가득해. 무슨 일 있어?"

"아니."

"여자 땜이라면 나한테 맡겨. 내가 맘씨 좋고 잘빠진 아가씨 하나 소개해줄게. 후보자는 수두룩하니까."

"됐네, 이 사람아."

형섭은 쓸쓸하게 미소를 지으며 말했다.

민수는 잠을 자거나 시험공부를 하지 않을 땐 밀린 빨래를 하기도 하고, 기타를 치며 노래를 부르기도 했다. 그의 노래는 벌겋게 달아 있는 형섭의 의식을 다정하게 쓰다듬고 어루만지며 위로해주는 것 같았다. 형섭은 번역을 하다 말고 배를 깔고 누워 민수의 노래를 따라 어린시절로, 소년시절로, 학창시절로 한없이 날아갔다.

동만이 저녁에 학원을 마치고 돌아올 때까지 두 사람은 그렇게 지냈다. 그 무렵이 민수가 출근해야 할 시간이었다. 자취방의 세 사람 중 출퇴근과 아무 관계가 없는 사람은 형섭뿐이었다. 형섭은 내심 그게 좀 미안하여 청소나 밥은 스스로 도맡아서 하는 편이었는데 그래도 빈대 붙어 살고 있다는 생각이 늘 떠나지 않았다.

그런 어느날 형섭에게 뜻밖의 전화가 한통 걸려왔다.

귀에 익은 듯한 중년 부인의 목소리. 낮고 느리면서 어딘지 모르게 약간 불만이 배어 있는 듯한 목소리였다.

"장형섭군? 내가 누군지 알겠어요?"

"예⋯⋯?"

형섭은 얼떨떨한 목소리로 대답했다.

"나⋯⋯ 연희 에미야. 언젠가 한번 본 적이 있지."

"아⋯⋯ 네!"

그제야 형섭은 탄성이라도 지르듯 말했다. 너무나 뜻밖이었다. 설마하니 연희 어머니가 자기에게 전화를 하리라고는 꿈에도 생각해보지 않았기 때문이다.

"오래간만일세. 제대했다는 소식은 들었어. 고생이 많았겠군."

그러나 부인은 침착하게 마치 대사라도 외우듯 말했다. 감정을 지워버린, 빈틈없고 냉정한 말투였다. 형섭은 언젠가 군대가기 전 레스또랑에서 보았던 부인의 차가운 모습이 어렴풋하게 떠올랐다. 꼭 삼년 전의 일이었다. 교도소에서 나온 지 한달쯤인가 지났을 무렵이었다.

그때 만난 그녀는 오십대의 차갑지만 아름다운 눈매를 지닌 부인이었다. 연희의 눈은 그녀 어머니를 닮은 것이었다. 형섭은 부인의 눈과 마주치자 자기도 모르게 가슴이 뛰었다.

"연희가 아파. 그렇다고 자네 탓은 아니니까 오해는 말아줘."

부인은 매우 침착한 어조로 말했다.

"사람들에겐 누구나 다른 삶의 방식이 있어. 넘어설 수 없는 길 말이야. 난 자네가 어떤 사람인지, 어떤 생각을 가지고 있는지 알지 못해. 알고 싶지도 않구. 하지만 연흰 내 딸이야. 알겠니? 내 딸이라구."

순간, 그녀의 눈에 새파랗게 불꽃 같은 것이 일었다.

"마지막으로 부탁하지만 앞으론 연락하지 마. 조금이라도 연희를 생각한다면…… 정말 우리 연희를 조금이라도 사랑한다면……"

연희 어머니는 못이라도 박듯 말하고 일어섰다. 그것은 부탁이 아니라 명령이었다. 레스또랑 앞에는 미끈하게 생긴 커다란 검은 승용차가 기다리고 있었다. 부인이 나오자 승용차의 운전사가 황급히 달려와 문을 열어주었다. 그녀가 타자 차는 곧 떠났다. 혼자 남은 형섭은 자신이 무엇을 해야 좋을지 모르는 사람처럼 한참 동안 그 자리에 망연하게 서 있었다.

그후 형섭은 곧 입영을 하였다. 군대에 가 있는 동안 부인의 다짐대로 형섭은 연희에게 아무 연락도 하지 않았다. 그것이 부인의 말대로 연희를 위한 길이라고 생각했다.

그런데 뜻밖에도 연희 어머니에게서 먼저 전화가 걸려왔던 것이다.

"자넬 한번 만났으면 해. 무슨 말인지 알겠지?"

"………"

"긴말하지 않겠어. 만나서 이야기해."

부인은 만날 장소와 시간을 알려주고 나서 전화를 끊었다. 필요한 말 외에는 한마디도 더 없었다. 전화를 끊고 나자 형섭은 무언지 모르게 불안한 마음으로 전화내용을 처음부터 곰곰이 되씹어보았다.

연희 어머니가 자기에게 전화를 했다는 사실 자체만으로도 놀라운 일이었다.

왜……?

무엇 때문에……?

그러나 이유야 어찌되었든 형섭은 반가웠다. 아무런 길도 보이지 않던 안개 속에서 연희로부터 어떤 메시지가 들려온 것 같았다. 연희 어머니의 냉랭한 어조에도 불구하고 형섭은 어떤 막연한 기대감으로 가슴이 설레는 것을 느꼈다.

며칠 후, 약속장소인 이층 까페로 갔다. 형섭이 도착한 지 오래지 않아 연희 어머니가 머리가 하얗게 센 사내와 함께 들어오는 것이 보였다. 형섭은 순간 자기도 모르게 자리에서 벌떡 일어났다.

형섭을 발견한 부인은 천천히 창가 쪽으로 걸어왔다. 그녀는 쥐색 바바리코트를 걸치고 진록색 실크 목도리를 두르고 있었다. 그 뒤를 따라 검은 양복 차림의 머리가 하얗게 센 사내가 형섭을 마치 노려보듯 시선을 고정한 채 걸어오는 게 보였다. 덩치가 컸다. 언뜻 봐도 그리 기분좋은 인상은 아니었다.

"안녕하셨어요?"

그녀가 가까이 다가오자 형섭은 허리를 굽히며 다소 과장되게 보일 정도로 정중히 인사를 했다.

"오래간만이야. 앉게."

그러나 부인은 형섭의 그런 모습에는 아랑곳없이 극히 단조롭고 절제된 목소리로 말했다. 부인과 사내가 맞은편에 앉고서야 형섭은 비로소 자리에 앉았다. 자기도 모르게 얼굴이 달아올랐다.

"그래, 군대는 잘 다녀왔구? 얼굴 보니 잘 다녀온 것 같구면."

부인은 약간 빈정거리듯이 말했다.

"예."

하지만 형섭은 공손하게 대답했다.

그런 중에도 연희 어머니를 따라온 사내는 마치 자기와는 아무 상관 없는 일이라도 되는 것처럼 가끔 곁눈질을 하며 무표정하게 앉아 있었다. 오십대 중반의 축 처진 눈꺼풀이 눈의 흰자위 부분을 반쯤 가리듯 덮고 있는, 눈매가 아주 차가운 사내였다.

"짐작은 하고 나왔겠지만 자넬 만나자고 한 것은 물론 우리 연희 때문이야. 그동안 우리 연희 소식 좀 들은 게 있어?"

"……없습니다."

형섭은 고개를 숙여 외면한 채 묵묵히 대답했다. 물론 혜숙에게 들은 이야기가 있었지만 굳이 말할 계제는 못 되었다. 연희 어머니는 한숨을 한번 내쉬고 나서 잠시 사이를 두었다. 착잡한 감정들이 그녀의 얼굴에 떠올랐다. 잠시 무거운 침묵이 흘러갔다.

"하긴 제대한 지 얼마 되지 않았으니까 그럴 수도 있겠지. 자네한테 할 말은 아니지만 우리 연희가 지금처럼 된 데에는 자네에게도 적지 않은 책임이 있다는 것은 알고 있을 테지. 몰라도 어쩔 수 없지만……"

부인은 끓어오르는 감정을 꾹 누른 채 말했다. 그녀가 얼마나 자제하고 있는지는 그녀의 눈에 뿌옇게 맺히는 물기와 눈빛을 봐도 금방 알 수 있을 것 같았다. 형섭은 마치 큰 죄라도 지은 것처럼 눈을 내리깔고 말없이 앉아 있었다.

"난 정말 아직도 이해할 수가 없어. 걘 아무것도 부족한 게 없이 자란 애란 말이네. 지금도 그렇구……"

형섭은 무언가 변명을 하고 싶었지만 아무런 말도 떠오르지 않았다.

"우리 가족은 지금 모두 개 땜에 사는 꼴이 말이 아니야. 학교를 그만둔 것도 모자라 이젠 행방조차 알 수 없으니…… 이제 우리집엔 웃음이 사라져버렸어. 이 꼴을 보니 자네 기분이 좋은가?"

그녀의 말은 비수처럼 형섭의 심장을 찔러댔다. 형섭은 이마를 찌푸린 채 여전히 고개를 숙이고 있었다.

"나도 이제 와서 자넬 비난할 생각은 없어."

이윽고 부인이 한숨을 쉬듯 말했다. 처음보다 많이 가라앉은 목소리였다.

"이제 와서 원망하고 비난하면 뭘 하겠나? 어쨌든 연희를 찾아내야 하네. 연희만 찾으면…… 다 용서하겠어. 아니, 용서를 빌겠어. 자네라면 할 수 있을 거야. 부탁이야. 우리 연휠 찾아줘. 제발…… 집으로 가라고 말 좀 해줘."

말끝에 연희 어머니는 기어코 자제력을 잃었다. 목이 메었다. 그녀는 손수건으로 눈가를 닦고 나서 잠시 사이를 두었다가 다시 냉정하게 명령이라도 하듯 말했다.

"이제 나랑 이야긴 끝났어. 이분과 이야기해보게."

부인은 옆에 앉아 있는 사내를 눈으로 가리켰다. 그동안 연희 어머니와 이야기하느라 그의 존재를 잊고 있다가 형섭은 비로소 사내에게 눈길을 던졌다. 그는 여전히 아무 말 없이 차갑고도 무심한 눈길로 형섭을 향해 고개를 끄덕여 보일락말락 인사를 했다. 그의 날카로운 시선과 부딪치자 형섭은 싸한 기운이 자신도 모르게 명치께로 지나가는 것을 느꼈다.

그때 연희 어머니가 일어났기 때문에 형섭도 뒤따라 일어났다. 그녀는 더이상 아무 말도 하지 않았다. 연희 어머니에서 다시 귀부인으로 돌아간 것 같았다. 문 입구에서 형섭이 꾸벅 허리를 굽혀 인사했을 때에야 비로소 그녀는 뒤를 돌아보며 못이라도 박듯 한마디를 던졌다.

"우리 연희를 찾더래두 가까이하진 마. 내 말 알아듣겠지? 걔가 더이상 불행해지길 원하지 않는다면 말이야."

삼년 전 그때와 똑같은 말이었다. 형섭은 긍정도 부정도 아닌 표정으로 말없이 서 있었다.

연희 어머니가 떠나고 나자 형섭은 다시 사내가 있는 자리로 돌아왔다. 그동안 사내는 혼자 담배를 피우고 있었다. 연희 어머니 앞에서와는 달리 약간 거만해진 표정이었다. 연희 친척쯤이라도 되는 걸까. 아니면…… 그러나 곧 사내는 스스로 자신의 정체를 밝혔다.

"난 정보부에서 나온 박부장이라 하오."

그랬군. 어쩐지 눈빛이 날카롭다 했더니…… 눈길과 눈길이 마주치자 짧은 순간 두 사람 사이에 미묘한 기류들이 뒤섞여 지나갔다.

"고생을 많이 했더구먼. 이미 장형섭씨에 대해 조사를 다 해보았소."

그러자 형섭은 갑자기 알 수 없는 적개심이 들어 냉소부터 떠올렸다.

"흥, 그래요? 어련하시겠소. 그게 당신들 직업이니까."

"장형한테 무슨 혐의를 두고 하는 말은 아니니 오해는 마시오."

그러나 사내는 여전히 무표정하고 차가운 목소리로 말했다. 평소에도 그와 같은 기관원들을 만나는 것 자체가 그리 썩 기분좋은 일은 아니었는데 하필이면 연희 어머니를 만나는 자리에, 그리고 사적인 대화를 나누던 자리에 지금까지 그가 곁에 앉아서 다 듣고 있었다고 생각하니 형섭은 자기도 모르게 기분이 상했다.

그러나 사내는 형섭의 그런 속내를 아는지 모르는지 계속해서 말했다.

"몇가지만 묻겠소. 사실 난 정연희란 아가씨에 대해선 별로 흥미가 없소. 그녀 역시 수배중이긴 하지만 아버지를 잘 두고 있으니 어쨌거나 빠져나올 구멍은 있을 거요. 그것보다도 혹시 성유다라는 친구에 대해 이야기 들어본 적 있소?"

사내는 날카로운 눈빛으로 형섭을 떠보듯 말했다. 형섭은 속으로 움찔했다.

"성유다……?"

그러나 형섭은 시침을 떼고 되물었다.

"그가 연희랑 무슨 관계라도 있단 말이오?"

"정말 들은 적이 없다, 그 말이오?"

사내는 형섭의 질문에 대답하지 않고 여전히 미심쩍은 눈으로 형섭을 힐끗 쳐다보며 말했다. 그러고는 곧 그럴 수도 있겠다는 듯이 혼자 고개를 끄덕거렸다. 형섭은 직감으로 상대가 그리 만만한 인간이 아니라는 것을 느낄 수 있었다. 그의 몸에서는 흥분하지 않고 침착하게 때를 기다리다가 순식간에 먹잇감을 잡아채는 야수의 냄새가 느껴졌다.

조심해야지. 빈틈을 보이면 안돼. 형섭은 스스로에게 다짐이라도 하 듯 말했다.

　"좋아요. 그러면 내가 조금만 가르쳐드리지. 그러면 장형도 흥미를 가지게 될 테니까."

　그는 품속을 뒤적거리더니 종이에 싼 것을 폈다. 사진이었다.

　"이걸 보시오."

　형섭은 사내가 건네주는 사진을 보았다. 남자와 여자가 서 있는 사진 이었다. 거리가 있어 약간 희미하긴 했지만 여자는 분명히 연회였다. 연회 옆에 서 있는 사내는 동그란 안경을 쓰고 수염을 길렀는데, 연회 머리가 겨우 어깨에 닿을 정도로 키가 크고 삐삐 말랐다. 누가 갑자기 장난삼아 찍었는지 두 사람은 카메라를 향해 엉거주춤한 모양으로 서 있었다. 형섭은 직감적으로 그 남자가 바로 성유라는 것을 깨달았다.

　"어때요? 이제 좀 흥미가 생깁니까?"

　사내는 형섭으로부터 사진을 받아 다시 종이에 싸서 품속에 넣었다. 의미심장한 미소가 그의 입가에 보일락말락 스쳐갔다. 형섭은 아무 대 꾸도 하지 않고 엽차를 한모금 마셨다.

　"연회 옆에 서 있는 친구가 바로 아까 내가 아느냐고 물었던 성유다, 그 친구요. 장형이 사랑했던 여자의 애인이기도 하고……"

　그는 일부러 형섭의 상처를 건드려보기라도 하듯 슬쩍 지나가는 어 투로 말했다. 형섭의 표정이 조금 이지러졌다. 그러자 곧 사내는 빈정 거리는 표정을 거두고 다시 진지한 얼굴로 돌아와서 변명이라도 하듯 말했다.

　"놀리자고 한 말은 아니니까 오해는 말아요. 내 말은 사실이 그렇단 뜻이니까. 물론 장형으로선 무척 가슴 아픈 일일 수도 있겠지만……"

"그래, 나한테 바라는 것이 뭐요?"

형섭은 사내와 더이상 같이 있고 싶지 않아 단도직입적으로 물었다. 그러자 그는 잠시 사이를 두었다가 말했다.

"장형은 곧 연희와 만나게 될 거요. 확증은 없지만 그런 예감 같은 것이 느껴진단 말이오. 예감 같은 것…… 알겠소? 이런 생활을 오래 하다보면 예감이란 게 생기는 법이거든. 장형의 눈빛에서 나는 그것을 느꼈소. 그리고 지금까지 연희의 행적에서도 장형의 냄새가 느껴졌소. 비록 그녀가 지금 누군가와 같이 있지만 그녀 속에는 지워지지 않는 그림자, 바로 장형섭이 남아 있단 말이오. 미안하지만 그동안 두 사람 사이에 오고갔던 편지를 읽어보았소. 물론 연희 어머니의 양해를 받고 읽어본 것이었소만…… 당신은 꼭 그녀를 만나게 될 거요. 내기를 해도 좋소. 마치 자석이 서로 끌리는 것처럼, 당신들 둘 사이엔 서로를 끌어당기는 묘한 힘 같은 게 느껴지기 때문이오. 하지만 다시 한번 분명히 말해두지만 나는 추호도 당신들 사이에 끼여들고 싶은 생각은 없소. 나의 관심은 성유다, 그리고 그가 이끌고 있는 열심당뿐이오. 혹시 열심당에 대해 들어본 적이 있소?"

"유대교의 일파 말이오?"

"바로 맞혔소. 로마의 식민지적 지배에 대항하여 끝까지 항쟁했던 자들이 바로 그 열심당이었소. 아마 성유다도 그것을 흉내내어 열심당이란 것을 만든 것 같소. 과격한 주장도 똑같소. 그는 스스로 심판자라 주장하고 모든 수단과 방법을 가리지 않고 현정부와 체제까지도 부정하려 하고 있소. 심지어는 테러까지도 동원해서 말이오. 지금 노동현장과 학원에 그의 문건들이 은밀히 돌아다니는 중이오. 어쨌든 그는 한마디로 과대망상증에 걸린 정신병자요. 신학대학 출신이라지만 그것도 전부 거짓말이오. 그는 말하자면 기독교와 과격한 운동론이 합쳐서 만들어놓은 기형아일뿐더러 지극히 위험한…… 악령 같은 존재라는 말이오."

"그래서 그를 체포하는 데 나더러 협조해달라는 말이군요."

형섭은 코웃음을 치며 말했다.

"그렇소. 그는 워낙 조심스러워 쉽게 정체를 드러내지 않소. 벌써 몇 년째 그의 뒤를 추적하고 있는데 번번이 실패를 하였소. 어쨌든 지금 연희랑 같이 있는 건 분명하오."

"사람을 잘못 본 것 같군요."

형섭은 기분이 상한 표정으로 자리에서 일어났다. 그리고 사내를 향해 내뱉듯 말했다.

"당신이 나와 연희의 일에 흥미가 없다고 말했듯이 나 역시 당신과 성유다의 일엔 흥미가 없소. 나는 그가 누군지도 모르오. 그리고 알고 싶지도 않소. 그건 당신네들의 일일 뿐이오."

그러고 나서 형섭은 사내의 눈을 똑바로 쳐다보며 한마디 덧붙였다.

"그리고 한가지 더…… 난 그가 당신네들보다 더 위험한 인물이라 생각지 않소. 물론 나는 그를 알지 못하며 그에 대해 아무런 호의도 가지고 있지 않소. 하지만 당신 역시 어떤 인간인지 나는 모르며 지금이나 앞으로나 털끝만큼의 협조도 하고 싶지 않다는 말이오. 아시겠소? 당신은 그를 악령이라 말하지만 누가 악령인지, 그건 역사가 판단할 일이오!"

사내는 묵묵히 듣고 있다가 형섭이 말을 끝내자마자 차가운 눈빛으로 쏘아보며 한마디 한마디 씹어뱉듯이 말했다.

"장형섭씨…… 아니, 이봐, 장형섭. 내가 충고 하나 해줄까?"

입가에 자리잡은 주름살이 더욱 깊게 패며 그의 눈이 야수처럼 파랗게 빛났다.

"그렇게 함부로 발톱을 드러내지 마. 다쳐. 알겠어? 지금까지 널 생각해서 가능한 한 점잖게 말했지만 네가 이렇게 발톱을 드러내고 으르렁거리면 서로 곤란해져."

"흥, 이제야 당신도 본색을 드러내시는군."

형섭도 지지 않고 싸늘하게 말했다. 두 사람의 눈길이 공중에서 사납게 부딪쳤다.

"좋소. 장형이 협조를 해주지 않는다면 어쩔 수가 없는 일이오."

이윽고 사내가 먼저 누그러진 목소리로 말했다.

"난 그래도 장형과 연희가 잘되기를 바랐소. 어떻게 보면 이건 나에게 게임과 같은 일이오. 그리고 게임의 승자는 언제나 내 쪽이었소. 왜냐하면 나는 질서를 지키고 정의를 지키는 편에 서 있기 때문이오. 내게 맡겨진 임무는 아주 간단하오. 성유다와 그의 일당들을 체포하여 감옥으로 보내는 일이 바로 그것이오. 그 다음은 장형 스스로 해결해나가야 할 문제요. 묘한 인연이지만 장형이나 나나 성유다와 정연희와 같은 운명의 배를 타고 있소. 나처럼 장형의 사랑도 성공하기를 바라겠소. 역사는 언제나 승자의 것이었으니까."

그러면서 사내는 손을 내밀어 악수를 청하였다. 별로 내키지는 않았지만 형섭은 그의 손을 잡았다. 두껍고 단단한 아귀의 힘이 느껴졌다.

"조심하시오. 우린 다시 만나게 될 거요."

사내는 예의 의미심장한 미소를 지으며 말했다.

그와 헤어져 까페를 나온 형섭은 마치 덫에라도 걸려든 느낌이었다. 거리는 아무 일도 없었다는 듯 저녁빛에 잠겨가고 있었다. 형섭은 어두운 표정으로 발끝에다 시선을 던진 채 걸어가기 시작했다. 은밀하고 거대하게 펼쳐진 거미줄. 그리고 그 중심부를 향해 점점 한마리 벌레처럼 빠져들고 있는 자기.

우린 다시 만나게 될 거요.

길을 걸어가는 동안 내내 사내의 말이 무슨 기분 나쁜 주문처럼 귓가에 남아 맴돌고 있었다. 그 말 속에는 무언지 모를 불온하고 복잡한 음모 같은 게 느껴졌다.

유다와 연희, 그리고 연희 어머니와 박부장이라는 사내…… 그들은 모두 형섭의 의지와는 아무 상관 없이 무언가를 향해 숨가쁘게 돌아가고 있는 게 틀림없었다. 그리고 그 중심에 성유다라는 낯선 존재가 자리잡고 있었다.

그는 도대체 어떤 인간일까. 그동안 무슨 일이 났던 것일까.

어디선가 사람들의 고함소리와 이어서 다연발탄 터지는 소리가 들렸다. 멀지 않은 곳에서 가투(街鬪)가 벌어지고 있는 모양이었다. 금세 따가운 최루탄 냄새가 대기를 타고 눈과 코를 자극하며 밀려왔다. 크르릉거리는 장갑차 소리와 발을 맞추어 걸어가는 전경들의 발걸음 소리가 땅을 울리고 자동차의 경적소리가 시끄럽게 울려퍼졌다. 플라타너스 우거진 거리가 갑자기 텅 빈 듯했다. 한떼의 사람들이 좁은 골목으로 급하게 몰려가는 게 보였다. 하얀 삐라가 그들의 뒤에 비둘기처럼 어지럽게 날렸다.

집으로 돌아온 형섭은 쓰러지듯 자리에 누웠다.

얼굴에 화끈화끈 열이 오르고 온몸이 떨렸다. 민수는 일 나가고 없었고, 동만도 아직 돌아오지 않아 자취방은 썰렁하게 비어 있었다. 골목으로 미친 말처럼 달리는 바람이 벽에 부딪히는 소리가 들렸다. 그럴 때마다 창문이 덜컹덜컹 흔들렸다. 썰렁한 방에 혼자 누워 있으니 외로움이 명치께를 바늘로 찌르듯 밀려왔다. 형섭은 자기 혼자 세상의 바깥 어딘가에 내팽개쳐진 것 같은 느낌이 들었다.

어느새 사방은 푸른 물이 스며들듯 어스름 속에 잠기고 있었다. 민수가 생일날 술집 아가씨에게서 받았다는 분홍 장미다발이 동그란 벽시계 옆에 걸려 있는 게 보였다. 마른 장미다발은 넋이 떠나버린 미라처럼 건조하게 벽을 장식하고 있을 뿐이었다.

아무도 없는 방에서 혼자 열에 들떠 앓고 있는 동안 형섭은 점점 투명해져가는 자신의 모습을 보았다. 투명해질 대로 투명해져 마침내 살을 발라낸 물고기의 뼈처럼 자신의 뼈가 다 들여다보이는 듯한 착각에 빠졌다.

형섭은 가볍고 투명해진 몸으로 멀고먼 곳으로 날아갔다.

동백이 뚝뚝 떨어지고 있는 어느 바닷가 마을이었다. 현무암으로 쌓아놓은 담장 아래로 길이 길게 이어져 있었는데 그 길의 끝에 이가 시리도록 푸른 하늘과 파란 바다가 보였다. 돌담길 아래에는 어떤 폐병쟁이가 각혈해놓은 것처럼 동백꽃이 뚝뚝 떨어져 있었다.

언젠가 연희랑 춘천행 주말열차를 타고 대성리로 엠티 갔을 때가 떠올랐다.

발표와 토론이 끝나고 나서 잠시 쉬는 틈을 이용해 형섭은 혼자 강가를 걸어올라가고 있었다. 사방은 어두웠고, 어둠속에서 고목들이 하늘 높이 가지를 펼치고 서 있는 게 보였다. 강 건너 멀리 누군가 모닥불을 피우고 있었다. 형섭은 혼자 생각에 젖은 채 천천히 강을 따라 올라갔다. 그때 어둠속에서 누가 걸어오는 게 보였다. 누굴까? 순간, 형섭은 어떤 예감으로 가슴이 세차게 뛰는 것을 느꼈다. 그림자는 차츰 가까워졌다.

"연희니?"

형섭이 조금 긴장된 목소리로 말했다. 예감처럼 그 그림자의 주인공은 연희였다. 늘 보아온 사이였고 조금 전까지도 엠티장에 같이 있었는데 이렇게 어둠속에서 마주치니까 갑자기 자기도 모르게 목소리가 떨리는 것을 느꼈다.

"누구……? 형섭……?"

연희가 더듬거리면서 대답했다.

"응."

"너도 바람 쐬러 나왔구나. 어쩐지 보이지 않는다 했더니……"

가까이 오자 연희의 하얀 얼굴이 드러났다. 입가에 쑥스런 미소 같은 게 묻어 있었다. 검은 재킷에 물방울 무늬가 박힌 하얀 목도리를 두른 연희는 금방 강에서 올라온 것처럼 싱싱하고 아름다웠다.

"밤에 보니까 천지간에 온통 푸른 물감을 풀어놓은 것 같애. 그리고 가만히 귀를 기울여보면 강물 흐르는 소리도 들려. 거인의 웅얼거림 같은 소리 말이야."

형섭이 마치 꿈이라도 꾸듯 말했다.

"그래? 아, 그렇군! 정말 강물 소리가 들려. 강물 소리가 이렇게 크게 들리는진 몰랐어."

"나도……"

"형섭아, 우리 저 위로 한번 가보지 않을래?"

그러고 나서 연희는 형섭의 대답을 기다리지 않고 상류 쪽으로 성큼성큼 걸어가기 시작했다. 어깨를 덮은 연희의 긴 머리칼이 어둠속에서

84

찰랑찰랑 흔들렸다. 형섭은 아직까지 한번도 경험해보지 않은 감정에 스스로 적지 않게 당황하며 곧 연희를 따라 뒤쫓듯이 빠르게 걸어갔다. 강가에 묶어놓은 보트들이 물결이 치는 대로 몸을 흔들며 삐걱삐걱 소리내어 울었다. 키 큰 미루나무 그림자들이 어둠속에 도깨비처럼 서 있었다.

"형섭아, 무서워. 그만 돌아가자."

한참 그렇게 걸어가다가 연희가 갑자기 돌아서며 말했다. 순간 연희의 얼굴이 숨결이 느껴질 정도로 가까워졌다. 둘은 잠시 동안 아무 말 없이 서 있었다. 수많은 감정들이 짧은 순간 두 사람 사이에 번개처럼 흘러갔다. 형섭은 자신도 모르게 가슴이 거세게 뛰는 것을 느꼈다.

"미안해, 형섭아. 사실은 아까 네가 나가는 걸 보고 몰래 따라나온 거야. 일부러 우연히 만난 것처럼 하구선 말이야."

이윽고 연희가 먼저 더듬거리면서 말했다.

"언제부턴지 모르지만…… 널 사랑하고 있었나봐."

어둠속에서 연희의 눈가가 희미하게 빛났다. 형섭은 아무 말 없이 연희를 꼭 끌어안았다.

"나야말로…… 난 언제나 널 기다리고 있었지. 너와 눈이 마주치면 얼마나 가슴이 뛰었는지 몰라. 하지만…… 용기가 나질 않았어."

"암말도 하지 마."

연희는 형섭의 품에 얼굴을 묻으며 말했다. 기쁨과 고통이 뒤섞인 복잡한 감정들이 가슴을 온통 뒤흔들어놓았다. 늦가을의 푸르고 깊은 강은 어둠을 뚫고 반짝이며 흘러가고 있었다. 어둠속에서 빗방울이 하나 둘 듣고 있었다.

"요즘은 아주 멀리 혼자 떠나가버릴 것만 같은 기분이 들어. 어쩐지 불길한 예감 같은 게……"

"그런 말 하지 마. 내가 널 지켜줄 거야."

형섭의 말을 막으며 연희는 다시 그의 품에 꼭 안겼다. 형섭은 연희의 머리카락에 코를 묻고 냄새를 맡아보았다. 처음 맡아보는 연희의 냄새였다. 주말열차의 기적소리와 같은 냄새…… 아득한 세상 저쪽에서부터, 아직 그가 태어나기 전부터 그리워하였을 바로 그 냄새였다. 그 순간, 수많은 추억의 그림자가 가슴 밑바닥에서 출렁거리며 일어나는 것 같았다.

그때 그들 사이에 검은 사제복을 입은 낯선 사내가 나타났다. 역광으로 싸여 있어 그의 얼굴을 잘 알아볼 수 없었지만 형섭은 그가 성유다라는 것을 직감적으로 알았다.

"내가 너희를 심판하리라!"

그는 높은 곳에 서 있었고, 그의 목소리는 마치 동굴에서 외치는 것처럼 공명이 되어 왕왕 울렸다. 그의 목소리는 공포와 저주로 가득 차 있었다. 연희는 몽유병자처럼 촛점 잃은 황홀한 눈빛으로 그를 바라보았다. 그러고는 마치 홀린 사람처럼 비틀거리며 그에게로 끌려가고 있었다.

"때가 왔다! 죽은자와 산자들…… 너희가 심판을 받으리라!"

사방에서 번개가 치고, 어둠속에서 바닷물이 부글부글 무섭게 끓어올랐다. 빛나는 태양이 하늘에 동전처럼 박혀 있었다.

"안돼, 연희야! 가지 마! 나와 함께 있어!"

형섭은 그녀의 손을 잡으려고 소리쳐 불렀지만 울대가 꽉 막힌 것처럼 소리가 나오지 않았다. 심장이 터질 듯 아팠다. 황량한 바람 소리가 들렸다.

"형섭아, 일어나! 너 감기 걸렸구나. 이런! 이마가 불덩어리 같구먼."

눈을 떠보니 언제 들어왔는지 형광등이 환하게 켜져 있고 동만이 걱정스런 얼굴로 내려다보고 있었다. 목이 탔다.

"물 좀 줘."

"여기 있어. 약 지어 왔으니까 약도 먹구."

동만이 약봉지와 물을 건네주며 말했다. 목욕을 한 것처럼 온몸이 젖어 있었다.

"바람 많이 불어?"

"응."

"몇시나 됐어?"

"열한시. 약 먹고 또 푹 자."

"응."

"그래도 정신이 좀 드나부네. 아깐 헛소리까지 마악 하더니만."

"꿈꿨어."

"오늘 연희 어머니 만난다더니 일이 잘 안된 모양이구나."

"응."

형섭은 공허한 미소를 지으며 힘없이 말했다.

"잊어버려. 지나간 것은 지나간 것이니까."

"나도 그랬으면 좋겠다만……"

"사람은 누구나 한뼘씩 그늘진 곳을 안고 살아가게 되어 있나봐. 널 보면…… 마음이 아파. 젠장, 이러나저러나 이 괴로운 시절 빨리 가버렸으면 좋겠어. 잘 자."

"응, 너두. 동만아, 고맙다."

"짜아식."

자리에 눕자 동만은 금세 잠이 들었다. 그러나 형섭은 쉽게 잠이 오지 않았다. 수많은 생각들이 물방울처럼 떠올랐다 사라졌다. 지나온 시간들이 모두 꿈만 같았다. 그럴 뿐만 아니라 앞으로 지나가야 할 시간 역시 아득하게만 느껴졌다. 복학을 한다지만 그게 전부는 아닐 것이었다. 그러나 그는 아직 젊었고, 희망을 꿈꿀 시간이 있었다. 그리고 아직도 사랑해야 할 것이 남아 있었다. 아까 꿈에서 본 연희가 떠올랐다. 그녀는 무척 초췌하고 지쳐 보였다. 그러자 갑자기 연희가 보고 싶어 견딜 수가 없었다. 그녀가 보고 싶을수록 형섭은 가슴이 허물어지는 듯한 아픔을 느꼈다. 자기도 모르게 눈가가 침침하게 젖어왔다.

그러다가 어느새 다시 잠 속으로 빠져들어갔다.

사막을 건너는 법

며칠 누워 있다 일어나보니 어느새 여름이 성큼 다가와 있었다.

마당에는 거울을 깨뜨려놓은 것처럼 햇살이 떨어져 눈부시게 빛나고 있었다. 형섭은 오래간만에 면도라도 해야겠다고 생각했다.

바로 그즈음 뜻밖에 미경으로부터 편지가 왔다.

푸른색 줄무늬가 있는 편지지에는 까마득히 잊고 있던 고향의 달빛과 미경의 체취가 묻어 있는 것 같았다. 형섭은 감상에 젖어 천천히 편지를 읽어내려갔다.

형섭 오빠.

배꽃 피면 한번 다녀가시려나 했더니 어느새 가지마다 작은 열매들이 맺혔군요.

그간 어떻게 지내셨는지요? 많이 바쁘셨죠?

여긴 모두 잘 있어요.

아버진 여전하시고 어머니도 건강하세요. 형섭 오빠가 다녀간 후 아버진 형섭 오빠 이야길 자주 꺼내시곤 해요. 연세가 드시니 이것저것 공연히 관심도 많으시고 신경도 많이 쓰세요. 얼마 전에는 저더러 시집은 언제 갈 거냐고 물으셔서 속이 상해 혼자 방에 들어가 한참 울었어요.

참 우습죠?

저야말로 바보같이 아직도 철없는 꿈을 꾸고 있는지도 몰라요.

형섭 오빠가 서울로 올라간 후 난 막 사춘기를 맞은 소녀처럼 혼자 뜬눈으로 보낸 적이 많았어요. 오빠의 말 속에 숨겨져 있을 수많은 의미에 대해 혼자 멋대로 상상의 날개를 펴기도 하구요.

어떤 시인의 말이 기억나는군요.

'사랑에 빠졌을 때 우리는 비로소 생의 어떤 불가사의한 수수께끼와 마주하게 된다.'

저 역시 그런 종류의 어떤 수수께끼와 마주하고 있는 것은 아닐까요. 이루어질 수 없는 꿈 같은 것 말이에요. 그 꿈이 가시나무처럼 내 가슴을 채우기 전에 이곳을 떠나고 싶어요. 사실 이곳은 너무 갑갑해요. 변화도 없구요. 이제 곧 우체국 일을 그만두고 잠시 언니가 살고 있는 부산으로 갈까 해요. 아버지도 허락하셨어요.

부디 건강하세요.

다음에 만날 땐 환한 웃음 보여드릴게요.

                      —여름이 오는 길목에서 미경이가.

형섭은 편지를 다 읽고서 조심스럽게 접어 번역하던 책의 갈피에 꽂
아두었다. 그리고 이불에 기댄 채 팔베개를 하고 누워 멍하니 천장을 바
라보았다. 열어놓은 방문으로 풀냄새가 밴 초여름의 바람이 불어왔다.

미경의 편지에는 아픔과 외로움이 배어 있었다.

형섭은 괴롭고 달콤한 마음으로 편지를 다시 한번 읽어보았다. 그런
다음 일어나 책상으로 가서 답장을 쓰기 시작했다.

  미경에게……

형섭은 먼저 그렇게 써놓고 물끄러미 창밖을 내다보았다. 마른 수수
깡 속으로 지나가는 바람처럼 마음속으로 수많은 물결들이 일어났다.
미경의 아픔과 외로움이 그대로 형섭의 아픔과 외로움이 되어 가슴 깊
이 출렁이는 듯했다. 마음의 빗장 하나만 열면 그대로 그녀에게 가고
말 것 같았다. 하지만 다음 순간, 형섭은 꿈에서 깬 사람처럼 다시 편지
를 써내려갔다.

  편지 반갑게 잘 받았어. 선생님이랑 사모님 두루 안녕하시다니 참
기쁘구나. 한차례 비가 내리고 한차례 바람이 몹시 불더니 여름이 성
큼 코끝으로 다가왔어. 골목 건너 이층집 담장 너머로 능소화가 하늘
을 태울 듯 피었어. 이렇듯 계절이 바뀌었을 뿐인데도 마치 세상이
온통 꿈인 양 낯설어 보이는구나.

  서울로 올라온 후, 난 봉천동 산동네에 와서 최동만이란 친구가 후
배와 자취하고 있는 방에서 지내고 있어. 그리고 이렇다할 일 없이
친구네 출판사에서 번역거리를 얻어 하루종일 번역일에 매달리고 있

지. 생각하면 참 한심하기도 하고 답답하기도 한 지금의 내 모습이야.

그러나 이런 세월을 견디는 일도 내겐 참으로 큰일처럼 여겨져.

지난 며칠 동안 감기에 걸려 꼼짝 않고 누워 있을 수밖에 없었는데, 그때 내 머릿속으로 가장 많이 떠오른 장면이 무엇이었는지 아니? 기름진 들녘도, 꽃핀 아름다운 풍경도, 고향도 아닌 황량한 사막이었어. 가도가도 끝이 없는 막막한 사막, 죽음과도 같은 정적이 흐르고, 밤이면 주먹만한 별들이 등불처럼 하늘에 매달려 빛나는 외롭디외로운 사막 말이야. 그 황량한 사막에 대한 생각이 오히려 내게 커다란 위로를 주는 것이었어.

미경아.

사실 서울에 온 후 난 내내 혼란에 빠져 있었다. 무엇을 해야 좋을지 도무지 막막하기만 했어. 내가 외로울 때, 깊은 아픔 속에 있을 때, 네가 곁에 있어주었으면 하는 외람되지만 부질없는 소망을 잠시 가져보기도 했어.

하지만 아직은 내게…… 바람 같은 세월이 더 남아 있는 듯하구나. 네게 무거운 짐만 지워서 미안해. 알고 보면 난 참 보잘것없고 어리석은 인간일 뿐이야.

다 할 수 없는 많은 이야기는 가슴에 묻어두어야겠네.

부디 건강하고 행복하길 빌마.

—서울에서 형섭.

편지를 다 쓰고 나서 형섭은 다시 자리에 누워 오랫동안 이런저런 생각에 잠겨 있었다. 얼마 전에 만났던 연희 어머니와 정보부에서 나왔다는 박부장이란 사내도 떠올랐다. 자신의 의지와는 상관없이 세상은 소용돌이치며 숨가쁘게 돌아가고 있었다. 그리고 그 소용돌이는 모든 것을 휩쓸며 점점 형섭 자신에게 다가오고 있는 것 같았다.

오래간만에 외출을 하였다.

아직 약간 머리가 어지럽고 다리가 휘청거리기는 했지만 그래도 앓고 나서 처음 하는 외출이라 기분이 들떴다. 여름이라 그런지 거리에는 어느새 반팔 차림의 여자들이 열대어처럼 몰려다니고 있었다. 프리지어꽃을 늘어놓은 꽃가게 앞에서는 러닝 차림의 사내가 호스로 물을 뿌려대고 있었다.

형섭은 서점에 들러 책을 몇권 사고 남은 시간에 영화를 한편 보았다. 그런데 돌아오는 길에 뜻밖에 박동식을 만났다. 지하철 공사장 옆 빈터를 지나갈 때였다. 누가 부르는 소리가 들렸다.

마침 점심 무렵이라 빈터 그늘진 곳에서 작업복 차림의 사내 몇몇이 헬멧을 벗어놓고 신문지나 비닐을 깔고 누워 낮잠을 자고 있었다. 설마 하니 그 바닥에서 자기를 알 만한 사람이 있을 리 없었기 때문에 형섭은 그냥 지나쳐가려고 했다.

"가만있자…… 저게 누구여? 여보시오!"

분명히 자기를 부르는 소리였다. 형섭은 엉거주춤 걸음을 멈추고 돌아보았다. 그러자 앉아 있던 사내 중 하나가 벌떡 일어나 흙투성이의 작업화를 질질 끌며 형섭 쪽으로 걸어왔다.

사내는 형섭을 향해 이빨을 하얗게 드러내고 웃었는데 햇빛에 검게 탄 얼굴 때문인지 흰 이빨이 더욱 희게 드러났다. 가슴의 단추를 아무렇게나 풀어젖힌 사내는 무척 당돌하고 무례하게 보였다.

누군가? 어디서 본 듯한 얼굴 같긴 한데…… 형섭은 약간 얼떨떨하고 당황스런 표정으로 다가오는 사내를 멀거니 쳐다보았다.

"날 모르겠소? 박동식이…… 강원도 간성에서 제대하던 날 같이 읍내로 나왔던……"

아! 순간 형섭의 머릿속으로 번개처럼 스치고 지나가는 것이 있었다.

곰처럼 덩치가 크고 얼굴이 거무튀튀하던 사내…… 방한모를 뒤집어쓰고 폭설이 내리던 강원도 산길을 함께 걸어나왔던 그 친구. 제대 첫날부터 술집에서 바가지 쓰게 만들어놓고 달아나버렸던 그 새끼. 바로 그 박동식이었다.

"아니? 그러고 보니……"

"하하핫, 이제야 알아보겠소?"

동식은 재미있다는 듯 커다랗게 웃음을 터뜨렸다. 그러고 보니 머리만 터부룩하게 자라 이마를 덮고 있을 뿐 그때나 지금이나 생긴 모습 그대로였다. 원수는 외나무다리에서 만난다더니 외나무다리가 아니라 서울 대로에서 대낮에 다시 만난 것이었다.

그런데 동식은 뻔뻔스럽게도 지난 일 따위는 까맣게 잊어버렸는지 마치 십년지기라도 되는 것처럼 반갑게 웃어댔다.

형섭은 웃어야 할지 화를 내야 할지 잠시 헷갈린 채 있다가 자기도 모르게 피식 웃고 말았다. 지난 일은 지난 일이고 웃는 얼굴에 침을 뱉을 수도 없는 노릇이었다. 얄궂은 게 사람 마음이라 자기 또한 슬며시 반가운 마음이 들지 않는 것도 아니었다.

"난 한눈에 장형인 줄 알아보았지. 인상쓰고 다니는 것도 여전하시군."

동식은 형섭의 손을 잡고 흔들며 커다랗게 말했다. 구릿빛으로 그을린 근육이 햇빛을 받아 기름을 바른 것처럼 번질거렸다.

"그래, 그동안 어떻게 지냈수?"

"고향에 있다가 얼마 전에 올라왔소. 박형은……?"

"나야 보시다시피…… 땅강아지 같은 노가다 신세가 어디 간들 달라지겠수?"

동식이 짐짓 허풍을 떨면서 말했다.

"사회에 나와보니 군댓밥보다 더 나을 것도 없구만요. 안 그렇수? 그러고 보니 장형도 살이 쑥 빠진 것 같수다만."

그러고는 형섭의 안색을 살폈다.

"아, 요 며칠 감기를 앓았더니…… 어쨌든 반갑소."

인사치레를 마치자 형섭은 더이상 동식과 나눌 얘깃거리도 없고, 친하게 지내고 싶은 마음도 없었기 때문에 빨리 헤어지려고 돌아서는데, 동식이 얼른 팔을 잡아끌면서 말했다.

"아, 아무리 삭막한 세상이라지만 전우끼리 만나서 이렇게 헤어질 수야 없지? 그리구 그때 내가 빚진 것두 좀 있고 하니 근처 어디에 가서 시원한 맥주나 한잔 합시다."

꼴에 전우라니? 형섭은 실소가 나오는 걸 참았다. 갖다붙이는 솜씨는 그때나 지금이나 여전하였다.

"아니, 난 괜찮소."

"어허, 장형은 괜찮을지 몰라도 사람 사는 게 그런 법이 아니라오. 옷깃만 스쳐도 인연이라는데 우리가 어디 보통 인연이유? 나두 작업장에 다시 들어가야 하니까 딱 한잔만 헙시다."

동식이 그렇게 끄는 바람에 형섭은 어물쩍 뒤를 따라가지 않을 수 없었다. 눈이 펑펑 퍼부어대던 제대 첫날, 그를 따라 '야간비행'에 갔을 때도 같은 식이었다.

동식은 형섭을 끌고 지하철 공사를 하느라 마구 뒤집어놓은 길가의 호프집으로 들어갔다. 대낮이라 손님도 없이 여주인 혼자 텔레비전을 보고 있었다.

"아주머니, 여기 시원한 맥주 딱 두 병만 주시오. 안주는 뭘 하겠소? 난 생각이 없소만……"

"나도, 그냥……"

"아짐매 매상 올려줄라 했더니 안되겠네. 그냥 맥주나 두 병 주소. 강냉이하고…… 이따 저녁에 다시 올게."

부스스한 사십대 여자는 별 대꾸도 없이 곧 맥주 두 병과 강냉이를 담은 쟁반을 들고 왔다. 동식은 먼저 형섭의 잔에 부글부글 거품이 일도록 맥주를 따라주었다.

"아 참, 그때 눈이 많이도 내렸었지. 무릎까지 푹푹 빠질 정도였응게. 그래도 가끔 그 시절이 그리워지기도 하니 참 우스운 게 사람 속이라니깐요. ……자, 그날을 추억하는 의미에서 건배합시다!"

"난 그날 박형이 버리고 가는 바람에……"

형섭은 짐짓 원망스런 목소리로 말했다.

"아, 그것 말이우? 핫하하하!"

형섭이 그날의 일을 꺼내자 동식은 과장된 웃음부터 날렸다.

"그건 장형도 잘못이 있었수. 마담이랑 노래를 두어 곡조 뽑고 들어왔더니 곯아떨어져 있더군. 어찌나 곤히 자던지 갑시다, 하고 흔들어도 소식이 없더라구요. 그래, 마담이랑 낼 아침에 보자 하고 나왔쥬. 그러구 나서 아침에 데리러 갔더니 벌써 가고 없더구먼."

그의 능청스런 거짓말에 형섭은 실소가 떠올랐지만 이제 와서 지난 일을 가지고 탓할 거리는 되지 못했다.

"그나저나 복학은 하셨수?"

"아니, 이번 가을에 할 예정이오."

"좋겠시다. 졸업만 해놓으면 앞길이 고속도로처럼 훤히 뚫려 있을 테니까. 이쁜 여자들도 줄을 서서 기다릴 테고."

"그런 말 마시오. 알고 보면 박형보담 하나도 나을 게 없으니까. 아니 외려 난 박형이 부럽소."

"놀리지 마시오."

"놀리는 말이 아니오. 진심이오. 박형의 건강한 모습을 보니 정말 부러운 생각이 들어요."

"하긴, 이 바닥이라 하여 그리 나쁘지만은 않아요. 일이 좀 고되고 위험하다고는 하나 그런대로 수당도 좋구, 제 몸만 건강하면 할 만한 일이지요."

형섭은 얼핏 무슨 생각이 떠올라 더듬거리며 말했다.

"나…… 부탁 하나 하면 안될까요?"

"무슨 부탁……?"

"나도 박형과 같이 일해볼 수 없을까 하고……"

동식은 형섭을 한번 흘낏 쳐다보더니 곧 농담이라고 생각했는지 소리내어 웃으며 말했다.

"그야 얼마든지. 하지만 장형 같은 사람이 뭐가 아쉬워서 땅강아지처럼 지하를 누비고 다닌단 말이오. 나도 가방끈만 좀 길었으면 진작에 이런 일 집어치우고 넥타이에다 펜대 잡고 에어컨 나오는 사무실에서 여자애들 엉덩이나 쳐다보며 살고 싶은데……"

"갑자기 생각난 것이긴 하지만 농담은 아니오."

동식이 꿀럭꿀럭 소리내어 맥주 마시는 모양을 바라보며 형섭은 제법 진지한 표정으로 말했다.

"누구나 때로 인생이 막다른 골목길에 들어서 있는 느낌이 들 때가 있을 거요. 그래서 하는 말인데, 나도 갑자기 박형처럼 땀을 뻘뻘 좀 흘려보았으면 하는 생각이 들었어요. 땅속이든 어디든 현장에서 말이오."

막상 그렇게 말해놓고 나니 형섭은 슬며시 후회가 되었다. 전역 동기라지만 사실 자신에 대해 아직 아무것도 모르는 박동식에게 속내를 보인 것 같아 괜히 냉수 마시고 체한 것처럼 마음에 걸렸다.

그러나 동식은 잠자코 잔을 기울이고 있었다. 그의 얼굴은 참으로 많은 표정을 가지고 있어서 어떤 때는 경박하고 교활하게까지 보이다가 어떤 때는 무슨 이야기라도 나눌 수 있는 이해심 많고 경험이 풍부한 인간처럼 보이기도 했다.

"막다른 골목이라…… 하긴 장형의 얼굴을 보니 그리 썩 좋은 상태는 아니구먼."

동식은 알듯 말듯 고개를 끄덕이며 말했다.

"하지만 지하철 공사장 일이란 게 워낙 험해서 별로 권하고 싶지는 않소."

"알고 있소. 나도 갑자기 생각한 것이니 집에 가서 조금 더 생각해보기로 하죠."

형섭이 조금 전과는 달리 한걸음 물러서며 말했다.

"그러시오. 생각해보고 나서 정 일하고 싶다면 연락하시우. 현장소장에게 소개시켜주는 거야 별로 어려운 일은 아니니까. 기술이 없을 테니 아마 잡일이겠지만……"

"고맙소."

"고마울 건 없소. 일을 한다 해도 어차피 일주일도 안돼 달아나고 말

거요. 후후……"

동식은 다시 소리내어 웃었지만 형섭은 잠자코 생각에 잠긴 채 앉아 있었다.

"이거 당신과 난 참 이상한 인연이네. 그렇지 않소?"

동식이 맥주잔을 들면서 말했다.

남은 맥주를 한꺼번에 모두 마신 다음 두 사람은 밖으로 나왔다. 진득한 햇살이 눈을 찌르듯 몰려왔다. 지하철 공사장은 땅을 파는 포크레인 소리와 철제 프레임을 박는 소리, 용접하는 소리, 물을 퍼내는 펌프 소리가 뒤섞여 어지러웠다. 예전에는 그저 그런가보다 했는데 막상 저런 데 들어가서 일을 하게 될지도 모른다는 생각이 들자 형섭은 문득 가슴이 조여왔다.

"이걸로 난 그날 빚진 거 다 갚은 셈이우? 생각나면 연락하슈."

그러고 나서 동식은 다시 아까처럼 허옇게 이빨을 드러내고 웃으며 악수를 한 다음 들고 있던 안전모를 뒤집어쓰고 공사장 쪽으로 털레털레 걸어가버렸다. 단단해 보이는 그의 어깨 뒤로 커다란 기계가 철제 프레임을 쿵쿵, 땅속 깊이 박고 있는 게 보였다. 그의 뒷모습을 물끄러미 바라보다가 형섭은 이윽고 돌아서서 걸어가기 시작했다.

왜 갑자기 그런 말을 동식에게 꺼냈는지 스스로 생각해도 알 수가 없었다. 아마 그의 건강한 모습에 자기도 모르게 부러움을 느꼈는지도 몰랐다. 예전에 공단 다니던 시절이 생각났다. 그땐 모든 게 어려웠지만 그 어려움을 기꺼이 감수할 열정이 있었다. 눈 내리던 날 찾아온 연희랑 얼어붙은 개천가에 앉아 뜨거운 호빵을 먹던 기억이 났다. 어쨌든 복학을 하기 전까지 남은 몇달 동안 형섭은 자신의 삶을 돌아볼 수 있는 기회를 가지고 싶었다. 번역일도 차츰 짜증이 붙어가는 중이었다.

그리고 무엇보다 사람 냄새가 그리웠다. 사람들 속에서 사람들과 함께 땀흘리며 일해보고 싶었다.

며칠 후 형섭은 동식에게 전화를 한 다음 지하철 공사장으로 찾아갔다. 산같이 쌓인 흙더미 한쪽에 임시로 지어놓은 현장사무소가 있었다. 동식이 현장소장에게 미리 이야기를 해두었는지 얼굴이 각이 진 오십대의 소장은 담배를 피우며 형섭을 아래위로 훑어보면서 고향이 어디냐, 학교는 어디를 나왔느냐, 전에 무엇을 해봤느냐 등 몇가지 질문을 했다. 현장사무실은 각종 서류와 장비, 아무렇게나 벗어놓은 안전모, 작업복으로 어수선했다. 형섭은 긴장된 표정으로 가능한 한 솔직하게 대답했지만 학교만은 고등학교를 나와 검정고시를 준비중이라고 얼버무렸다.

"아르바이트 삼아 건성으로 일할라문 일찌감치 그만두는 게 좋아. 여긴 유치원이나 안방이 아니니까. 일도 복잡하고 위험한 물건들도 많아. 땅파기에서부터 물막이 공사, 프레임 공사, 배선, 미장…… 지하철 타고 다닐 땐 그저 모든 게 술술 저절로 만들어진 것 같지만 천만의 말씀이지. 박군 친구라니까 특별히 임시직으로 써보는 것이니까 열심히 한번 해보도록 해. 땅 밑 일은 위험해서 안되니까, 바깥에서 하는 일을 돕도록 해. 사고라도 나면 골치가 아프니까. 알았지?"

소장은 별로 신통치 않은 표정으로 말하고 동식을 불러 용접일 하는 양씨의 보조로 붙여주라고 지시하였다.

"됐어. 이제부텀은 우리도 말을 트지. 언제?"

동식이 말했다.

"그러지 뭐."

형섭은 약간 어색한 미소를 지으며 말했다.

동식은 형섭을 현장사무소 옆에 있는 인부숙소로 데려가서 안전모와 작업복을 골라주었다. 누가 입던 것인지 작업복에서 땀냄새가 풀풀 났다. 작업복에 조끼까지 걸치고 안전모를 쓴 형섭을 보고 동식이 재미있다는 듯 소리내어 웃었다.

"잘 어울려. 거울 봐. 아주 멋쟁이가 되었당게. 그래도 양씨 보조가 되어 운이 좋아. 양씨는 사우디에도 갔다온 양반인데, 이젠 늙어서 바깥에서 쇠를 자르거나 붙이는 일만 하거든. 일은 낼부텀 하도록 하고 양씨한테 인사나 하고 가."

그러면서 동식은 형섭을 양씨에게 데리고 갔다. 그는 마침 땡볕 아래서 혼자 쭈그리고 앉아 용접기로 철판을 자르고 있었다. 파란 불꽃이 사방으로 튀어올랐다. 동식이 큰 소리로 부르자 양씨는 불을 끄고 보안경을 벗었다. 땀이 비오듯 흐르고 있었다. 땀에 젖은 얼굴에는 주름살이 잔뜩 지고 불똥에 맞았는지 거뭇거뭇한 자국이 나 있었다.

"어, 젊은 사람이 와서 나도 이제 쬐금 허리 펴게 생겼구먼. 소장이 많이 생각해줬어."

그는 수건으로 땀을 닦으며 형섭을 향해 흡족한지 잇몸을 드러내고 웃었다.

다음날 형섭은 아침 일찍 공사장으로 나갔다.

밤새 일을 한 야간조들이 벌건 눈을 하고 퇴근하는 시간, 주간조들이 제각기 자기 작업에 따라 지하로 내려가거나 공사장 주변에 널려 있는 일을 찾아 부지런히 몸놀림을 하기 시작하는 것이었다. 형섭은 오래 전부터 그곳에서 일해온 사람처럼 당장 그날부터 작업복에 안전모를 쓴 차림으로 그들과 뒤섞여 철근을 나르기도 하고, 고참인부들이 시키는 대로 차단대가 설치된 작업장 안에서 닥치는 대로 잡일을 했다.

늙은 용접공 양씨는 별로 말이 없는 사람이었다. 잡초처럼 마구 헝클어진 반백의 머리 때문에 나이에 비해 다소 늙어 보이긴 했지만 오랫동안 현장에서 일해온 사람 특유의 강인함이 배어 있었다. 그는 하루종일 뙤약볕 아래에서 용접기로 철판을 자르거나 철근을 꺾어 여러가지 모양으로 구조 만드는 일을 하고 있었다. 형섭이 보조라고 하지만 막상 그가 시키는 일은 별로 없었다. 대신 아무 일이나 이것저것 불려다니며 하는 일이 더 많았다.

여름이 본격적으로 접어들자 햇빛이 대지를 태울 것처럼 독이 올랐다. 그런데다 지나가는 차들이 내뿜어대는 소음과 매연에 머리가 어지러울 지경이었다. 비오듯 땀을 흘리며 철근을 옮기고, 기중기에 물건들을 매달아주고, 때로는 덤프트럭의 조수가 되어 흙을 퍼담는 일을 하다 보면 어느새 한강다리 뿌연 매연 너머로 붉은 해가 넘어가기 일쑤였다. 형섭은 며칠 사이에 얼굴도 팔도 구릿빛으로 발갛게 익어버렸다.

야근까지 하고 녹초가 되어 버스를 타고 꾸벅꾸벅 졸면서 봉천동 집으로 돌아오면 온몸에 쑤시지 않는 곳이 없었다. 그러나 몸이 고될수록 복잡하던 머릿속은 점점 단순해졌고, 마음도 편안해졌다. 오래간만에 온몸의 세포가 활기로 가득 차는 것 같았다. 예전에는 꿈으로 뒤숭숭하던 잠자리도 깊고 달았다. 취한 듯이 자고 나면 아침이 왔고 그러면 다시 공사장으로 달려가서 하루종일 땀을 흘렸다. 지하에 들어가서 일하는 동식과는 첫날 이후 거의 얼굴을 마주칠 기회조차 없었다. 연희에 대한 생각도 희미해졌다.

"어이, 장군! 하수도 뚜껑 좀 찾아봐!"

그러던 중 하루는 양씨가 급히 부르는 소리가 들렸다. 갑자기 소나기가 퍼붓는 바람에 인근 일대가 온통 물바다가 되어버렸던 것이다. 차도로 흘러든 비는 지대가 낮은 공사장 쪽으로 몰려와 무릎이 잠길 정도로 삽시간에 불어났다.

양씨의 말이 떨어지기 무섭게 형섭은 급히 인도와 차도 사이에 있는 하수구를 찾아서 뒤졌다. 부근이 온통 빗물에 쓸려온 쓰레기로 뒤덮여 있었다. 가까스로 하수구를 찾은 형섭은 쓰레기를 치우고 뚜껑을 열어젖혔다. 그새 온몸이 물에 담근 것처럼 흠빡 젖어 있었다. 물길이 잡히자 더러운 흙탕물이 하수구를 향해 세차게 빠져나가기 시작했다. 바깥에서 일하던 인부들도 잠시 일손을 놓고 삼삼오오 비를 피해 근처 처마 밑에 들어가 있었다.

"이리 와서 담배나 한대 피워!"

부근 양복점 처마밑에 앉아서 양씨가 큰 소리로 불렀다. 형섭은 안전모를 벗고 빗물이 줄줄 흘러내리는 얼굴을 손으로 문지르며 그에게로 갔다. 그런 형섭의 모습을 보고 있던 늙은 양씨의 눈가에 주름살이 물이랑처럼 번졌다.

"젊은 거이 좋긴 좋구먼. 나도 한때는 자네처럼 젊고 혈기왕성했지."

담배를 권하며 양씨가 말했다.

"사우디에서 일할 때만 해도 말이야, 그땐 정말 젊었어. 돈도 많이 벌었구. 목욕할 물이 제대로 없어 모래투성이 바람을 맞고 그냥 잘 때가 많았지만 그래도 일이 재미있었어. 사는 맛이 있었지. 사막에도 가끔 비가 내려. 사막에 비가 내릴 땐 정말 장관이었지. 멀리서 비가 몰려오는 것이 마치 하늘과 땅 사이에 커다란 장막을 드리워놓은 것 같았거든. 천지가 찢어지는 것처럼 번개가 치고 말이야. 무섭기도 하고 통쾌하기도 했어."

거리를 적시는 비를 바라보며 양씨가 푸른 담배연기를 뱉으면서 말했다. 검고 투박한 손가락에 때가 낀 굵은 은반지가 하나 걸려 있었다.

"난 인생이라는 사막을 건너는 데 실패했어. 사우디에 가 있는 동안 마누라는 다른 노가다 친구랑 눈이 맞아 달아나버렸고, 그러고 나서 두번이나 재혼을 했지만 실패했어. 내 인생은 시행착오의 연속이었지. 나는 이제 내 인생에 더이상 아무런 기대를 가지고 있지 않아. 그렇다고 후회하거나 원망하지도 않지만…… 자넨 처음 봤을 때부터 눈빛이 다르더군. 이런 바닥에서 떠돌 친구는 아니야."

형섭은 양씨 곁에 쭈그리고 앉아 그의 말을 들으며 잠자코 내리는 빗줄기만 바라보고 있었다. 오래간만에 어쩐지 편안하고 행복한 기분이 들었다. 이곳에 온 후 처음 맛보는 휴식이었다.

물건을 치우는 몇사람을 빼고 공사장은 비 때문에 잠시 텅 비어 있었다. 시끄러운 소음도 잠시 소강상태를 맞은 것 같았다.

"자네는 사막을 건너는 법을 아는가?"

조금 있다가 양씨가 형섭을 향해 뜬금없이 물었다.

"알 리가 있나요."

"하긴……"

양씨는 고개를 끄덕이고 나서 곧 스스로 대답을 했다.

"사막을 건너가는 사람들엔 세 부류가 있다네. 첫번째는 낙타를 끌고 물건을 팔러 다니는 장사꾼이고 두번째는 전쟁을 하러 가는 군인이지. 그리고 세번째는 불경을 찾아가는 구도승이야. 그 외에는 아무도 없어. 알고 보면 우리 인생도 사막을 건너는 것과 똑같은지도 몰라. 돈과 권력, 그리고 지혜지. 나야 그 아무것도 가지지 못했지만……"

그러고 나서 그는 허하게 웃었다.

지나가는 소나기인지 한바탕 퍼부어대던 빗줄기가 점점 가늘어지고 있었다.

한달여간 그렇게 공사장에서 일하던 어느날 혜숙으로부터 밤에 봉천 동으로 전화가 걸려왔다. 실로 오래간만에 걸려온 전화였다. 내일 좀 만났으면 좋겠다는 내용이었다.

물어보나마나 연희와 관련된 일 때문일 것이었다. 형섭은 그동안 연 희에 대해선 거짓말처럼 잊고 있었다. 아니, 애써 떠올리지 않았는지 모른다. 그런 마음을 아는지 모르는지 혜숙은 마치 비밀스런 접선이라 도 하는 사람처럼 신중하고 조심스러운 목소리로 말했다.

"연희와 만나는 건 아니니까 큰 기대는 갖지 마세요."

"그럼, 누구예요? 유다라는 친구……?"

"그 사람은 그렇게 쉽게 나타날 사람이 아니에요."

"그러면……?"

"어쨌든 내일 만나보면 알게 될 거예요. 상황이 좋지 않으니까 꼬리 를 조심하시고……"

"알았어요."

형섭은 약간 실망한 투로 말했다.

전화를 끊고 나자 형섭의 머릿속으로 그동안 잊고 있던 복잡한 생각 들이 떠올랐다. 낮 동안 내내 땡볕 아래에서 일하느라 몸은 물먹은 솜 처럼 피곤하였지만 자리에 누워도 쉽사리 잠이 들지 않았다.

아련한 기억 속의 사진처럼 어두운 천장에 연희의 모습이 어른거렸 다. 그러자 자기도 모르게 명치끝이 찌르르 울렸다. 형섭은 일어나 방 앞 댓돌에 앉아 담배를 피워물었다. 대추나무에 푸른 가로등이 걸려 있었다.

지난번 혜숙을 만났을 때 혜숙은 연희가 성유다와 함께 도망중이라
고 말했다. 그리고 얼마 지나지 않아 정보부에서 박부장이라는 사내가
느닷없이 그녀의 어머니와 함께 나타났다. 그 모두가 뭔가 심상치 않은
징조처럼 느껴졌다. 도대체 무슨 일일까? 무슨 일이 일어나고 있는 걸
까? 연희는 정말 성유다라는 친구를 사랑하고 있는 걸까? 형섭은 한숨
이라도 쉬듯 길게 담배연기를 뿜었다. 그때 골목 저쪽 어디에선가 높고
날카로운 호루라기 소리가 울려퍼졌다.

다음날 오후, 형섭은 낮일을 마치자마자 혜숙과 약속한 장소로 갔다.
옷을 갈아입을 시간도 없었기 때문에 작업복 차림 그대로였다.

여름이라 아직 밖은 환했지만 지하다방으로 내려가는 입구는 어두컴
컴하였다. 문을 열고 안으로 들어가자 에어컨에서 나오는 냉기가 먼저
서늘하게 피부에 닿았다. 밝은 데서 들어와서 그런지 안은 동굴 속처럼
어두웠다. 형섭은 눈의 밝기가 맞을 동안 잠시 기다렸다가 안을 한번
둘러보았지만 아직 혜숙은 보이지 않았다.

형섭은 커다란 수족관이 놓여 있는 근처 소파에 가서 앉았다.

물방울이 뽀글뽀글 올라오는 수족관의 인조수초 사이로 색색의 열대
어들이 한가롭게 돌아다니고 있었다. 형광등의 푸른 불빛 때문에 수족
관은 마치 적도의 깊은 바닷속과 같은 착각을 불러일으켰다.

시계를 보았다. 십분이 지나가고 있었다. 형섭은 괜히 초조한 기분이
들어 하릴없이 엽차를 홀짝이며 수족관 속의 열대어가 움직이는 모양
만 눈으로 쫓고 있었다.

거의 삼십분이 다 지나갔을 무렵, 드디어 혜숙이 자기 또래의 여자
한명과 함께 커피숍 입구에 나타나는 것이 보였다. 형섭은 설레는 가슴

106

을 억누른 채 그들이 먼저 자기를 발견하기를 기다렸다. 이윽고 형섭을 발견한 혜숙이 함께 온 여자와 형섭 있는 곳으로 걸어왔다.

"많이 기다렸죠?"

맞은편 소파에 앉으며 혜숙이 말했다. 그러나 그리 미안해하는 눈치는 아니었다. 그보다도 형섭의 옷차림에 약간 놀라는 눈치였다.

"작업하다 와서 미처 옷을 갈아입지 못했어요."

형섭은 괜히 변명이라도 하듯 말했다.

"건강해 보여서 좋네요 뭐. 지하철 공사장에서 일한다더니…… 인사하세요. 이쪽은 윤애림. 전에 말했던 내 친구예요. 연희 친구이기도 하고……"

"안녕하세요."

형섭은 인사를 하며 짧은 순간 그녀의 생김새를 살펴보았다. 콧날이 뾰족하고 눈썹과 머리칼이 유난히 까만, 한눈에도 자존심이 세어 보이는 여자였다. 도톰한 입술 끝이 패며 애림의 얼굴에 보일락말락 미소가 떠올랐다. 그녀의 눈 속엔 형섭에 대한 호기심과 경계가 동시에 담겨 있었다.

"이쪽은 소개를 시켜주지 않아도 잘 알지? 장형섭씨……"

그렇게 서로 인사를 한 다음 차를 시켰다.

"얼굴이 많이 탔네요. 힘들진 않으세요?"

차를 기다리는 동안 혜숙이 어색한 분위기를 의식해서인지 무겁지 않게 말을 꺼냈다.

"조금. 그렇지만 머리를 싸매는 일보다는 복잡하지 않아요."

"난 형섭씨가 이런 일을 하게 되리라곤 상상도 못했어요."

"제대할 때 같이 나온 친구를 우연히 길거리에서 다시 만났는데 그 친구 땜에 일하게 되었어요. 그건 그렇고 석태는 잘 지내나요?"

"그럭저럭…… 출판사 일도 그리 재민 없는가봐요. 요즘은 다 때려치우고 이민이나 가버릴까 하는 소리를 입버릇처럼 하고 있어요."

"이민?"

"농담이죠 뭐. 자기가 무슨 돈이 있다구……"

혜숙은 마치 남의 이야기 하듯 말하고는 깔깔거리며 웃었다.

그렇게 혜숙과 이야기를 나누는 중에도 애림은 형섭을 유심히 쳐다보고 있었다. 애림의 눈길이 느껴지자 형섭은 자기도 모르게 관자놀이가 조금 뜨거워지는 기분이 들었다.

"그사이 연희 소식은 좀 들었나요?"

"아뇨, 들을 기회가 있나요? 아, 그러고 보니 혜숙씨 만나고 나서 얼마 지나지 않아 연희 어머니를 한번 만났군요."

"연희 어머니를……?"

"그래요, 전화가 왔었어요. 한번 만나자고…… 그래서 나갔죠. 하지만 별로 기분좋은 만남은 아니었어요. 나에 대해…… 여전히 원망이랄까 증오심 같은 걸 가지고 계시더군요. 그뿐만 아니라 낯선 사내까지 한명 데리고 나오셨어요."

"낯선 사내?"

순간, 그동안 잠자코 그들의 이야기를 듣고 있던 애림이 호기심을 보이며 물었다.

"그래요."

형섭은 애림을 똑바로 쳐다보며 퉁명스런 목소리로 말했다.

"정보기관에서 나왔다더군요. 성유다를 찾는 중이라고…… 날더러 협조를 해달라고 하더군요. 그러면 연희에 대해선 아무런 책임도 묻지 않겠다면서…… 날 사랑에 눈먼 바보쯤으로 알았나봐요."

형섭은 쓸쓸한 표정으로 웃었다.

"조심하세요. 형섭씬 이미 그들의 그물망 속에 들어가 있는 것 같으니까."

혜숙이 불안한 눈빛으로 말했다.

"성유다라는 친구가 그렇게 대단한 인물인지 몰랐어요."

형섭이 약간 비꼬는 듯한 투로 말했다.

"질투하는 거예요?"

형섭의 말이 끝나자마자 애림이 쏘듯이 말했다.

"질투?"

형섭은 가볍게 냉소를 지었다.

"질투…… 그럴지도 모르죠. 어쨌든 난 그를 잘 모르지만 왠지 그가 그리 썩 기분좋게 느껴지지는 않는군요. 요즘 그런 종류의 인간들이 많다고 들었어요. 장막 뒤에 가려진 채 자신을 영웅적인 모습으로 신비화하고, 보이지 않는 권위, 보이지 않는 중앙을 만들어 마치 거창한 일이라도 하는 것처럼 떠벌리는 인간 말이오."

"그렇게 말하는 당신은 도대체 무얼 하고 있는 사람이죠?"

애림이 형섭의 빈정대는 말투를 참지 못하고 화난 목소리로 말했다.

"그만들 해요."

두 사람의 목소리가 심상치 않게 돌아가자 혜숙이 말리며 나섰다.

"처음 만난 사이에 이렇게 열을 내며 싸울 준비가 되어 있다는 게 신기하기도 하구 지겹기도 하군요. 우리 오늘은 연희 얘기만 하도록 해요."

혜숙의 말에 형섭은 괜히 날카로워졌던 것을 후회하며 담배를 뽑아

물었다. 그런 걸 보면 성유다라는 친구의 존재가 은연중 그의 가슴 깊숙한 곳에 자리잡고 있었는지도 몰랐다.

"형섭씬 아직도 연희가 돌아오길 바라는 거죠?"

조금 있다가 애림 역시 다소 가라앉은 목소리로 물었다.

"마치 연희가 당신들의 포로라도 되어 있다는 듯한 말투군요."

"그렇게 들렸다면 죄송해요. 내 말은 아직 당신이 연희를 사랑하고 있는가 하는 뜻이에요."

애림은 조금 전의 논쟁적인 모습과는 달리 연민이 담긴 눈빛으로 형섭을 쳐다보며 말했다.

"나는 처음부터 다 보았어요. 형섭씨가 감옥에 들어가고 난 후 연희는 혼자였죠. 근데 혼자 남았다는 사실보다는 연훤 자기라는 존재에 대한 부정 때문에 더 큰 상처를 입었어요. 그때 형섭씨와 함께 감옥에 갔더라도 그렇게 큰 상처를 입진 않았을 거예요. 설사 감옥이 아니라 지옥이라 하더라도 말예요. 걘 정말 형섭씨를 사랑하고 있었으니까."

형섭은 어두운 표정으로 애림의 말에 귀를 기울이고 있었다.

"그러나 당신은 혼자 떠났어요. 마치 자기 혼자 세상의 짐을 다 짊어진 것처럼…… 당신은 그녀에게 사랑이란 말을 꺼낼 자격도 없어요."

애림이 단정이라도 하듯 말했다.

"그렇다고 그게 모두 형섭씨의 잘못은 아니잖아?"

그때까지 잠자코 두 사람의 이야기를 듣고 있던 혜숙이 짐짓 형섭을 두둔하고 나섰다.

"나도 알아. 하지만 괜히 화가 나. 장형섭이란 사람은 도대체 어떻게 생겼을까, 그동안 나도 참 궁금했어."

그녀의 말이 끝나자 형섭은 길게 한숨을 내쉬었다.

"변명같이 들릴지 모르지만 나 역시 그동안 이 세상으로부터 부재중이었어요. 설사 연희의 고통을 알고 있었다 하더라도 내가 할 수 있는 일은 아무것도 없었을 거예요."

그러고 나서 형섭은 시선을 멀리 천장을 향해 던졌다. 사실 그땐 형섭으로선 달리 선택할 수 있는 길이 없었다. 형섭은 모든 짐을 혼자 짊어지고 가고 싶었다. 그것은 옛날이나 지금이나 다름이 없었다.

"난 연희의 마음을 이해해. 형섭씨도……"

혜숙이 조용하게 입을 뗐다.

"연희와 형섭씬 서로 사랑하면서도 서로를 멀리하고 있었지. 자신들의 모습에 둘 다 자신없기 때문에 말이야."

"그럴지도 모르죠."

형섭은 가볍게 고개를 끄덕이며 동의를 했다.

"지금도 만나고 싶지만 막상 만난다면…… 무슨 말을 해야 할지 모르겠어요. 사실 좀 두렵기도 하구요. 그건 그렇고 연희는 지금 어떻게 지내나요?"

형섭은 그제야 조심스럽게 연희 이야기를 꺼냈다.

"뭐랄까, 한마디로 표현하긴 어렵지만 굳이 말하라면 안정되어 있다고 해야겠네요."

"불안하다는 뜻이군요."

형섭이 가볍게 이맛살을 찌푸리며 말했다.

"그래요. 어떤 때는 자기도 성유다와 함께 무언가 고상하고 확실한 신념을 따라 살아가고 있다고 믿는 것 같기도 하고, 어떤 때는 극도로 혼란에 빠져 허우적거리기도 하고……"

애림의 말을 들으며 형섭은 천장에 시선을 던진 채 길게 한숨지었다.

"아직 시간이 필요하다는 뜻이군요."

"그래요, 시간이 필요해요. 어쨌든 연희도 형섭씨가 제대하여 서울에 와 있다는 것은 알고 있으니까 조만간 무슨 연락을 하겠죠."

그런 형섭을 향해 혜숙이 위로라도 하듯 말했다.

"이제 가야 할 시간이 되었어요."

혜숙이 대충 이야기를 정리하고 일어나며 말했다.

"그러고 보니 나도 야근 들어갈 시간이군요."

뒤따라 일어나며 형섭이 다소 아쉬운 표정으로 말했다.

"만나서 반가웠어요. 그러나 연희에겐 어떻게 말해야 좋을지 벌써 걱정이 되는군요."

애림이 가방을 어깨에 메며 말했다. 긴 머리카락이 어깨 위에서 출렁거렸다. 형섭은 안전모를 들고 아무 말 없이 의자 사이를 걸어나왔다. 그리고 잠시 생각에 젖어 있다가 애림을 향해 돌아보며 말했다.

"이렇게 찾아줘서 고마워요. 혹시 결례라도 있었다면 사과드리죠. 그리고……"

형섭은 애림의 검은 눈동자와 부딪치자 얼른 그녀의 시선을 외면한 채 더듬거리면서 말했다.

"그리고…… 연희에게 아무런 부담 갖지 말고 한번 만나고 싶다고 전해주세요. 무슨 일 있음 언제든지 연락 주시고요."

"그러죠."

애림이 한숨을 쉬듯 짤막하게 대답했다.

밖으로 나오자 거리는 이미 어두워져 있었다. 네온이 불을 밝히기 시작한 도시는 어둠이 내린 뒤에도 여전히 가마솥처럼 끓어대고 있었다.

"석태한테도 안부 전해주세요. 조만간 월급 타면 출판사로 가서 두

분께 맛있는 것 사드릴게요. 은혜를 갚아야지요."

형섭의 말에 혜숙이 재미있다는 듯 웃었다.

"형섭씨가 사주면 더 맛있을 거 같은데요. 알았어요."

두 사람과 인사를 하고 헤어진 형섭은 약간은 허전하기도 하고 약간은 들뜬 마음으로 터벅터벅 공사장 쪽으로 걸어갔다. 열기를 머금은 후텁지근한 바람이 강 쪽에서 불어왔다.

혜숙과 애림이 다녀가고 나서 얼마 동안 형섭은 마음이 무거웠다. 과거의 그림자 같은 게 양어깨를 무겁게 내리누르는 느낌이 들었다. 그럴수록 형섭은 더욱 열심히 일에 매달렸다. 눈에 띄게 말수도 줄어버렸다. 하루종일 한마디도 하지 않고 일만 하는 날이 많았다.

"어이 장군, 좀 쉬다 혀! 그런다고 일당 더 주는 것도 아니니께. 몸 살펴가면서 눈치껏 혀."

그런 그를 보고 고참들이 놀리듯 말했지만 형섭은 아랑곳하지 않았다.

강철을 단련하듯 형섭은 자신과 싸워보고 싶었다.

아니, 어쩌면 그것은 자기학대와 같은 것인지도 몰랐다. 그는 자신을 학대하고 짓밟고 노예처럼 부려보고 싶었다. 자신을 세상의 가장 밑바닥에 이르게 하고 싶었다.

어떻게 보면 비록 단순한 노동에 불과할지 모르지만 형섭에게는 이 시간이야말로 사막을 건너가는 법을 익히는 외롭고 치열한 시간인지도 몰랐다. 일을 하면서도 형섭은 외로웠다. 밥을 먹으면서도 외로웠고, 잠을 자면서도 외로웠다.

여름이 깊어갈수록 태양의 그림자는 더욱 짧아지고 짙어져갔다.

불화살 같은 햇살이 대지를 태웠다. 먼지와 매연이 뿌옇게 덮인 거리로 땡땡땡, 소리를 내며 살수차가 물을 뿌리며 지나갔다.

그런 여름도 마침내 마지막 뜨거운 숨결을 토해내며 한풀 기세가 꺾여들 무렵, 새벽에 전화가 왔다. 형섭은 잠결에 전화를 받았는데 양씨 목소리였다. 무언가 심상치 않은 일이 벌어졌다는 것을 직감으로 알 수 있었다.

"이봐, 형섭이! 자나? 현장으로 빨리 와봐! 사고가 났어!"

양씨의 다급한 목소리에 섞여 전화기 저쪽에서 어수선하고 시끄러운 소리가 흘러나왔다.

"예……?"

형섭은 순간 정신이 번쩍 들었다.

"지반이 내려앉았어. 동식이랑 진영이가 깔렸구!"

"동식이랑 진영이가……?"

형섭은 마치 무언가로 뒤통수를 세차게 한대 맞은 표정이 되었다.

"그래, 빨리 와봐! 여긴 지금 난리야!"

양씨의 목소리 뒤로 싸이렌 울리는 소리가 희미하게 들렸다.

"알았어요!"

형섭은 전화를 끊자마자 다급하게 옷을 챙겨 입고 대문 밖으로 나왔다. 어두운 하늘에서 비가 내리고 있었다. 형섭은 비닐우산을 받쳐들고 빠른 걸음으로 골목길을 내려가기 시작했다. 어둠속에 묻혀 있는 산동네는 곳곳에 서 있는 빨간 십자가 때문에 마치 오래된 묘지를 연상시켰다. 그 위로 여름의 막바지를 장식하듯 추적추적 비가 내리고 있었다.

동식의 작업반 동료인 진영은 지하철 공사장으로 오기 전에는 원양어선을 탔다고 했다. 언젠가 그는 마다가스카르란 섬에 가면 밀림 속에서 무지갯빛을 한 앵무새들이 날아다니며 날카로운 울음을 뿌리곤 한다는 이야기를 해주었다.

큰길로 나와 택시를 타고 공사장으로 달려가니 근처는 벌써 앰뷸런스와 경찰차, 소방차와 사람들이 뒤섞여 어수선하기 짝이 없었다. 사람들이 내지르는 고함소리, 싸이렌 소리가 밤하늘을 가득 메우고 있었다. 앰뷸런스 꼭지에 달려 있는 붉은 점멸등 불빛이 비에 젖은 도로 위에 반사되어 번쩍거렸다. 누군가 핸드마이크로 커다랗게 소리를 지르고 있었다.

"뭣들 해! 환자들 빨리 이송시켜! 거기 차 좀 빼! 차 빼라구!"

누군가 들것에 실려 앰뷸런스 쪽으로 급히 이송되고 있었다. 얼굴이 온통 피에 젖은 사내는 신음소리를 내고 있었다. 급히 달려오긴 했지만 그렇다고 형섭은 지금 당장 자기가 할 수 있는 일이 무엇인지 몰라 엉거주춤 서 있었다. 그때 누군가 자기를 부르는 소리가 들렸다.

"어이! 형섭이!"

돌아보니 환하게 켜진 써치라이트 불빛 저쪽 아래에서 언뜻 양씨의 모습이 비쳤다.

"이봐! 형섭이! 이쪽으루다 와!"

양씨가 다시 한번 큰 소리로 불렀다. 가까이 가보니 비닐우의를 뒤집어쓴 인부들이 너나 할 것 없이 온통 빗물과 흙으로 뒤범벅되어 무너진 땅을 파헤치고 있었다. 양씨의 얼굴도 물에 담갔다 꺼내놓은 것처럼 젖어 있었다.

"어떻게 됐어요?"

형섭이 큰 소리로 외치듯 물었다.

"물막이공사 해놓은 곳이 터졌어! 철제빔이 내려앉고……!"

"사람들은?"

"갑자기 일어난 일이라 어제 야간조로 들어갔던 사람들이 하나도 못 빠져나왔다더군."

"동식이랑 진영인?"

"동식인 아까 실려갔어. 실려가는 걸 얼핏 봤는데…… 춧! 축 늘어져 있었어."

양씨는 고개를 저으며 얼굴을 찌푸렸다. 빗물이 줄줄 흐르는 그의 얼굴엔 주름살이 더욱 깊게 패어 있었다.

"진영인 아직 밑에 갇혀 있어. 생사는 알 수 없구."

싸이렌 소리가 여름 밤하늘을 찢어놓으며 울어대고 있었다. 비에 젖은 도시는 내장을 다 드러내놓은 것처럼 누워서 다시 비에 젖고 있었다.

"이것 좀 치워줘! 어이, 거기 이것 좀 도와줘!"

어둠속에서 누군가 부르는 소리가 들렸다. 양씨는 급히 그쪽으로 달려갔다. 형섭의 머리와 옷도 어느새 비에 축축하게 젖어버렸다. 형섭은 양씨가 두고 간 삽자루를 잡았다. 그리고 곧 다른 인부들과 뒤섞여 무너진 흙을 파대기 시작했다. 알 수 없는 슬픔이 그의 어깨를 타고 가슴을 울리며 전해져왔다. 그럴수록 그는 더욱 깊이 흙 속에 삽을 꽂아넣었다.

……난 다시 원양어선을 탈 겁니다. 인도양을 거쳐 마다가스카르로 가면 밀림 속에서 꽥꽥 앵무새들이 우는 소리를 들을 수 있죠. 그 소리가 듣고 싶어 환장할 지경이라니까요……

언젠가 동식이랑 같이 술을 마실 때 화살촉처럼 뽀족한 코를 만지며 진영이 말했다.

어느새 도시의 빌딩 너머로 푸른 새벽빛이 밝아오고 있었다.

밤새 일하던 인부들도 지쳤는지 여기저기에 주저앉아 담배를 피우고 있었다. 아침이 되자 빗줄기도 많이 가늘어져 있었다. 귀청을 찢어댈 것 같은 소리를 지르며 앰뷸런스 한대가 거리를 질주하고 있었다. 이 비가 끝나고 나면 이제 여름도 가고 말 것이었다. 여름 내내 함께 일했던 동식과 진영의 얼굴이 떠올랐다. 그들의 생사가 갑자기 궁금해졌다.

형섭은 문득 이제 자기도 이곳을 떠나야 할 때가 되었는지 모른다는 생각이 들었다. 비에 젖은 어깨가 으슬으슬 떨려왔다.

철길이 보이는 창

여름이 끝나갈 무렵 형섭은 이사를 했다.

민수가 군대간다고 고향으로 가는 바람에 동만과 둘이 지내야 했는데, 이 기회에 자기도 혼자 떨어져나와 독립된 생활을 해보고 싶은 생각이 들었기 때문이다. 그날 사고 이후 지하철 공사장 일도 그만두었다. 동식이 죽고, 진영마저 크게 다쳐 이제 더이상 공사장에서 일할 기분이 나지 않았던 데도 이유가 있었지만 곧 가을 복학을 위한 준비기간이 필요했기 때문이다.

"형섭 형, 다음에 만날 땐 좋은 아가씨랑 같이 면회 와. 형 만나서 그동안 즐거웠어."

고향으로 가면서 민수는 여간 섭섭하지 않은 표정으로 말했다. 그동안 정이 들 대로 든 터였다. 형섭은 오랫동안 끼고 있던 시계를 민수에게 선물하였다.

그렇게 하여 여름과 함께 지하철 공사장 일도, 봉천동 시절도 막을 내렸다.

새로 이사간 곳은 낡은 이층짜리 여관을 개조해 학생들을 상대로 하숙을 부치는 집이었다. 주인은 쌍과부 자매였는데 언니 되는 이는 오십대 중반의 삐쩍 마르고 신경질이 많은데다 여간 수다스러운 여자가 아니었고, 동생 되는 이는 반대로 말이 없고 귀까지 어두운 사십대 초반의 뚱뚱한 여자였다. 동생에게는 은지라는 이름의 유치원생 딸아이가 하나 있었다.

형섭이 이 집으로 이사를 온 것은 다른 집에 비해 비교적 가격이 싸다는 점도 있었지만 이층 방에서 철길이 내려다보인다는 점 때문이었다. 철길은 도시의 변두리를 에돌아 하숙집 뒤에 붙어 있는 손수건만한 텃밭과 더러운 물이 고여 있는 실개천을 지나 터널로 빠져나갔다. 덜컹거리는 기찻소리 때문에 집값이 싸졌는지 모르지만 형섭은 오히려 그것이 맘에 들었다.

자기만의 공간을 마련하자 형섭은 중고가구점에 가서 책상과 의자, 그리고 책꽂이 등을 사서 들여놓았다. 하숙생들은 대부분이 학생이었고, 중학교 교사와 고시공부를 한다는 늙은 총각과 보험회사에 다니는 직장인이 한명씩 있었다.

이사를 하고 나자 형섭은 오래간만에 다시 학창시절로 돌아온 것 같았다. 저녁을 먹고 자기 방으로 올라와 책을 읽기도 하고 담배를 피우며 창밖을 내다보기도 했다. 창밖을 보고 있노라면 철길을 따라 늘 누군가가 걸어오고 있을 것만 같은 기분이 들었다. 그러나 철길을 따라 맨 처음 찾아온 것은 사람이 아니라 계절이었다. 여름의 끝자락이 빠르게 허물어지고 나자 가을이 재빨리 점령군처럼 밀려오고 있었다. 밤이면 손수건만한 텃밭 가에 줄지어 서 있는 옥수수 잎새를 헤치며 스산한 바람소리가 울려나왔다.

여름내 공사장에서 눈코뜰 새 없이 바쁘게 일하다가 갑자기 그만두고 나니 형섭은 마치 낯선 세상에라도 온 것처럼 허전하였다. 동식의 죽음은 너무나 뜻밖이어서 아직까지도 잘 믿어지지가 않았다. 눈이 팍팍하게 내리던 날, 강원도의 산길을 함께 걸어나왔던 것이 엊그제 일처럼 떠올랐다. '야간비행'이란 술집에서 옴팡 바가지를 씌우고 혼자 달아나버렸을 땐 얼마나 미웠던가. 이젠 그 모든 것이 그의 죽음과 함께 망각의 강 저 너머로 흘러가버릴 것이었다.

형섭은 엽서를 꺼냈다. 그 누구에겐가 엽서를 쓰고 싶었다. 하지만 마땅히 엽서를 보낼 만한 데가 없었다. 그때 미경이 떠올랐다.

형섭은 마치 오랫동안 잊고 있던 먼지 앉은 앨범을 뒤적이듯 그녀와의 기억을 더듬었다. 그러고 보니 그녀 아버지 문선생의 소식도 궁금했다.

미경에게……

형섭은 조심스럽게 첫머리를 써놓고 펜을 물고 우두커니 앉아 벽을 바라보았다. 그러고는 곧 연희 이야기를 비롯하여 그간 있었던 일에 대해 마치 일기라도 쓰듯 깨알 같은 글씨로 써내려갔다.

가을학기가 시작되자 형섭은 학교로 갔다. 학교에는 곳곳에 대자보가 붙어 있었고, 학기가 시작되길 기다렸다는 듯 연일 계속되는 시위로 어수선했다. 광주 학살의 책임자를 처벌하고 군사정권의 퇴진을 요구하는 집회가 학교와 거리 곳곳에서 벌어졌다. 최루탄가스가 연일 온통 도시를 뒤덮고 있었다. 인천에서 시위 도중에 노동자 한명이 분신자살을 기도했다는 소문과 함께 곧 계엄령이 떨어질지도 모른다는 흉흉한 소문이 돌고 있었다. 형섭에게도 예전에 구로에서 함께 일했던 친구 기영으로부터 연락이 왔다. 노동상담소를 열었는데 형섭더러 와서 일 좀 봐달라는 부탁이었다. 형섭은 아직 학기가 끝나려면 두세 달이 남았으니 그때 가서 생각해보자고 대답했다.

그런 어느날 하숙집으로 뜻밖에 애림이 찾아왔다. 오래간만에 만난 애림은 초조하고 피곤한 얼굴을 하고 있었다.

"아니, 애림씨가 여길 어떻게 알고……?"

형섭은 당황한 목소리로 말했다.

"혜숙이한테서 들었어요."

형섭의 눈길을 피하며 애림이 머뭇거리면서 말했다.

"잠깐 밖으로 나가서 이야기하면 안될까요?"

"그……러죠."

당황스런 기분이 지나가고 나자 형섭은 어쩐지 불안한 예감이 들었다. 곧 점퍼를 걸쳐입고 그녀를 따라 밖으로 나갔다. 애림은 청바지 차림에 조금 통이 넓어 보이는 자주색 스웨터를 걸치고 등에는 검은색 가방을 메고 있었다. 지난번에 보았을 때보다 무척 초췌해 보였다. 흰색 블라우스에 받쳐입은 자주색 스웨터가 그녀의 얼굴을 더욱 창백하게 보이게 했는지 몰랐다.

"며칠 전 경찰들이…… 유다와 연희가 있는 교회 지하를 덮쳤어요."

걸어가는 동안 애림이 말했다. 애써 감정을 억누르고 있는지 목소리가 떨렸다.

"예?"

형섭은 놀란 표정을 지으며 애림을 돌아보았다.

"다행히 그날 두 사람은 그곳에 없었기 때문에 잡히지 않았지만 다른 친구들 둘이 걸렸어요. 문건과 서류들도 다 빼앗기고요."

그러나 애림은 계속 고개를 숙인 채 걸어가며 형섭에게 마치 보고라도 하듯 재빠르게 말했다. 형섭은 그녀 곁에서 나란히 걸어가며 묵묵히 고개를 끄덕였다. 어쩐지 자기와는 상관없는 일 같기도 하고, 자기가 꼭 알아야 할 일 같기도 한 묘한 기분이 들었다. 그런 형섭의 마음을 눈치챘는지 애림이 변명이라도 하듯 말했다.

"물론 형섭씨와 상관없는 일인 줄은 알아요. 관여하고 싶어하지 않는다는 것도…… 그리고 유다를 좋아하지 않는다는 것도…… 하지만 어쩐지 형섭씨가 알고 있는 게 좋을 것 같아서……"

애림은 말끝을 흐렸다.

두 사람은 하숙집이 있는 동네 근처 언덕으로 올라갔다.

커다란 고압선 철제 전신주가 서 있는 언덕에는 인근 노인네들이 농사를 짓느라 호박이니 옥수수니 하는 식물들을 심어놓은 밭이 있었고 그 위쪽 큰 바위가 있는 근처에는 벌건 황토흙이 무슨 상처처럼 드러난 공터가 있었다. 그곳에서는 동네가 훤히 내려다보였다. 그리고 그 너머로는 도심의 빌딩이 보였다. 빌딩은 커다란 묘비석처럼 이제 막 지기 시작하는 저녁햇살을 받아 한쪽 벽면이 발갛게 물들어가고 있었다. 두 사람은 근처 편편한 바위에 걸터앉았다.

"서울에도 이런 데가 다 있나 싶죠?"

"그렇군요."

"세상엔 우리가 모르고 사는 곳이 참 많아요. 예를 들면 마다가스카르 섬 같은 곳 말이죠."

"……예?"

형섭의 뜬금없는 말에 애림은 눈을 동그랗게 뜨며 반문했다.

"지하철 공사장에서 만난 사람 중에 원양어선을 타던 친구가 있었죠. 언젠가 그가 말했어요. 아프리카의 발치 끝에 마다가스카르라는 섬이 있는데 그곳의 밀림에선 무지개 빛깔의 커다란 앵무새들이 꽥꽥 소리를 지르며 날아다닌다구요."

"근데…… 그게 어떻다는 말인가요?"

"요즘은 가끔 아무도 날 모르는 곳으로 훌쩍 떠나버리고 싶다는 생각이 들곤 해요."

"그건 현실도피가 아닌가요?"

애림은 고개를 숙인 채 말했다. 석양에 비친 그녀의 얼굴에 그늘이 졌다.

"우리에겐 우리가 해결해야 하고 우리가 지고 가야 할 짐들이 있잖아요. 마다가스카르 섬의 앵무새가 어떻게 됐건 지금 중요한 것은 우리들의 문제가 아닐까요?"

그렇게 말하는 애림의 목소리가 조금 떨렸다.

"아직도 애림씬 자신이 세상을 변화시킬 수 있다고 믿나요?"

"난 숙명론자가 아니거든요. 인간의 의지와 꿈을 믿고 싶어요."

"그 열정이 부럽군요."

"놀리시는 건가요?"

"아뇨, 진심입니다. 언제부턴가 내겐 그런 열정이 사라져버렸어요."

형섭은 언덕 아래로 시선을 던져둔 채 말했다. 해가 사각으로 기울어지면서 산동네의 반이 이미 그늘에 묻혀가고 있었다. 밝은 부분과 어두운 부분의 대조가 선명하게 드러나는 시간이었다.

"덕분에 오랜만에 아름다운 저녁빛을 보네요."

애림이 가라앉은 목소리로 말했다.

땅거미지는 저녁, 늦은 오후의 적막함이 주위를 감싸고 있었다. 두 사람은 마치 오래 알고 지내던 사이처럼 편안한 기분이 들었다.

"우리 아버진 내가 중학교 때 돌아가셨죠. 부도가 나는 바람에 빚에 몰려 어디론가 숨어서 돌아다니셨는데 어느날 집으로 연락이 왔죠. 여관에서 목을 맨 채 발견되셨다구요."

애림은 무릎을 세우고 앉아 멀리 도시 너머의 하늘을 바라보며 말했다.

"그후 어머닌 식당에 나가시면서 오빠와 날 키웠어요. 심장이 좋지 않았던 어머니는 늘 창백한 얼굴로 숨을 몰아쉬시곤 했어요. 아버지가 돌아가시고 나자 오빠는 대학 진학을 포기하고 공장으로 나갔죠. 한창 수출이 잘되던 시절, 피혁공장에서 일했어요. 오빤 아주 신경질적이었는데 공장에서 손을 다친 후 더욱 성질이 거칠어졌어요. 술을 마시고 들어오는 날은 엄마와 내게 화를 내며 행패를 부려대곤 했어요. 우리 오빤 내게 세상에 대해 증오와 불신을 처음 가르쳐준 사람일 거예요."

턱을 무릎에 묻은 채 애림은 마치 고백이라도 하듯 말했다.

"그러나 난 오빠처럼 되긴 싫었어요. 그래서 혼자 열심히 공부를 했죠. 대학도 혼자 힘으로 들어갔고, 대학에 들어가서도 다른 애들이 노는 동안 난 닥치는 대로 아르바이트를 했어요. 마지막으로 아르바이트하던 집은 주유소를 몇개나 가진 아주 큰 부잣집이었어요. 그 집에서 멍텅구리 같은 중학생 사내애를 가르쳤죠. 세상에 대해 복수를 하기 위

124

해선 독기를 품고 살아야 한다는 것을 난 이미 뼛속 깊이 알고 있었어요."

거기까지 이야기하고 나서 그녀는 잠시 사이를 두었다가 이윽고 한숨을 쉬듯 다시 말을 이었다.

"그런데 어느날 그 집에서 내게 충격적인 일이 벌어졌어요. 내 인생을 흔들어놓은, 기억하기조차 두렵고 추악한 일이 말이에요."

애림의 목소리가 가늘게 떨리는 것 같았다.

"비가 내리던 날이었어요. 마침 아이는 자기 엄마랑 어딘가 가고 없었어요. 난 그애의 방에서 애가 올 때까지 기다리며 책을 읽다가 깜박 잠이 들었어요. 늘 다니던 집이라 아무런 경계심도 없었어요. 그 집엔 그때 나와 그 아이의 아버지밖에 없었어요. 그런데 그날…… 그때 나는 너무 어렸고…… 그애의 아버지란 사내는 정말 비열하고 철저하게 위선적인 인간이었어요. 그는 짐승처럼 나를 유린했어요. 아직도 그날 일이 악몽처럼 선명하게 떠오르는군요. 창밖 목련나무 잎새 위로 하염없이 비가 내리는 날이었어요."

형섭은 말없이 담배를 꺼내물었다. 저녁햇살이 애림의 얼굴을 발갛게 물들이고 있었다. 그녀는 한참 동안 침묵을 지키고 있다가 다시 입을 열었다.

"그후 그는 기회만 생기면 나를 아무 스스럼없이 가까이했고, 나 역시 그의 요구에 순순히 응하고 말았죠. 창녀처럼…… 그는 나에게 애를 가르치는 데 지불하는 것보다 다섯 배 넘는 돈을 주었고, 나는 그 돈으로 무엇이든 할 수 있었으니까요."

애림은 자조적인 목소리로 말했다.

"나는 타락했고, 지옥으로 떨어졌어요. 그래요, 난 철저히 타락했어요. 아니, 마음대로 타락하고 싶었어요. 술도 마시고 담배도 피웠죠. 아무데서나 몸을 굴리고, 아무 남자와도 잠을 잤죠. 나는 그게 세상에 대한 복수라고 생각했어요. 그때 내 앞에 유다가 나타났던 거예요."

애림의 이야기를 듣는 동안 형섭은 형언할 수 없는 복잡한 감정들이 가슴을 휘젓고 지나가는 것을 느꼈다. 너무나 당당하고 자신만만해 보여서 아무런 고생도 모르고 살아왔을 것 같은 그녀에게 이렇게 많은 그늘이 숨어 있었다니…… 형섭은 자신도 모르게 마른침을 한번 삼켰다.

"그때 나는 어둠에 속해 있었고, 그는 마치 빛 속에서 걸어나온 사람처럼 보였어요. 내가 창녀처럼 타락한 영혼을 가졌다면 그는 순결한 신념으로 가득 차 있는 듯 보였어요. 그는 타락한 것은 내가 아니라 바로 이 세상이라는 사실을 가르쳐주었어요. 이기심과 욕망으로 가득 차 있는 세상. 가진 자들이 가지지 못한 자들을 착취하고 짓밟는 세상. 정의도 진실도 존재하지 않는, 소돔과 같은 야만의 세상. 벌을 받아야 하는 것은 내가 아니라 바로 그런 세상이라는 것을 그는 내게 가르쳐주었어요."

그녀의 목소리가 젖어 있었다.

"연희를 그에게 인도해준 사람도…… 바로 나였어요."

형섭은 괴로운 표정으로 말없이 고개를 끄덕였다.

"나 역시…… 유다를 사랑했는데…… 연희가 나타나자 유다는 연희에게로 가버렸죠. 하지만 난 연희에게 기꺼이 모든 것을 양보할 준비가 되어 있었어요. 유다를 위해서라면 무엇이라도 감수해야 한다고 생각했으니까."

그사이 해는 완전히 넘어가고 동쪽 하늘에서부터 어둠의 장막이 빠르게 내려오고 있었다. 산동네와 그 너머의 빌딩에도 불이 들어오고 있었다. 서늘한 기운이 얼굴과 팔뚝을 스쳤다. 이야기를 마친 애림은 한동안 잠자코 앉아 있었다. 둘 사이에 깊은 침묵이 강처럼 흘러갔다.

"이런 말 해도 좋을지 모르지만…… 형섭씬 처음 만났을 때부터 어딘지 모르게 허술하고 구멍이 숭숭 난 사람처럼 느껴졌어요. 그게 유다와 당신이 다른 점이에요. 그리고 그게 당신의 힘이란 걸 나도 이제 와서야 조금씩 깨닫게 되었어요. 그에게서 느끼지 못했던 어떤 인간의 냄새 같은 것 말이에요. 나는 겉으로 화를 내는 척했지만 사실은 마음이 많이 흔들렸어요."

바람에 날린 검은 머리카락이 그녀의 하얀 이마에 흘러내려 얼굴을 반쯤 가리고 있었다. 그녀의 말을 듣고 있는 동안 형섭은 깊이를 알 수 없는 연민이 파문처럼 번지는 것을 느꼈다.

"나는 당신이 연희를 참으로 사랑하고 있다는 걸 알아요. 연희를 생각하면 나도 모르게 질투가 나곤 해요. 유복한 집에서 태어나 공부도 잘하고 얼굴도 예쁘고 또 내가 좋아하는 사람에게서 모두 사랑을 받고 있으니까요. 어떻게 생각하면 불행하기도 하지만 어떻게 생각하면 참 행복한 친구구나 하는 생각이 들어요. 내가 가지지 못한 모든 것을 다 가졌으니까."

"애림씨……"

형섭은 자기도 모르게 손을 내밀어 무릎 위에 놓인 그녀의 손을 꼭 잡아보았다. 손이 얼음처럼 찼다. 형섭은 가슴이 아팠다. 무언가 그녀를 위해 한마디 말이라도 따뜻하게 해주어야겠다고 생각했지만 아무런 말도 떠오르지 않았다.

"사실 나, 오늘 형섭씨더러 재워달라고 왔어요. 갈 데도 없구……"

슬며시 손을 빼고 다시 무릎 사이에 턱을 묻으면서 애림이 말했다.

"거절하진 않을 거죠?"

"………"

대답 대신 형섭은 애림처럼 무릎 사이에 턱을 묻고 가만히 앉아서 어둠에 묻혀가는 발치의 동네를 내려다보았다. 뜻하지 않은 그녀의 방문과 부탁이었지만 어쩐지 거절하기 어려운 것이란 느낌이 들었다. 그러나 한편 생각하면 여간 곤혹스러운 부탁이 아니었다. 더구나 그녀는 연희의 가장 가까운 친구라 하지 않는가. 형섭은 아무 대답도 않고 혼자 깊은 생각에 잠겼다.

주위에는 어둠이 완전히 내려와 있었다. 구름 없는 먼 하늘에 떠 있던 낮달이 어느새 누렇게 변하여 빛을 발하고 있었다. 밤이 되자 사방에서 풀벌레 소리들이 낮은음자리표처럼 가득 떠올랐다.

조금 있다가 그들은 나란히 언덕에서 내려왔다. 그리고 분식집으로 들어가서 저녁 삼아 김밥과 라면을 사먹었다. 저녁을 먹고 나자 형섭은 애림을 데리고 이층 하숙방으로 올라갔다. 마침 아무도 보는 사람이 없었다.

"좁고 허름해요. 예전에 여인숙을 하던 집이었는데 개조하여 하숙을 치거든요."

방으로 들어가자 형섭은 괜히 변명이라도 하듯 말했다.

"괜찮은데요, 뭐."

애림은 방을 한번 돌아보며 말했다.

"창문을 열면 가끔 고전적인 소리를 내며 열차가 지나가곤 하죠."

"그렇군요."

애림은 창문 너머로 몸을 기울여 밖을 내다보았다. 그녀의 얼굴에는 안도의 빛과 함께 여전히 불안한 기색이 지워지지 않고 있었다.

"커피 마실래요?"

형섭이 말했다. 애림은 미소를 지으며 고개를 끄덕였다. 형섭이 커피포트에 물을 떠오는 동안 그녀는 책상 앞 의자에 앉아 책을 뒤적이고 있었다.

"이곳으로 오기 전엔 봉천동에서 자취를 했어요. 동만이란 친구랑 민수란 친구랑 셋이서요."

물이 끓는 동안 형섭이 방을 대충 치우면서 말했다.

"동만이는 학원에서 애들을 가르쳤고 민수는 야간쌀롱에 나갔죠. 재미있었어요. 걔들 덕분에 서울 올라와서 한동안 잘 지냈어요."

커피를 마시고 나자 형섭은 애림을 위해 요와 이불을 깔아주었다.

"피곤할 테니 먼저 자요. 난 책 좀 보다가 잘 테니까."

요와 이불이 한채밖에 없었기 때문에 형섭은 책상에 엎드려 자든가 구석에 쭈그려 자는 수밖에 없었다.

"난 괜찮아요. 형섭씨나 편히 자요. 난 그냥 이렇게 있다 갈게요."

"이왕에 왔으니 편히 쉬다 가세요. 난 아직 할일이 조금 남았으니까 마저 하고 잘게요."

잠시 그렇게 승강이를 하다가 결국 애림이 먼저 자리에 누웠다. 형섭은 애림이 편히 잘 수 있도록 책상 위 스탠드불만 켜고 천장의 형광등은 껐다. 아까보다 훨씬 조용하고 아늑해진 기분이 들었다.

형섭은 책상에 앉아 책을 보는 척했지만 어둠에 싸인 방안에 그녀와 둘만 있다는 사실만으로도 가벼운 흥분을 느끼지 않을 수 없었다. 어둠속에서 애림의 숨소리가 들려오는 것 같았다. 철길로 열차가 달려가는 소리가 들렸다. 덜컹거리는 바퀴의 진동이 한참 동안 벽과 천장을 흔들어대더니 다시 깊은 정적에 빠졌다. 대신 가을을 알리는 벌레 소리가 벽 너머로 또렷하게 들렸다. 아직 여름은 꼬리를 다 거두지 않아 후더운 열기가 대기에 남아 있었다. 형섭은 곁눈으로 애림이 누워 있는 쪽을 보았다. 돌아누워 있는 애림의 존재가 어둠속에서 느껴졌다.

형섭의 마음속에 소리없는 갈등이 일어났다. 연희를 생각하면 도저히 있을 수 없는 일이었다. 더구나 그녀는 연희의 친구가 아닌가. 그러나 어쩔 수 없는 욕망이 그를 유혹하고 끌어당기는 것 같았다.

마치 무언가에 홀린 듯 형섭은 애림이 누워 있는 곳으로 소리없이 다가갔다. 그리고 그녀의 머리 쪽에 가만히 앉아 잠자는 옆모습을 내려다보았다. 머리칼이 흐트러져 있는 이마 아래로 희고 탐스러운 볼과 입술이 보였다. 머릿속에서 윙윙 소리가 나는 것 같았다. 가슴이 쿵쿵 소리내어 뛰었다.

그때 애림이 몸을 뒤채며 바로 누웠다. 눈과 눈이 부딪치자 형섭은 움칫 놀랐다.

"암말도 하지 마세요."

애림이 손가락으로 형섭의 입술을 막으면서 말했다. 애림의 가늘고 부드러운 손가락이 입술에 닿은 순간 형섭은 애림의 가슴에 쓰러지며 그녀의 입술에 거칠게 입술을 덮었다. 푸른 초원을 달리는 야생마처럼 형섭은 자기 속의 짐승이 갈퀴를 휘날리며 포효하는 소리를 들었다. 이제 더이상 아무런 것도 떠오르지 않았다. 모든 세포들은 욕망으로 부풀어 불을 밝혔다.

애림이 가늘게 신음소리를 냈다. 형섭은 성급하게 애림의 옷을 벗겼다. 금세 불덩이 같은 알몸이 드러났다. 초원은 부드럽고 아침이슬처럼 황홀한 빛에 젖어 있었다. 어느새 이마에 땀이 배었다. 그러나 질주는 결코 멈추지 않았다. 멈출 수가 없었다. 흰 메뚜기 떼가 초원의 푸른 하늘을 하얗게 덮으며 날아올랐다. 바람이 씽씽 귓바퀴를 스치며 지나갔다.

태초엔, 아직 빛과 어둠이 나누어지기 전인 아득한 옛날엔, 모든 것이 하나였고 한몸이었을 것이다. 너와 나의 구분이 없었으며, 이것과 저것의 분별 또한 필요가 없었을 것이다. 그곳에는 대립도 투쟁도 없었을 것이다. 사랑도 증오도, 어쩌면 그리움도 필요 없었을 것이다.

드디어 초원의 끝에 다다랐을 무렵 말은 온몸을 부르르 떨며 산산이 부서져 흩어졌다. 대기 속에는 뜨거운 숨결 한줄기만 남아 떠돌고 있었다. 형섭은 숨을 죽이고 그녀 위에 한참 동안 엎드려 있었다. 벽 너머 멀리 지축을 흔들며 덜컹덜컹 열차 지나가는 소리가 또 들렸다.

열차가 지나가고 나자 물밑처럼 깊은 정적이 밀려왔다. 창문을 통해 들어온 빛이 액자처럼 벽에 걸려 있었다.

"당신을 사랑하게 될까봐…… 두려웠어요."

이윽고 어둠속에서 애림이 말했다. 그녀는 부드럽게 형섭의 머리칼을 어루만졌다.

"걱정하지 마세요. 난 결코 형섭씰 구속하진 않을 테니까."

"………"

"형섭씨 잘못은 아니에요. 처음부터 당신을 유혹한 건 나였어요. 그러나 어쩐지 행복한 느낌이 드는군요."

애림이 고백이라도 하듯 말했다.

"이런 일도 금세 잊혀져버리게 마련이죠. 한여름밤의 꿈처럼 말이에요. 내일 아침이면 우린 다시 아무 일도 없었던 사람처럼 살아가겠죠. 아까 형섭씨가 날 안아주지 않았더라면 난 더 힘들었을지 몰라요."

형섭은 가만히 한숨을 지었다. 애림은 형섭의 가슴에 손을 얹은 채 속삭이듯 말했다.

"난 곧 멀리멀리 히말라야의 설산이 보이는 곳으로 갈 생각이에요. 친구가 그곳에서 일하고 있거든요. 무지개 빛깔의 앵무새들이 날아다닌다는 마다가스카르 섬 대신…… 아직 내게 꿈이 있다면……"

애림의 눈가가 어느새 젖어 있었다.

"나도 많이 지쳤어요. 성유다는 위대하지만 이제 그를 떠날 때가 되었어요. 그는 세상의 타락에 맞서 싸우려고 하지만 인간이란 어쩌면 처음부터 그런 존재인지도 모르죠. 연약하고…… 유혹에 약한…… 그게 인간이잖아요."

형섭은 배를 깔고 누워 머리를 팔에다 묻었다.

"연휘…… 참 좋은 여자예요."

애림이 그를 향해 돌아누우면서 말했다.

"사실 난 두 사람 사이가 부러웠어요. 하지만 이젠 모든 걸 다 잊을 수가 있을 것 같네요. 당신이라면 상처 많은 연희를 따뜻하게 감싸안아 줄 수 있을 것 같군요. 다행이죠, 뭐."

애림은 마치 독백이라도 하듯 말했다.

"나중에 좋은 시절이 오면 연희랑 둘이서 내가 사는 곳으로 놀러 와야 해요. 다정한 모습으로…… 알았죠? 먼, 먼날 후에…… 그땐 인도의 커다란 바오밥나무 그늘 아래 놓인 평상에 셋이서 둘러앉아 지난날들을 즐겁게 이야기할 수 있을 테죠. 아무런 미움도, 그리움도, 질투도, 의무감도 없이…… 그런 상상을 해보는 것만으로도 행복하군요."

그녀의 외로움과 슬픔이 형섭의 가슴을 아프게 찌르며 지나갔다. 형섭은 끝내 아무 말도 하지 않았다. 벽에 걸린 창문의 그림자가 다시 한번 가볍게 흔들렸다.

다음날 아침 애림은 일찍 떠나버렸다.

애림이 가고 나자 형섭은 하루종일 철길이 보이는 창가에 붙어앉아 멍하니 열차가 오고가는 것을 지켜보았다. 아지랑이처럼 아물거리는 두 줄기 철길의 끝이 아득한 시간의 저쪽으로 흘러가고 있는 것 같았다. 아버지 장약국을 따라 어린시절 부산으로 갔을 때가 떠올랐다. 치자꽃 향기 가득한 아버지 집에는 이젠 늙으신 어머니 혼자 집을 지키고 있을 것이었다. 철길을 따라 가을이 오고 있었다. 아직 햇살은 따가웠지만 여름날과 같은 독기는 더이상 남아 있지 않았다.

연희와 미경, 그리고 애림의 모습이 차례로 환영처럼 지나갔다. 그들은 모두 슬픔의 여신처럼 형섭의 가슴에 제가끔 한방울씩의 눈물을 씨앗처럼 심어주었다. 눈물의 씨앗이 바람을 맞아 싹을 틔우고 점점 자라서 무성한 잎을 단 바오밥나무가 되는 꿈을 꾸었다. 무지개 빛깔을 한 앵무새들이 그 나무 위로 시끄러운 울음소리를 내며 날아다녔다. 밀림 위의 하늘을 번개가 장식하고 나면 곧이어 샤워기를 틀어놓은 것처럼 비가 내릴 것이다.

그렇게 애림은 번개처럼 나타났다가 가버렸다. 그녀와 보낸 하룻밤이 마치 비현실적인 꿈처럼 느껴졌다. 다만 그녀가 지나간 흔적처럼 텅 빈 시간이 남아 있을 뿐이었다.

애림이 그렇게 머물다 간 후, 형섭은 한동안 말없이 하숙집과 학교를 오가며 지냈다. 겉으로는 매우 단조로운 생활이었지만 칼 위를 걷는 것처럼 위태로운 나날이었다. 어느날, 어디서, 어떤 일이 벌어질지 알 수가 없었다. 저녁 아홉시 뉴스 땐 치안책임자가 나와 좌경용공분자들을 끝까지 추격해 씨를 말리겠다고 위협했다. 그의 목소리에서는 살기가 느껴졌다. 불안한 기운이 형섭 주위에도 보이지 않는 그림자처럼 맴돌고 있었다.

　하숙집에는 사람들 식사시간이 조금씩 달랐다. 맨 먼저 보험회사에 다니는 아저씨와 중학교 영어선생인 김씨가 식사를 하고 나가면 다음에 학생들이 일어나서 차례로 밥을 먹고 나가고 맨 나중 거의 아침과 점심 중간 무렵이 되어서야 늦은 총각인 고시생 황씨가 부스스 일어나 밥을 먹으러 내려오곤 했다. 이 집에서 가장 오래된 하숙생인 그는 마치 터주대감이라도 되는 것처럼 행세하고 있었다.

　그런 어느날 형섭이 학교에서 돌아오니까 황이 마치 기다리고 있었다는 듯 조심스럽게 형섭을 불렀다. 표정으로 봐서 무언가 은밀히 할 말이 있는 것 같았다.

　"장형, 잠깐 나 좀 봅시다."

　형섭은 무슨 일인가 하는 표정으로 그를 쳐다보았다. 그는 사방을 한번 살펴보는 눈치더니 형섭을 자기 방으로 끌고 갔다. 같은 집에 살고 있었지만 남의 방에 들어가는 것은 처음이었다. 비좁은 방에는 요와 이불이 그대로 깔려 있었는데, 퀴퀴한 냄새까지 났다. 벽에는 가슴을 드러낸 여배우의 커다란 브로마이드가 한장 걸려 있었고, '대기만성(大器晚成)'이라고 조잡하게 씌어진 붓글씨가 붙어 있었다. 그리고 그가 고시생이라는 유일한 표시라도 되는 것처럼 두꺼운 법률책 몇권이 아무렇게나 꽂혀 있는 책꽂이와 그 옆에 낡은 철제 책상, 그리고 비키니장이 하나 있었다.

　형섭은 호기심으로 방을 한번 훑어보고는 다시 황에게 눈길을 주었다. 무슨 이야긴지 모르지만 얼른 듣고 그 방에서 나가고 싶었던 것이다. 그런 형섭을 향해 황이 쉬쉬거리며 말을 꺼냈다.

　"장형, 무슨 죄지은 거 있수?"

"예?"

형섭은 그의 뜬금없는 질문에 뜨아한 표정으로 반문했다.

"실은 아까 낮에 형사가 다녀갔어요."

"형사가?"

형섭은 순간 자신도 모르게 긴장되는 것을 느꼈다.

"하숙집 아줌마한테 이것저것 묻고 있는 것을 마침 밥을 먹으러 내려 갔다가 봤어요."

"어떻게 생겼어요?"

"오십대 중반의 큰 키에 머리가 하얗게 세고…… 위 눈꺼풀이 축 처진 사람이었는데……"

형섭은 직감적으로 그가 정보부의 박부장이라는 것을 알았다. 그가 왜 왔을까. 갑자기 고압의 전류가 몸속으로 흘러가는 것 같았다.

"……무슨 일이라도 있었소?"

황이 다시 물었다. 형섭은 그런 황이 어쩐지 모든 것을 뻔히 알고서 능청을 떠는 것처럼 보였다. 아니면 그다운 호기심이 발동했는지도 모를 일이었다.

"나도 모르겠소. 예비군훈련에라도 빠졌는지……"

형섭이 그의 눈길을 피하며 짐짓 아무렇지도 않다는 듯이 말했다.

"예비군훈련 정도 가지고 그렇게 은밀히 남의 뒤를 캐고 다닐 위인들이 아니지."

황은 이번에는 노골적으로 관심을 나타내며 말했다. 형섭은 빨리 그 방에서 나가고 싶었지만 그래도 자기를 위해 그런 사실을 알려준 성의를 무시할 수 없어 약간 주저하였다. 짧은 순간 어색한 침묵이 흘렀다. 그러자 황이 갑자기 작은 소리로 웃음을 터뜨리며 말했다.

"안심하라구. 나라는 인간이 고자질이나 하고 다닐 그런 위인이라고 생각하진 마시오. 설사 당신이 간첩이라 해도 난 고자질하지 않을 거란 말이오. 나는 벌써부터 당신이 위험한 인물이라는 것도, 감옥까지 갔다 왔다는 것도 다 알고 있었소. 하지만 나는 이미 세상일에 오불관언하기로 작정한 사람이오. 아시겠소, 하하."

황은 마치 자신이 대단한 사람이라도 되는 것처럼 호탕하게 말했다. 하지만 형섭은 그의 말을 오랫동안 듣고 있을 마음이 없었다. 대신 퀴퀴한 냄새가 나는 요와 이불이 깔려 있는 그의 방에서 빨리 빠져나가고 싶은 생각뿐이었다.

"알려줘서 고맙소. 그러나 오해는 마세요. 사실 난 저 자들의 감시를 받을 만한 아무런 일도 한 게 없으니까. 그렇게 중요한 인물도 아니고……"

형섭은 황을 쳐다보며 말했다.

"아무튼 조심하시오. 그들이 무언가를 찾고 있는 눈치였으니까."

형섭의 변명에도 불구하고 황은 여전히 의심스런 표정으로 말했다. 황의 방에서 나온 형섭은 재빨리 자기 방으로 들어갔다. 황 앞에서 최대한 침착함을 보이긴 했지만 혼자가 되자 가슴이 마구 뛰는 것을 느꼈다. 어떤 보이지 않는 손이 그의 목을 서서히 조여오는 것 같은 기분이 들었다.

박부장. 그가 왜 느닷없이 찾아왔을까. 그가 무슨 냄새라도 맡은 것일까? 혹시 애림의 뒤를 쫓는 것은 아닐까?

그런 불길한 예감을 적중이라도 시켜주듯 며칠 후 전화가 왔다. 혜숙이었다. 혜숙은 흥분을 채 가누지 못한 목소리로 말했다.

"형섭씨, 애림이 소식 들었어요?"

136

"예? 무슨 소식?"

"애림이 잡혔어요. 아직 어디에 있는지 확인되지는 않았지만……."

"뭐라구요?"

형섭은 자기도 모르게 소리를 질렀다.

"언제?"

"정확한 것은 알 수 없지만 지난 금요일쯤 되나봐요."

금요일……? 금요일이라면 애림이 형섭의 하숙집에서 자고 간 바로 다음다음날이 아닌가. 그렇다면……? 형섭의 머릿속으로 번개처럼 지나가는 것이 있었다.

"형섭씨랑 상관없는 일일 것 같아서 전화를 할까 말까 망설였어요."

형섭은 얼빠진 표정으로 서 있었다. 표정을 들키지 않아도 되는 것이 그나마 다행이었다. 두 사람의 관계를 알 턱이 없는 혜숙으로서는 그런 말을 하는 게 당연한 일일 터였다. 그사이 무슨 일이 일어났으리라고 누가 상상이나 할 수 있겠는가.

"애림이 잡혔으니 연희랑 성유다도 그리 안전하다고는 할 수 없을 거예요. 곧 그들에게도 위험이 닥칠 것 같은 느낌이 드는군요. 어쨌거나 전화로 다 이야기할 수 없으니까 한번 만났으면 해요."

혜숙이 초조한 목소리로 말했다.

한줄기 바람이 가슴 안쪽을 휑하니 불고 지나가는 것 같았다. 애림이 잡히다니……! 형섭은 탄식이라도 하듯 속으로 중얼거렸다. 생각하면 그게 모두 자기 책임인 것 같았다. 그 다음날 아침 일찍 떠나가는 것을 붙잡아두지 못한 것도 마음에 걸렸다. 아니, 더욱 적극적으로 그녀를 도울 수 있는 방법을 찾아봤어야 옳았는지 모른다. 바보 같은 놈…… 자책과 후회에 젖은 채 형섭은 마치 울안에 갇힌 짐승처럼 방을 오락가

락했다. 불길한 예감은 그것으로 끝나지 않았다. 애림은 어쩌면 시작인
지도 몰랐다. 그와 함께 형섭은 자신이 점점 어떤 함정 속으로 깊이 빠
져들고 있는 기분이 들었다. 애림이 잡혀가다니……!

　형섭은 뜨거운 무언가가 목울대를 자극하는 것을 느꼈다. 어둠속으
로 끌려간 애림이 혼자 짐승처럼 당할 고통을 생각하면 가슴이 터질 것
만 같았다.

아주 먼 곳에서 불어오는 바람

다음날 형섭은 학교에서 돌아오는 길에 혜숙을 만나러 갔다. 투명한 햇살이 사금파리처럼 길바닥에 깔려 있었다. 바람이 몹시 불었다. 흙먼지가 바람에 날려 하늘을 뿌옇게 덮곤 했다. 햇빛 환한 날 바람이 부니까 세상이 문득 유리병 속에 들어 있는 것처럼 낯설게 느껴졌다. 플라타너스의 잎새도 어느새 끝부분이 누렇게 말라가고 있었다.

오랜만에 만난 혜숙은 핼쑥해져 있었다.

"여름에 만나고 나서 처음이네요."

혜숙이 말했다.

"그땐 작업복 차림이었는데 이렇게 말쑥하게 차려입은 걸 보니 다른 사람 같아요."

"그런가요?"

형섭은 보일락말락 미소를 지었다. 그땐 혜숙이 애림과 같이 나왔었지. 하얀 블라우스를 입고 있던 여름에 만난 애림의 모습이 떠올랐다.

"그동안 공사장에서도 일이 있었어요. 지반 붕괴사고로 동식이란 친구가 죽고 또 아는 다른 사람들도 몇몇 크게 다쳤어요."

"그랬어요?"

혜숙이 눈을 동그랗게 뜨며 말했다.

"그런 이야기를 들으면 세상 살아가는 일이 참 아슬아슬하구나, 하는 생각이 들어요."

"석태는 잘 있구요?"

"예, 그럭저럭…… 그러고 보니 형섭씨도 살이 많이 빠졌네요."

석태 이야기가 나오자 혜숙의 얼굴에 잠시 그늘이 졌다. 그녀는 얼른 말머리를 돌렸다.

"난 괜찮아요."

"미안해요. 이번 일은 형섭씨가 신경쓰지 않아도 될 일 같긴 한데 괜히 끌어들이는 것 같아서……"

"그런 말 할 필욘 없어요. 애림씨 일이라면 나도 어느 정도는 책임이 있으니까요. 그건 그렇고 어떻게 된 일입니까?"

"전화로 말씀드린 대로예요. 유다가 있던 지하가 털리고 나서 어디론가 갔다고 하는데, 그러고 나서 며칠 후에 잡혔다는 게 다예요."

그 어디론가라는 게 바로 형섭의 하숙집이었다는 사실을 혜숙은 모르는 것 같았다. 형섭은 괜히 말 못할 비밀을 감추고 있는 사람처럼 혜숙의 시선을 피해 멀리 벽 쪽을 보았다. 다방의 벽에는 커다란 시계가 걸려 있었다. 괘종시계는 오후 세시 반을 가리키고 있었다.

"어쩌면 애림이한텐 잘된 일인지 몰라요. 언젠가는 닥쳐올 일이었으니까. 다른 사람들과 달리 애림은 방황이 심했거든요. 고생이나 덜했음 좋겠는데……"

혜숙이 걱정스런 표정으로 말했다. 형섭은 말없이 엽차로 입술을 적셨다.

"혹시 최근에 형섭씨를 찾으러 온 사람은 없었나요?"

혜숙이 형섭의 얼굴을 살피면서 말했다. 형섭은 어떻게 대답할까, 하고 잠시 망설이다가 이윽고 결심한 듯 말했다.

"예전에 내가 말한 적이 있는 것 같은데…… 왜 연희 엄마랑 만났을 때 같이 나왔다는 사람 있잖아요, 정보부 박부장이라고. 그가 다녀갔다는군요. 직접 만나지는 못했지만 하숙집으로 찾아와서 내 뒷조사를 하고 갔다는 이야긴 들었어요."

"그랬어요? 그게 확실하다면 이번에 애림이 잡힌 것도 그것과 무관하진 않을 것 같은데……"

혜숙이 눈살을 찌푸리며 무언가 생각에 잠기면서 말했다. 형섭은 애림의 이야기가 나오자 어쩐지 찔리는 점이 있어 화제를 돌렸다.

"연희는 어떻게 되었어요? 아무 일도 없어요?"

"아직까진…… 하지만 이제부터는 시간이 문제일 뿐예요. 더구나 유다와 같이 있는 한……"

"그런데 저들이 그렇게 유다를 찾아다니는 이유가 뭐죠?"

형섭이 궁금한 표정으로 물었다. 그러자 혜숙이 잠시 생각을 하다가 보고라도 하듯 말했다.

"형섭씨도 들었는지 모르지만 몇달 전 광주의 모대학에서 무척 끔찍한 사건이 하나 일어났어요. 당시 그 대학의 총학생회 간부 중에 김진성이란 복학생이 있었는데, 그와 관련된 사건이었죠. 설명을 하자면 길어지니까 짤막하게 말할게요. 사건 당시 그를 둘러싸고 이상한 소문이 하나 돌고 있었어요. 즉…… 그가 모정보기관의 지원을 받고 있는 프락치라는 것이었어요. 그런 일이 드물지 않게 벌어지던 때라 소문은 입에서 입을 타고 삽시간에 학생들 사이에 퍼졌고, 본인은 그것 때문에 일부러 다른 친구들 앞에서 해명하는 일까지 벌어졌어요."

혜숙은 마치 그때 일을 더듬기라도 하듯 침착하게 말했다. 형섭은 말 없이 그녀의 이야기에 귀를 기울이고 있었다.

"하지만 해명을 했다 하여 한번 생긴 의혹이 쉽게 가라앉기란 기대하기 어려운 일이었죠. 아니, 그런 일이 으레 그렇듯 해명을 하면 할수록 의문은 더욱 증폭되었고 진실은 수렁 속으로 빠지고 말았어요. 더구나 운동권 내부가 서로 노선갈등으로 어수선할 때였으니까요."

혜숙은 엽차로 입술을 적신 다음 잠시 사이를 두었다가 말했다.

"그런데 그런 소문이 돈 지 얼마 후 김진성이란 학생의 시신이 그 대학 뒤에 있는 저수지에서 끔찍한 모습으로 발견되었어요. 달빛마저 환한 음력 보름날 밤……"

"예?"

형섭은 순간 눈을 동그랗게 치뜨고 혜숙을 쳐다보았다.

"정말 끔찍하고 불행한 사건이었죠. 아무도 기억하고 싶지 않은……"

혜숙은 계속해서 말했다. 형섭은 자기도 모르게 신음을 내었다. 무언지 모를 어두운 그림자가 가슴을 무겁게 눌러대는 것 같았다.

"더욱 처참한 것은 저수지에 빠지기 전에 그는 이미 죽어 있었다는 거예요. 부검 결과 둔기로 머리를 맞아 한쪽 눈이 튀어나와 있었고, 갈비뼈와 다리뼈도 부러진 흔적이 있었어요. 그러니까 누군가가 살해해

142

서 저수지에 집어던졌다는 설명이죠."

"도대체 누가 그런 끔찍한 짓을……?"

"바로 그 점이에요."

혜숙은 형섭의 눈을 똑바로 쳐다보며 말했다.

"누가 그런 짓을 했느냐에 따라 그 폭발력이나 충격은 엄청날 수밖에 없는 일이었죠. 학생들이나 재야단체들은 이 사건이 다른 숱한 의문사와 마찬가지로 당국이 저지른 일로 규정했고, 당국은 당국대로 운동권 내부의 갈등에 의한 과격분자 소행으로 단정해버렸죠."

"그런데…… 그 사건과 유다가 무슨 관계가 있나요?"

"그래요, 바로 맞혔어요. 당국은 그 끔찍한 사건을 일으킨 사람이 바로 열심당의 시카리들이고, 그 배후에 성유다가 있다는 거예요. 프락치를 응징한다는 명분으로 말이에요. 그에 대해 유다와 열심당 쪽에선 말도 되지 않는 흑색선전이라고 주장하고 있어요. 그들은 오히려 그런 일을 저지른 더러운 살인자들을 반드시 찾아내 처단할 것이라고 공언하고 있어요."

"그러니까 그 사건의 열쇠가 유다에게 있다는 말이군요?"

형섭의 말에 혜숙은 머리를 끄덕였다.

"다들 자신의 결백을 주장하고 있지만 어쨌든 죽은 자가 있으니 죽인 자가 있는 건 분명한 일이죠. 진실은 오직 하나밖에 없으니까요. 누가 그런 일을 저질렀든 그것이 밝혀지는 순간, 그는 벌을 받아 마땅해요. 그 누구라 하더라도 말이에요!"

혜숙은 단호한 표정으로 말했다.

"어쨌든 매우 충격적인 사건임에는 틀림없군요."

형섭이 이마를 찌푸리며 말했다. 두 사람은 잠시 각자 생각에 잠겼다. 무언지 모를 거대한 음모 같은 것이 숨어 있으리란 느낌이 들었다. 그리고 박부장이란 사내도, 성유다란 사내도 결코 만만한 존재는 아닐 것 같은 느낌이 들었다. 그때 갑자기 혜숙이 소리를 질렀다.

"아, 참…… 전해드릴 것이 있어요."

혜숙은 가방을 열고 작게 접은 사각형의 봉투를 하나 꺼내었다.

"……뭡니까?"

형섭이 다시 불안한 눈빛으로 물었다.

"놀라지 마세요. 연희 편지예요."

"예?"

형섭은 깜짝 놀랐다. 연희 편지라니? 너무나 뜻밖이었다.

"실은 한달 전쯤에 받은 건데 전해줄 기회가 없었어요. 그러나 기대하진 말고 보세요. 별로 좋은 내용은 아닐 것 같으니까."

혜숙이 편지를 건네주었다. 낯익은 글씨…… 정말 연희가 쓴 편지였다.

아, 연희 편지라니! 연희가 편지를 보냈다니! 형섭은 도무지 믿어지지가 않았다. 그러고 보면 오늘은 참으로 놀랍고 충격적인 일이 한두가지가 아니었다. 형섭은 커다랗게 숨을 한번 들이쉰 다음 그 자리에서 단숨에 편지를 읽어내려갔다.

형섭씨.

제대하고 나왔다는 소식 들었어. 축하해. 너무나 긴 세월이 흘러 이젠 얼굴조차 쉽게 기억해낼 수가 없을 것 같아. 한번 만나보고 싶지만 두려움이 앞서.

이야기 들었겠지만 난 많이 변했어. 세월이 우릴 변하게 한 거야. 우리 엄마 만났다는 이야기도 들었어. 섭섭한 마음이 있었다면 내가

대신 사과할게. 그렇지만 형섭씨도 어머니도 괜한 수고를 하고 있는
거야. 이제 과거의 연희는 더이상 존재하지 않아. 마치 과거의 장형
섭이 더이상 존재하지 않는 것처럼……

한번 흘러간 강은 결코 돌아오지 않는다고 했던 말, 기억나? 그래,
사랑도 그런 걸 거야. ……형섭씨 떠난 후 얼마나 울었는지 몰라. 바
보처럼…… 이젠 모두 꿈처럼 생각돼. 그때를 생각하면 지금도 마치
깊은 물밑을 걸어가는 것처럼 정신이 아득해지곤 해.

나 땜에 슬퍼하거나 자책하지 마. 난 그래도 행복한 편이니까.

그리고 더이상 날 기다리지도, 찾지도 마. 이제 모두 잊어버리고
형섭씨의 길을 가길 바래. 부탁이야…… 연희가.

형섭은 처음에는 단숨에, 다음에는 천천히 두 번에 걸쳐 읽은 다음
엽차를 한모금 마셨다.

"별로 좋은 내용은 아니죠?"

조심스럽게 형섭의 표정을 살피며 혜숙이 물었다. 형섭은 힘없이 고
개를 끄덕였다.

"더이상 찾지 말아달라는군요."

"짐작했던 대로군요."

혜숙은 보일락말락 한숨을 지었다.

"나도 어떻게 하는 게 좋을지 모르겠군요. 하지만 말처럼 행복한 상
태는 아닌 것 같군요. 굳이 만나지 않으려는 걸 보면…… 어쨌든 연희
를 직접 한번 보고 싶어요. 이대로 떠나보내기엔 너무나 많은 그림자가
남아 있으니까요."

형섭은 괴롭고 안타까운 표정으로 말했다.

"하지만 그리 쉽지는 않을 거예요. 그사이 애림이 다리 역할을 해주었는데 애림이마저 저렇게 되어버렸으니까."

혜숙은 곤혹스러운 표정을 지었다.

"만일 형섭씨가 연희를 만나고 싶다면…… 먼저 유다를 만나야 해요. 이제 연희의 거처를 아는 사람은 오직 하나, 성유다 그이밖에 없으니까요."

혜숙의 말에 형섭은 한숨을 한번 들이켜고 나서 깊은 생각에 빠졌다. 머리가 혼란스러웠다. 어쩐지 운명적인 만남을 향해 한걸음 한걸음 자기도 모르게 다가가고 있는 느낌이 들었다. 어둠속에서 누군가가 자기를 부르고 있는 것 같았다. 그러자 두려움과 불안과 갈망이 동시에 가슴속을 채웠다.

"그를 만나볼 수 있을까요?"

이윽고 형섭이 무겁게 입을 뗐다.

"쉽지는 않을 거예요. 지금 그는 아까 말했던 그 사건 때문에 궁지에 몰려 있어요. 그러나 일단 선이 닿도록 힘써볼게요. 유다도 어쩌면 형섭씨의 도움을 필요로 할지도 몰라요. 그리고 무엇보다 그 역시 형섭씨를 기다리고 있을지도 모른다는 생각이 드는군요. 여자의 직감이랄까, 난 느낄 수가 있어요. 서로를 끌어당기는 묘한 힘 같은 거 말예요."

"도와줄 거죠?"

"왜 이렇게 복잡한 일에 내가 말려들고 말았는지 모르겠군요."

혜숙은 자그맣게 한숨을 쉬며 말했다. 얼굴에 후회하는 빛이 역력했다. 그녀는 잠시 생각에 잠겼다가 다시 말했다.

"알았어요. 어쨌든 시작한 일이니 마무리를 지어야겠죠."

"고마워요, 혜숙씨. 그리고 애림씬 소재가 파악되는 대로 내게도 꼭 알려주세요. 할말이 있어요."

"애림이에게?"

"예."

혜숙의 눈길을 피하며 형섭은 조그맣게 대답했다. 일말의 죄책감이 가슴속을 스치고 지나갔다. 혜숙은 약간 의아한 표정을 지었다. 그러나 더이상 묻지는 않았다.

"나갈래요?"

형섭이 말했다.

"예."

형섭은 카운터에 가서 계산을 한 다음 점퍼의 깃을 세우고 앞서 계단을 걸어나왔다. 흙먼지가 비닐조각을 하늘 높이 감아올리며 불어왔다.

"바람이 꽤 건조하군요."

형섭이 말했다.

"감기 걸리기 좋은 날씨예요."

혜숙이 말했다.

"선이 닿으면 연락주세요."

"알았어요. 조심하세요."

혜숙의 치마가 바람에 날려 팔랑거리다가 형섭의 시야에서 사라졌다. 텅 빈 가슴속으로 누군가가 돌멩이를 던져넣고 있는 것 같았다.

집으로 돌아온 형섭은 혜숙이 전해준 연희 편지를 다시 꺼내보았다. 그러자 형섭은 다시 감옥의 어둠침침한 독방에 앉아 있는 착각이 들었다. 그때는 그래도 그녀가 있어 행복했다. 그러나 지금은 감옥이 아닌데도 그녀는 멀리 있고, 그것도 모자라 더 멀리 날아가려는 중이었다.

더이상 기다리지도, 찾지도 말라니…… 형섭은 편지를 덮고 가만히 그녀의 말들을 되뇌어보았다.

……세월이 우릴 변하게 한 거야. 이제 과거의 연희는 더이상 존재하지 않아.

그러나 형섭은 고개를 저었다.

그렇게 떠나보낼 수는 없어. 우리들의 꿈, 우리들의 만남, 우리들의 사랑, 그렇게 모두 멀리멀리 허망하게 사라져가게 내버려둘 순 없어. 나는 찾아갈 거야. 네가 있는 곳 어디라도…… 죽음의 너머 지옥, 해와 달이 서로 부딪쳐 우는 곳이라도…… 내 운명이라도 걸 거야.

며칠 후, 혜숙으로부터 기다리고 있던 연락이 왔다. 성유다 이야기는 없고 대신 애림이 면회를 가는데 같이 가지 않겠느냐는 것이었다.

"형섭씨가 한번 보고 싶대요."

혜숙은 대수롭지 않은 듯 말했지만 형섭은 괜히 마음이 찔렸다.

"알았어요. 같이 가요."

형섭은 그런 마음을 들키지 않기 위해 일부러 딱딱한 목소리로 대답했다. 금요일 점심때 구치소 앞에서 만나기로 했다. 만나서 같이 갈까 했더니 혜숙이 오전에 다른 약속이 있어 막바로 그곳으로 오겠다고 했다.

애림을 만날 것을 생각하니 형섭은 자기도 모르게 긴장되었다. 그녀를 떠올리면 어쩐지 죄책감이 먼저 들었다. 그렇다고 단순히 죄책감만은 아니었다. 노을이 비껴 지는 하숙집 근처의 언덕빼기에 앉아 있던 모습을 기억하면 왠지 가슴 한쪽이 아련하게 젖어왔다.

금요일 아침 형섭은 일찍이 밥을 먹고 하숙집을 나섰다.

구치소에 도착하니 혜숙이 먼저 와서 기다리고 있었다. 평일이라 그런지 구치소 앞은 한산한 편이었다. 면회 온 사람들이 여기저기 앉거나

서서 자판기에서 뽑은 커피를 마시며 걱정스런 얼굴로 이야기를 나누는 모습이 보였고, 무슨 서류인가를 끼고 바쁘게 쫓아가는 교도관의 모습도 보였다.

구내 스피커에서는 면회순서가 된 사람의 번호와 면회창구를 알려주는 소리가 들렸다.

"빨리 왔네요."

혜숙이 시계를 보며 말했다. 그녀는 까만 바바리코트를 입고 있었다.

"늦었어요. 생각보다 많이 걸리네요. 접수는……?"

"이제 해야죠. 주민등록증 가져왔죠?"

"예, 여기."

형섭은 안주머니에서 지갑을 꺼내 주민등록증을 빼서 혜숙에게 주었다. 혜숙은 그것을 들고 접수창구 쪽으로 갔다. 그동안 형섭은 담배를 꺼내물고 구치소 주변을 감회에 젖은 눈으로 한번 빙 훑어보았다. 노랗게 물든 백양나무 잎사귀들이 바람이 불 때마다 노란 색종이처럼 나부꼈다.

형섭이 담배를 한대 거의 다 피웠을 무렵 혜숙이 접수증을 가지고 왔다. '사천오백십일번 윤애림.' 접수증에는 선명한 볼펜 글씨로 그렇게 씌어 있었다.

"면회 온 사람이 별로 없어 금방 나올 거래요."

혜숙이 설명삼아 말했다. 그녀의 얼굴도 다소 긴장되어 있었다.

"형섭씬 이곳이 익숙한 편이겠네요? 난 첨이에요."

"아뇨, 안에서 보는 풍경과 바깥에서 보는 풍경은 아주 판이하군요. 나도 좀 떨리는걸요."

"애림이 본 지도 오래되었죠?"

"예……"

형섭은 자기도 모르게 대답을 흐렸다. 혜숙이 알고 있는 것은 지난 여름 지하다방에서 같이 만났을 때뿐이니까 몇달이 지난 셈이었다. 형섭은 본의 아니게 그녀에게 거짓말을 할 수밖에 없다는 게 마음에 찔렸다. 애림과 자기가 같이 그날 잠을 잤다는 것을 알게 된다면 얼마나 큰 배신감을 느낄까. 어쩌면 경멸을 표할지도 모른다. 그러나 곧 형섭은 애림을 다시 만난다는 생각에 그런 걱정도 미루어버렸다.

잠시 후 스피커에서 사천오백십일번 칠번 면회실로 들어가세요, 하는 안내방송이 흘러나왔다. 혜숙과 형섭은 빠른 걸음으로 칠번 면회실로 들어갔다. 한평도 되지 않는 좁은 방은 낮인데도 천장에 형광등이 켜져 있었고, 벽에는 아무런 장식도 없이 하얗게 페인트칠이 되어 있었다. 그리고 구멍이 숭숭 난 투명한 플라스틱으로 칸이 막혀 있는 앞쪽에는 수감자가 앉을 의자 하나와 대화내용을 기록하는 면회담당 교도관이 앉을 작은 나무책상이 하나 놓여 있었다. 짧지만 길게 느껴지는 시간이 초조하게 흘러갔다.

이윽고 청색 수의를 입은 애림이 저쪽 문에서 교도관과 함께 나타났다. 그녀의 모습을 발견하자 형섭의 가슴은 자기도 모르게 빠르게 뛰기 시작했다.

"혜숙이 왔구나! 형섭씨도……"

면회실 안으로 들어온 애림은 두 사람을 번갈아 보면서 활짝 웃었다.

"애림아……"

푸른 수의를 입은 친구의 모습을 보자 혜숙의 목소리가 금세 젖었다. 그러나 애림은 입술에 딱지가 앉고 약간 야위었을 뿐 생각보다 훨씬 밝고 편안해 보였다. 형섭은 혜숙의 약간 뒤에 비켜서서 설레는 가슴을 억누른 채 말없이 그들의 해후를 지켜보고 있었다.

"고생이 많았지?"

"조금…… 하지만 지금은 홀가분해. 마치 엄청난 숙제라도 마친 느낌이야."

"바보, 미안해."

"뭐가 미안해?"

"괜히……"

혜숙이 씁쓸하게 웃으며 말했다. 애림도 따라 미소를 지으며 고개를 저었다.

"미안해할 것 없어. 어차피 이건 내가 지고 가야 할 내 몫의 짐이니까. 처음엔 유다를 원망하는 마음도 조금 들었지만 내가 그 사람을 만난 것은 어쩌면 필연이 아니었을까, 하는 생각이 들어. 지금은 아주 편안해."

"조심해. 아무것도 신경쓰지 말고……"

"알았어."

애림은 마치 세상에 초연한 사람처럼 부드럽게 웃으며 형섭 쪽을 쳐다보았다. 애림과 형섭의 눈길이 면회실의 투명 칸막이를 사이에 두고 마주쳤다. 번개처럼 짧은 순간 암호같이 많은 감정들이 형섭의 가슴을 꿰뚫고 지나갔다.

"형섭씨……"

애림의 목소리가 혜숙이 눈치채지 못할 정도로 떨렸다.

"와줘서 고마워요."

"고생을 많이 했군요. 입술이 다 터진 걸 보니까."

형섭의 목소리엔 애림에 대한 안타까운 마음이 숨길 수 없이 묻어 있었다.

"처음엔…… 하지만 괜찮아요. 유다와 연희에 대해 집중적으로 물었어요."

"개애새끼들……"

형섭은 무의식중에 발톱을 드러내었다. 그녀가 낯선 사내들에게 둘러싸여 짐승처럼 고문을 당했을 거라는 생각이 들자 자신도 모르게 털이 곤두섰던 것이다. 애림의 작고 둥근 어깨가 아프게 눈에 들어왔다. 그러나 형섭은 곧 다시 일상적인 목소리로 돌아와서 말했다.

"독방에 있어요?"

"예."

"밥 꼭꼭 씹어먹고 운동도 열심히 해야 돼요. 모든 것 잊고…… 건강이 최고니까."

"알았어요. 마치 긴 항해 끝에 항구에 이른 느낌이에요. 생각보담 감옥살이도 할 만하군요. 마음도 편안해요. 오히려 유다와 연희가 더 걱정이네요."

그렇게 말한 다음 애림이 미소를 지었다.

"애림씨 말대로 누구나 자기 몫의 짐을 지고 가게 마련이죠. 그래서 세상이 조금씩 나아지고 있다면 그 몫을 다한 거나 다름없구요. 이젠 좀 쉬세요. 그리고 자기를 사랑하는 일, 잊어버리지 말고……"

형섭이 당부하듯 말했다.

"예, 걱정 마세요."

애림은 마치 온순한 아이라도 된 것처럼 대답했다. 그러다가 마침 생각난 듯 물었다.

"참, 연휘 아직 못 만났겠네요?"

형섭은 가볍게 고개를 끄덕였다. 애림은 가늘게 한숨을 지었다.

그때 면회시간이 끝났음을 알리는 벨이 울렸다. 면회담당 교도관이 모자를 쓰고 면회철을 들고 일어났다.

"사식하고 내복하고 넣었어. 또 필요한 것 있으면 말해."

혜숙이 급하게 말했다.

"없어. 와줘서 고마워. 형섭씨두……"

애림이 교도관과 함께 안으로 들어가며 말했다.

"잘 가."

애림의 눈길이 짧지만 깊게 형섭의 눈 위에 머물렀다. 수많은 감정들이 번개처럼 형섭의 가슴 안쪽을 그으며 지나갔다. 그것도 잠깐뿐, 문 사이로 금세 검은 머리칼이 보일락말락하다가 사라졌다. 애림이 사라지고 난 후에도 오랫동안 그녀의 잔상이 사진처럼 형섭의 망막 속에 남아 있었다. 텅 빈 문 사이로 하얀 햇살이 비쳤다.

"가요."

이윽고 혜숙이 말했다.

두 사람은 면회실을 나와 마당을 가로질러 걸어갔다. 마치 소중한 것을 두고 온 사람처럼 두 사람은 한참 동안 아무 말 없이 각자 상념에 잠긴 채 걸어갔다. 하얀 낮달이 백양나무 우듬지 너머 푸른 하늘에 쪽배처럼 떠 있었다.

"애림이가…… 형섭씰 사랑하나봐요."

혜숙이 천천히 자그맣게 말했다.

"그럴 리가……"

형섭은 고개를 숙인 채 말끝을 흐렸다.

"아님, 두 사람이 서로 사랑하든가. 애림이 눈빛을 보고 알았어요."

혜숙이 더욱 확신에 찬 목소리로 말했다. 형섭은 이번에는 아무런 변명도 하지 않았다.

"그래도 상관없어요. 사랑한다는 것, 참 좋은 일이죠."

"너무 지나치게 상상하진 마세요. 애림씰 좋아하긴 하지만 그렇다고 사랑하는 건 아니니까."

형섭은 변명이라도 하듯 말했다.

"일부러 변명할 필요 없어요. 아무에게도 말하지 않을 테니까. 그건 그렇고, 성유다랑 만날 수 있게 드디어 연락이 닿았어요."

혜숙이 발걸음을 멈추고 형섭을 보며 말했다.

"그냥 천천히 걸어가면서 들으세요."

혜숙이 다시 걸음을 옮겼다. 형섭은 그녀 곁에 바싹 붙어서 귀를 세웠다. 백양나무가 서 있는 구치소 마당은 텅 비어 있었다.

"상황이 별로 좋지 않다는 것은 알고 있죠? 성유다를 둘러싼 포위망이 점점 좁혀들어가고 있어요. 벌써 몇군데가 털렸어요. 하마터면 잡힐 뻔한 적도 있었구요. 아슬아슬하게 빠져나가긴 했지만……"

긴장한 탓인지 혜숙의 목소리가 조금 떨리는 것 같았다.

"난 이미 그들을 떠난 몸인데…… 왜 이렇게 자꾸 얽혀드는지 모르겠군요. 형섭씨 때문이기도 해요."

혜숙은 자그맣게 한숨을 지으며 원망이라도 하듯 말했다.

"미안해요, 혜숙씨. 그건 그렇고 솔직히 말해봐요. 김진성의 죽음에 분명 유다가 관련되어 있죠? 그렇죠?"

형섭이 추궁이라도 하듯 말했다.

"그게 그렇게 중요한 일인가요?"

혜숙이 돌아보며 반문했다.

"만일 그가 그런 일을 저지를 수 있는 인간이라면 난 결코 그를 용서하지 않을 거요. 그리고 절대로 연희를 포기하지도 않을 거요."

형섭이 발걸음을 멈추고 서서 단호한 표정으로 말했다. 그러자 혜숙 역시 걸음을 멈추고 형섭을 쳐다보며 말했다.

"난 형섭씨가 유다를 편견없이 만날 수 있게 되길 바래요. 내가 알기론 그는 결코 그런 일을 저지를 사람이 아니에요. 비록 과격한 사상을 가지고 있긴 하지만 그는 또한 고결한 열정을 가지고 있어요. 그런 열정을 가진 사람이 그렇게 추악한 일을 저지를 리가 없어요."

그리고 나서 혜숙은 다시 발걸음을 옮겼다.

"아무튼 며칠 후 연락이 갈 거예요. 유다는 자주 거처를 옮겨다니기 때문에 그를 만나기 위해선 몇군데의 복잡한 다리를 거쳐야 해요. 나도 지금 그가 어디에 있는지 모르니까."

"알았어요."

"아무튼 조심하세요. 특히 늘 형섭씨 주변을 그림자처럼 떠돌고 있는 박부장이란 사내……"

형섭은 걱정 말라는 표시로 고개를 끄덕였다.

"연희랑 어쨌든 잘되길 바랄게요. 그리구 애림이한테도 잘해주구요. 세상엔 뜻대로 되지 않는 일들이 수두룩해요. 어쩌면 그게 우리가 살아가는 세상의 참모습인지도 모르지만……"

혜숙은 다소 엄숙해진 표정으로 말했다. 그녀의 말을 들으며 형섭은 뒷짐을 진 채 묵묵히 발치만 보며 걸어갔다.

"이젠 헤어져야겠어요. 난 저기서 시내로 나가는 버스를 타고 갈래요. 이젠 이 일 때문에 만날 일은 별로 없을 것 같네요. 제발 더이상 없기를 바래요."

그렇게 말하고 나서 혜숙은 형섭이 미처 뭐라 대답하기도 전에 발걸음을 돌려 정류장 쪽으로 총총히 걸어가버렸다. 까만 바바리를 입은 그녀의 뒷모습이 잠시 후 가을햇살에 바래듯 사라졌다. 혼자 남은 형섭은 그 자리에 못 박힌 것처럼 한참 동안 서 있다가 백양나무 아래 벤치로 천천히 발걸음을 옮겼다.

벤치에 앉은 형섭은 주머니에서 담배를 한대 꺼내물고 불을 붙였다. 파란 연기가 투명한 대기 속으로 잠시 무슨 생명체처럼 일렁거리다가 흩어졌다. 담장 위를 서성이는 비둘기의 깃털 위로 초가을 여윈 햇빛이 하얗게 내려앉아 있었다.

점심시간을 알리는 구치소의 나팔소리가 아득하게 울려퍼졌다.

빛과 그림자

며칠 후 하숙집으로 전화가 왔다. 그런데 전화에서 흘러나온 목소리는 뜻밖에도 박부장이었다.

"장형, 날 기억하겠소? 지난번 연희 어머니랑 만난 적이 있었지."

형섭은 순간 자기도 모르게 퉁명스레 반문했다.

"누구라구요?"

"정보부의 박부장."

"아, 예!"

형섭은 그제야 기억난다는 듯 여전히 신통치 않은 어조로 대꾸했다.

"그동안 잘 지냈소? 장형을 한번 만났으면 싶은데…… 찾아갈 수도 있지만 사람들 눈에 띄는 게 피차 좋지 않을 것 같아서…… 어때, 나올 수 있겠소?"

그는 거두절미하고 단도직입적으로 말했다.

"무슨 용문지……"

형섭은 눈살을 찌푸리며 말했다.

"그런 이야기야 전화로 할 수 있는 게 아니지 않소? 어쨌든 한번 만나보는 게 좋을 거요. 경우에 따라선 장형 인생에도 큰 영향을 미칠지 모르는 일이니까."

그의 말투에서 어쩐지 거절할 수 없을 것 같은 분위기가 느껴졌다.

어떻게 할까.

형섭은 속으로 망설였다. 머릿속으로 재빠르게 계산들이 지나갔다.

"좋아요. 어려운 일은 아니죠. 그런데 미리 이야기해두지만 나를 당신네들의 일에 끌어들이려고 하진 마시오. 별로 좋은 대답은 얻지 못할 거요."

소용없는 일이었지만 형섭은 다짐이라도 하듯 말했다.

"알고 있소. 염려하지 마시오."

그제야 그는 형섭에게 만날 장소와 시간을 말해주었다.

전화를 끊고 나서 형섭은 불안한 마음으로 자기 방으로 올라왔다. 그의 말투에서 무언지 모를 불길한 냄새가 나고 있었다.

그가 왜 하필이면 지금 자기를 만나자고 하는 것일까? 혹시 연희에게 무슨 일이 생긴 것은 아닐까? 아니면 유다에게? 어쨌든 그가 결코 기분좋은 거래를 위해 형섭을 만나자고 하지는 않았을 것이다. 그러면 왜? 무엇 때문에?

다음날 형섭은 박부장과 약속한 장소로 갔다. 구름이 잔뜩 긴 날씨였다. 약속한 시간에서 오분 가량 늦었는데 벌써 그가 와서 창가에 자리를 잡고 앉아 기다리고 있었다. 감색 양복 차림에 검은 와이셔츠를 받

158

처입고 회색 줄무늬가 박힌 녹색 계통의 넥타이를 맨 차림이었다. 흐린 날에다 실내가 그리 밝지 않아서인지 유난히 흰머리가 더욱 희게 보였다. 꾹 다문 입가에 굵은 주름이 잡혀 있었다.

"오래간만이오."

형섭을 발견하자 그는 읽고 있던 서류를 봉투에 넣은 다음 손을 내밀며 말했다. 순간적으로 그의 눈빛이 형섭의 안팎을 날카롭게 스치고 지나갔다. 형섭은 경계의 빛을 지우지 않은 딱딱한 표정으로 그와 악수를 나누었다.

"그동안 잘 지낸 모양이오. 얼굴이 좋은 걸 보니까."

굵은 주름이 잡힌 입가에 엷은 미소를 떠올리며 그는 별로 신통치 않은 농담을 던졌다.

"잘 아시면서……"

형섭은 그의 농담이 싫어서 노골적으로 불쾌함을 드러냈다.

"나한테 그렇게 반감을 가질 필요는 없소. 이번 사건의 실체를 들어보는 순간 장형도 흥미를 가지지 않을 수 없을 거요."

그는 형섭의 반응에 아랑곳하지 않고 계속해서 말했다.

"난 별로 알고 싶지 않소."

형섭이 자르듯 말했다. 박부장은 그런 형섭의 반응을 미리 예상하고 있었다는 듯 봉투에서 서류를 꺼내며 말했다.

"어쨌든 좋소. 하지만 조금만 인내를 가지고 들어주시오. 이건 유다와 관련된 일이오."

"그게 나와 무슨 상관이 있단 말이오?"

형섭은 여전히 퉁명스런 목소리로 말했다.

"물론 이 사건에 관한 한 장형은 아무 상관이 없는지도 모르지. 아니,

분명히 상관이 없을 거라 믿소. 하지만 유다의 운명은 당신과 결코 무관하다고 할 수는 없을 거요. 성유다의 운명은 곧 정연희의 운명과 직결되어 있고, 당신이 정연희를 사랑하고 있는 한 정연희의 운명은 당신의 운명과 결코 떨어질 수 없을 것이기 때문이오. 그러니 당신은 먼저유다란 인물이 도대체 어떤 인간인가, 하는 의문을 가지지 않을 수 없을 거요. 그렇지 않소?"

그의 설명에 형섭은 못마땅했지만 어느정도 수긍하지 않을 수 없었다. 사실 형섭으로서도 이제 곧 조우하게 될지 모르는 성유다에 대해궁금한 바가 없지 않았다. 형섭의 표정을 지켜본 박부장은 자신의 말이어느정도 먹혀들었다고 생각했는지 계속해서 말했다.

"그러나 안심하시오. 장형을 이 사건에 끌어들이고 싶은 생각은 추호도 없으니까. 아니 오히려 나는 장형을 돕고 있는지도 몰라요. 과연 그런지 안 그런지 내 이야기를 끝까지 들어보면 알게 될 거요."

그렇게 말하고 나서 그는 형섭의 눈을 쳐다보며 다시 천천히 말을 이었다.

"이야기가 꽤 길어서 어떤 이야기부터 시작하는 것이 좋을지 모르겠군요. 먼저 최근에 일어났던, 이미 널리 알려진 사건부터 이야기해봅시다. 끔찍하긴 하지만 매우 흥미로운 사건이니까."

"김진성인가 하는 대학생의 의문사에 관한 이야기군요."

"그렇소. 장형도 들어서 알겠지만 이 사건은 진실이 드러나는 순간엄청난 파장을 몰고 올 수도 있는 성격을 가지고 있소. 어딘지 모르게복잡하고 음모적인 냄새가 나는…… 먼저 김진성에 대해 이야기하자면그는 집안이 형편없이 가난한 복학생이었소. 그런 그가 학생회의 중요한 간부를 맡게 된 것은 복학을 하고 나서 얼마 지나지 않아서였소. 우유부단하고 감상적인 성격을 빼고 나면 그는 지극히 평범할 뿐인 친구였지. 그런 친구가 갑자기 과격한 학생회의 간부를 맡았다는 자체가 비극적인 일이었소. 그가 학생회에 들어가서 얼마 지나지 않아 이상한 소문이 떠돌기 시작했으니까."

"……프락치?"

"그렇소. 정확하게 맞혔소. 김진성이 기관의 장학금을 받고 프락치로 활동하고 있다는 풍문이 돌기 시작한 것이었소."

"정말 그가 프락치 활동을 했습니까?"

형섭은 허를 찌르듯 일부러 단도직입적으로 물어보았다.

"장형은 혹시 제정시대 러시아에서 일어난 네차예프 사건에 대해 들은 적이 있소?"

그는 갑자기 말머리를 바꾸어 흰창이 많은 눈을 반짝이며 물었다.

"도스또예프스끼의 소설 『악령』의 소재가 되었다는……"

"그렇소. 1869년 당시 모스끄바의 뻬뜨로프스끼 농과대학에 다니던 네차예프라는 학생이 같은 대학의 친구들과 규합하여 오인조 비밀혁명 조직을 만들었는데, 그중의 한사람인 이바노프가 사상전환을 이유로 탈퇴를 선언했소. 그러자 밀고할 우려가 있다는 구실로 다른 친구들이 그를 밤중에 한적한 공원으로 유인해 살해하고 만 사건이오. 그 사건은 당시 사회에 엄청난 파문을 불러일으켜 마침내 도스또예프스끼가 소설로 쓸 정도가 되었죠."

"그게 이번 사건과 무슨 상관이 있습니까?"

형섭은 의심에 가득 찬 눈으로 박부장을 쳐다보며 물었다.

"곰곰이 한번 생각해보시오. 해답은 바로 그 속에 있으니까. 이 사건을 조사하면서 나도 사실은 시간과 공간을 초월하여 그때 그 사건과 어찌나 비슷한지 놀랄 지경이었소."

"그렇다면 유다가……?"

"그렇소. 그가 바로 네차예프요. 비록 사건의 내용은 다르지만 김진성이 열심당의 대학조직을 캐고 있다는 정보를 입수하고 한밤중에 그를 저수지 근처로 불러내어 조직원으로 하여금 죽이게 하고, 저수지에 던져넣었던 것이오."

"그렇게 단정할 만한 증거라도 있습니까?"

형섭은 여전히 미심쩍은 표정으로 물었다.

"물론이오. 그러나 워낙 미묘한 사건이기 때문에 성유다가 검거되기 전에는 밝힐 수 없소. 분명한 것은 그 살인사건에 관여한 인물들 중에 열심당의 이른바 검은 사제가 있었다는 사실이오. 이른바 시카리들 말이오."

"……시카리?"

형섭은 눈을 치뜨고 박부장을 쳐다보았다.

"그렇소."

박부장은 형섭을 쏘아보며 머리를 끄덕였다.

형섭은 잠시 생각에 잠긴 듯 고개를 숙이고 있다가 이윽고 한숨을 내쉬며 말했다.

"그러나 지금까지 내가 듣기론 사건의 실체는 여전히 안개 속에 잠겨 있고, 결정적인 증거는 아무것도 없습니다. 오히려 이제까지의 경험에 비추어보자면 수많은 의문사 뒤에는 권력의 어두운 그림자가 장막처럼 드리워져 있었어요. 그러나 내게 증거를 제시해달라는 뜻은 아닙니다. 조금 전에도 말했지만 나는 개인적인 호기심 외에는 이 사건에 끼여들고 싶은 생각이 눈곱만큼도 없으니까요."

"알고 있소. 나도 사실은 처음부터 이 사건에 대해 말하려고 한 것은 아니었소. 그러나 성유다, 그의 본명은 김국진이오, 그가 어떤 인간인지 알아두는 게 좋을 듯해 꺼낸 것뿐이오."

그는 각진 턱을 손가락으로 쓰다듬으며 짐짓 여유있는 표정으로 말했다.

"결론부터 말하자면 그는 과대망상증에 걸린 사기꾼에 불과하다는 것이오. 그는 어릴 때부터 벌써 절도와 사기로 감옥을 제집 드나들듯 하던 사람이오."

"그럴 리가……"

형섭은 너무나 뜬금없는 소리여서 그가 농담을 하거나 고의로 악담을 하고 있지 않나 싶어 유심히 그의 얼굴을 살폈다.

"장형이 놀라는 것도 어쩌면 당연한 일인지 모르겠소. 놀라지 않으면 오히려 이상한 일이지요. 하지만 이것은 사실이오. 조회를 해보면 금방 알 수 있으니까."

그의 입가에 엷은 미소가 떠올랐다.

"그가 신학대학을 나왔다는 것도 모두 새빨간 거짓말이오. 그의 아버지는 일제시대 때 일본에서 대학을 나온 인텔리로 해방후에는 좌익에 가담했다는 이야기도 있지만 그건 소문일 뿐이고 분명한 것은 죽을 당시에 그는 단지 술주정뱅이에다 노름꾼인 떠돌이 미장이에 불과했다는 사실이오. 그리고 그의 어머니는 남쪽 어느 작은 항구도시 시장바닥에서 술을 팔며 살던 과부이자 작부였소. 그의 아버지가 공사장 일을 하러 그곳으로 내려갔다가 우연히 서로 눈이 맞은 것이었지. 과부와 눈이 맞자 그는 아예 그곳에서 죽치고 앉아 그녀의 기둥서방 구실을 하며 일이 있으나 없으나 술과 노름으로 빈둥거리며 지냈소. 말하자면 그녀 쪽에서 보면 골칫거리가 하나 더 늘어난 것이고 그의 편에서 보자면 팔자가 편 것이었지. 그렇게 사는 동안 둘 사이에서 아이가 하나 태어났는데 그가 지금의 김국진, 바로 성유다요. 유다가 태어난 그해 겨울 그의 아버지는 노름판에서 술과 노름에 빠져 있다가 밤늦게 집으로 돌아오는 길에 누군가에 의해 살해되고 말았지. 아마 누군가 그에게 원한을 가지고 있다가 따라와서 죽인 것이 틀림없었지만 범인은 끝내 밝혀지지 않았고, 그 사건은 영원히 미궁 속에 빠져버리고 말았소. 그때만 해도 어수선하던 시대였으니까."

거기까지 말하고 나서 그는 잠시 사이를 두었다가 다시 말했다.

"그후 그가 어떤 성장과정을 밟았으리란 것은 어렵지 않게 짐작할 수 있을 거요."

"그래서 어떻게 되었다는 말입니까?"

형섭은 여전히 믿을 수 없다는 표정으로 물었다.

"그는 시장바닥에서 어린시절을 보내는 동안 일찍부터 온갖 사기와 협잡, 폭력과 도둑질에 눈떠서 열세살 무렵에 이미 송곳으로 다른 아이의 목을 찌른 혐의로 소년원에 첫발을 내디뎠지요. 그리고 소년원을 나오자마자 곧 서울로 올라와서 서울역 앞 양동 부근에서 양아치 생활도 하고, 전문 소매치기 집단에 들어가 전과를 쌓으며 감옥을 제집처럼 드나들었던 것이오."

"그런 사람이 어떻게……?"

"나는 장형이 틀림없이 그렇게 물을 것이라 생각했소. 장형이 아닌 그 누구라 하더라도 그런 의문을 갖는 건 당연한 일일 겁니다. 그런 형편없는 밑바닥 인생이 어떻게 갑자기 그런 위대한 인물로, 말하자면 파렴치한 잡범에 불과하던 김국진이 어느날 갑자기 거룩한 선지자이자

164

혁명가인 성유다로 다시 태어날 수 있었을까, 하는 의문이죠. 그렇지 않아도 지금 그 이야기를 하려던 참이었소."

그는 그런 계통에서 오래 일한 사람답게 침착하게 말을 이었다.

"그가 마지막으로 감옥에 갔을 무렵, 그 방에 마침 신학대학을 나온 전도사가 한명 들어와 있었소. 오아무개라는 정치범이었는데 그는 도덕적인 완전무결함을 주장하는 과격하고 신비주의적인 사상을 가진 사람이었지. 그는 스스로를 기독교의 이단자라고 밝혔고 또한 열심당임을 자처하고 있었소."

그는 양미간에 깊은 주름을 잡으면서 말했다. 그러자 눈꺼풀에 덮여 있는 가는 눈이 더욱 가늘어졌다. 순간 흰창이 날카롭게 번쩍였다.

"그와의 만남은 실로 유다의 그때까지의 삶을 완전히 뒤집어놓는, 그야말로 천지개벽과 같은 사건이었소. 어떤 유인물에 나와 있는 그의 고백처럼 자신의 모든 어두운 과거를 한꺼번에 태워버린 불의 세례와 같은 것이었지."

"어떻게 그런 일이……?"

형섭은 자기도 모르게 가느다랗게 한숨을 쉬었다.

"과장된 표현이긴 하겠지만 어쨌든 그는 삼일 밤 삼일 낮을 통곡하였고, 불행하게 죽은 아버지를 용서하였으며 더이상 이 세상에 아무런 죄도 짓지 않겠다고 맹세를 했다고 하오."

그는 그렇게 말하고는 엽차를 들고 몇모금 홀짝거리며 마셨다. 그러고 나서 다시 말했다.

"그 오아무개라는 전도사와 한방에서 일년여를 지내는 동안 감수성이 예민했던 김국진은 마치 마른 스펀지가 물을 빨아들이듯이 그의 모든 사상을 완전히 자기 것으로 만들었소. 완전하고 도덕적인 삶의 원칙에서부터 열심당의 애국적이고 폭력적인 노선까지 말이오. 그는 천성적으로 타고난 머리에다 무서운 열정을 가지고 있었기 때문에 순식간에 수많은 책을 읽고 나름대로 생각을 체계화하게 된 것이었지. 그러고 나서 감옥을 나올 무렵 이름도 김국진에서 성유다로 바꾸었소. 말하자면 천하에 둘도 없는 쓰레기 같은 잡범이 세상을 구원하는 선지자가 되어 세상에 다시 나타난 것이오."

"감동적인 일이군요."

형섭이 말했다. 그러자 이제까지와는 달리 박부장은 입가에 냉소를 떠올리며 말했다.

"그러나 그가 아무리 변신을 했다 하고 그럴듯한 말을 한다 하더라도 그는 결국 한명의 사기꾼에 불과할 뿐이오. 자칭 수많은 선지자들과 수많은 혁명가들의 깃발들이 들끓는 이 시대의 분위기에 교묘하게 편승한 사기꾼 말이오. 얼마나 많은 사기꾼들이 판을 치는 세상이오?"

그는 노골적으로 경멸을 표시했다.

"설사 당신의 말이 사실이라 해도 그것이 그가 경멸을 받아야 할 이유는 아니지 않소. 오히려 그가 그렇게 하여 새롭게 태어났다면 놀라운 일이지요."

형섭이 그의 말을 반박이라도 하듯 말했다.

"그러면 얼마나 좋겠소. 하지만 그건 그 인간에 대해 아무것도 모르기 때문에 할 수 있는 말이오. 나는 누구보다도 그를 잘 알고 있소. 일찍이 내 손으로 그의 사건을 처리했던 적도 있으니까."

그는 자신이 여태껏 열심히 한 말이 형섭에 의해 간단히 반박을 당하자 은근히 불쾌한 빛을 띠면서 말했다. 입가의 주름살이 더욱 깊게 패었다.

166

"나 역시 그가 무엇이 되었건 아무 상관 없소. 하지만 그가 세상을 바꾸겠노라고 날뛰는 순간, 그리고 그럴듯한 말로 사람들을 속여 자신의 욕망을 채우고 있다면 정말 파렴치하고 구역질나는 일이 아니겠소? 윤애림이나 정연희같이 순진한 친구들까지 끌어들여서 말이오."

애림과 연희 이름이 나오자 형섭은 이마를 찌푸렸다. 형섭이 생각에 잠겨 있는 것을 보고 박은 다시 여유있는 목소리로 돌아와서 말했다.

"이제 우리 이야기도 정리를 할 때가 된 것 같군요."

창밖으로는 흐린 하늘에 구름이 무겁게 깔려 있었다.

"지금까지 많은 이야기를 했지만 결론은 아주 간단하오. 그는 과대망상에 사로잡힌 인간에 불과하니까 일말의 동정심도 가질 필요가 없다는 것, 그리고 그를 체포하는 데 협조해달라는 내용이오."

형섭은 천천히 고개를 저었다. 그러자 박이 재빨리 말했다.

"그가 체포되지 않는 한 정연희는 결코 그의 손아귀에서 벗어날 수 없을 것이오. 마치 마법에 빠진 여자처럼 말이오."

그러나 여전히 형섭은 침통한 표정으로 고개를 저었다.

"대신, 연희를 이 사건에서 빼주겠소."

박부장이 마침내 먹이를 던지듯 말했다.

"……싫소. 그럴 뿐만 아니라 난 그들과 아무런 끈이 없는데 무슨 힘으로 당신을 돕겠소?"

형섭은 낮지만 분명한 어조로 말했다. 마치 악마와 어떤 추악한 거래라도 하고 있는 듯한 기분이었다.

"그가 지금 어떤 그럴듯한 말을 하고 있건 그는 마침내 나의 손에 체포되어 일생을 감옥에서 보내게 될 거요. 내가 장형에게 이런 부탁을 하는 것은 그가 더이상 세상의 어둠에 기대어 영향을 끼치는 일이 없도록 하기 위해서요."

그는 집요하게 형섭을 설득했다.

"무언가 오해를 하고 있는 것 같군요."

형섭은 무겁게 입을 열었다.

"미안하지만 나랑 연희는 이제 아무런 관계도 없소. 연희는 더이상 나를 기다리고 있지 않으며 나 역시 더이상 그녀를 찾고 있지 않소. 그러므로 내가 유다를 만나게 될 일은 더욱더 없을 거요."

"장형의 심정은 잘 이해하고 있소. 하지만 그가 더이상 연희를 가까이하게 내버려둘 수는 없는 일이오. 내가 만일 장형이라면……"

"당신 이야기를 듣고 있는 동안 역설적이게도 난 어쩐지 연희가 그를 진심으로 사랑하고 있다는 믿음이 들었소. 처음엔 나도 당신처럼 그녀가 어둠의 힘에 끌려 그의 곁에 가 있다고 생각했소. 그리고 그 힘으로부터 구출해야겠다는 생각을 가지고 있었어요. 그리고 나는 나의 사랑이 훨씬 클 거란 믿음을 가지고 있었소. 하지만 지금은 아니오."

형섭은 뒤죽박죽 말을 했지만 말을 하는 동안 점점 자신의 생각이 분명해지는 것 같았다.

"그러니까 내가 협조할 일은 아무것도 없습니다. 지금도 그렇지만 앞으로도…… 김진성 사건에 대해 흥미가 가지 않는 것은 아니지만 그건 다른 문제고 난 처음부터 이런 일엔 끼여들 생각이 추호도 없었단 말이오."

형섭의 말에 박부장은 무언가 깊은 생각에 잠긴 눈치였다. 이윽고 결심한 듯 말했다.

"좋소. 장형이 전혀 협조할 생각이 없다면 우린 우리 식대로 진행하는 수밖에. 어떤 불행한 일이 일어나도 날 원망하진 마시오. 세상엔 자신의 의지대로 되지 않는 일들이 얼마든지 있으니까."

"좋을 대로 하시오."

형섭은 자리에서 일어났다. 박부장이 따라 일어나며 손을 내밀었다.

"나와줘서 고맙소. 참, 연희 어머니가 안부를 묻더군."

그는 마치 형섭이 자신의 뜻을 알아주지 못해 안타깝다는 듯이 말했다. 밖으로 나오자 싸한 기운이 얼굴에 닿았다. 거리에는 찬 가을비가 축축하게 내리고 있었다. 땅에 떨어진 플라타너스 잎들이 휴짓조각처럼 어지럽게 널려서 비에 젖고 있었다. 형섭의 가슴속에도 어느새 비가 내렸다. 낙엽처럼 수많은 상념들이 어지럽게 널린 채 우울한 가을비에 젖고 있었다.

비록 박부장 앞에서는 냉정하게 말했지만 그가 이야기한 것은 실로 충격적인 내용이었다. 그중에 몇가지는 이미 혜숙으로부터 들은 것이어서 새로울 것은 없었다. 그러나 유다의 어두운 과거에 관해서는 놀라운 사실이 아닐 수 없었다. 비록 박이 악의적으로 말하긴 했겠지만 유다가 보통 이상의 어두운 과거를 지닌 인간임은 틀림없는 것 같았다. 예전에 잠깐 본 사진 속의 모습이 떠올랐다. 약간 마른 몸매에 훤칠한 키, 꾸부정한 어깨와 둥근 뿔테안경, 그리고 깜짝 놀란 듯 카메라를 응시하던 빛나는 눈은 파렴치한 사기꾼의 모습이 아니라 수많은 시대의 고뇌를 등에 짊어지고 살아가는 선지자의 모습 바로 그것이었다.

그러나 만일 박의 말이 사실이라면 그런 모습조차 가면이며 위선이 되고 마는 것이었다. 박의 말대로 세상을 죄와 타락으로부터 구하겠다고 나선 과대망상증의 미친 사나이거나 사기꾼에 불과할 것이었다. 그리고 연희나 애림은 그런 친구에게 걸려든 가련한 희생자에 불과할 것이었다.

만일 그렇다면 유다를 찾아내어 응징해야 할 사람은 박부장이 아니라 어쩌면 자기여야 할지 모른다는 생각이 들었다.

형섭은 복잡한 생각에 잠긴 채 발걸음이 가는 대로 걸어갔다.

그러고 나서 며칠이 지나갔다.

형섭이 학교에서 돌아와보니 뜻밖에 미경이 기다리고 있었다.

"……놀라셨죠?"

의자에 앉아 책을 읽고 있던 미경은 형섭을 보자 미소를 지으며 일어났다. 까만 원피스를 입은 그녀는 지난 봄에 보았을 때보다 조금 더 희고 야윈 느낌이 들었다.

"미안해요. 연락도 없이 불쑥 찾아와서…… 서울 사는 친구 집에 놀러 왔다가……"

형섭의 당황해하는 모습을 보고 미경이 변명이라도 하듯 말했다.

"아냐, 잘 왔어. 그렇지 않아도 한번 보고 싶었는데……"

황급히 말하느라 형섭은 자기도 모르게 말을 더듬거렸다.

"신경쓰지 마세요. 그냥 지나는 길에 잠깐 들른 거니까."

미경이 여전히 어색한 미소를 지우지 않은 채 말했다.

"그래, 선생님 내외분은 잘 지내시구?"

형섭은 그제야 그녀의 얼굴을 똑바로 쳐다보며 문선생의 안부를 물었다.

"어머니께선 얼마 전에 돌아가셨어요. 그전부터 위암으로 고생을 하셨는데 갑자기 병이 악화되어……"

"응? 사모님이……? 그런데 어떻게 연락조차 없었니?"

형섭은 나무라듯 말했다. 지난 봄 집으로 갔을 때 물 묻은 손을 훔치며 부엌에서 나오시던 모습이 눈에 선하게 떠올랐다.

"아버지께서 아무데도 연락하지 말라고 하셨어요. 그러잖아도 형섭 오빠한텐 알릴까도 했는데……"

"그런 줄도 모르고……"

형섭은 자책이라도 하듯 말했다.

"어머니가 돌아가시고 나자 아버진 집을 정리한 다음 몇몇 사람들과 함께 예전에 말했던 지리산 아래 산청이란 데로 들어가버리셨어요. 왜 그전에 두레공동체를 만들 거란 이야기 하셨잖아요?"

"그래, 그러셨지. 선생님은 충분히 그럴 분이셔."

형섭은 고개를 끄덕이며 말했다.

"형섭 오빠도 아버지 고집 아시잖아요?"

미경이 불만스런 목소리로 말했다. 문선생을 생각하면 지구가 멸망해갈 무렵 살아남은 어리석은 공룡 한마리가 무리를 이끌고 숲과 물이 있는 최후의 낙원을 찾아 광대한 황무지로 떠나는 것 같은 느낌이 들었다. 그러나 한편으로는 이 질주하는 문명을 거슬러 폭풍우 앞의 비닐하우스같이 작은 공동체를 만들려고 지리산으로 들어가는 그의 신념과 용기가 부러웠다.

"그래도 선생님은 행복해. 꿈을 가진 분이니까."

"내가 보기엔 아버진 어리석은 이상주의자에 불과해요."

미경은 여전히 불만에 찬 목소리로 말했다.

"어리석지만 분명한 목표를 가지고 산다는 것이 요즘 세상에 얼마나 귀한 일이겠니?"

형섭이 대신 변명이라도 하듯 말했다. 그러나 더이상 그 문제를 가지고 입씨름할 필요가 없다는 것을 두 사람은 동시에 깨달았다.

"나갈까? 바람이라도 쐬게."

미경은 말없이 고개를 끄덕였다. 책상에 놓여 있던 작은 손가방을 어깨에 메었다. 형섭은 입고 있던 재킷을 벗어 걸어두고 대신 약간 두꺼운 회색 점퍼를 걸쳤다.

집을 나와 비좁은 내리막길로 접어들 무렵 미경이 말했다.

"근데, 우리 좀 멀리 가면 안될까요?"

"어디……?"

"바다가 보이는 곳으로 말이에요."

"바다?"

미경의 뜬금없는 말에 형섭은 발걸음을 멈추고 의아한 표정으로 반문했다. 미경이 형섭의 눈을 빤히 쳐다보며 가볍게 고개를 끄덕였다.

"응. 아까 기다리는 동안 그냥 막연히 오빠랑 바다에 가보고 싶다는 생각을 했어요. 힘들면 관두고요."

그렇게 말하는 그녀의 눈빛이 불안하게 흔들렸다. 무언가 감추어둔 이야기가 있는 것 같았다. 형섭은 시계를 보았다. 오후 네시 반. 지금 강화도에 가면 너무 늦을지도 모른다. 그러나 형섭은 더이상 묻지 않고 미경을 데리고 서둘러 신촌으로 가서 강화행 시외버스를 탔다. 무척 오래간만에 타보는 시외버스였다. 낡은 버스는 서울 나들이를 하고 돌아가는 사람들로 어수선하고 복잡했지만 두 사람은 다행히 뒷좌석에 자리를 잡고 앉을 수 있었다.

"그러고 보니 오빠랑 이렇게 버스를 타는 것도 처음이네요."

미경이 웃으면서 말했다. 그러나 그 웃음 뒤에 무언지 모를 그림자 같은 것이 깔려 있었다.

"이제야 내 소원이 이루어지려는가봐요."

"무슨 소원?"

"오빠랑 단둘이 있는 것."

그렇게 말해놓고 미경은 혼자 후훗거리며 웃었다.

"부담 가질 필욘 없어요. 오빠에게 정말 사랑하는 사람이 있다는 걸 알고 있으니까요. 지난번 엽서에 쓴 글 잘 읽었어요."

미경의 웃음 뒤에 쓸쓸한 바람 같은 것이 스쳐갔다. 무슨 말인가 하고 싶었지만 형섭은 아무 말 없이 차창 밖으로 눈길을 던졌다.

시내를 벗어난 버스는 어느새 저녁빛에 번쩍이는 한강을 지나 김포로 가는 좁은 국도로 접어들고 있었다. 빈 들녘 위로 새떼가 날아가고 있었다. 탱자나무 울타리 너머로 해가 넘어가는 중이었다. 탱자나무 울타리를 보자 형섭은 미경이네 집으로 올라가던 골목길이 떠올랐다.

길이 많이 패어 차가 몹시 덜컹거렸다. 미경이 살며시 형섭의 어깨에 머리를 기댔다. 미경의 머리칼이 형섭의 뺨을 간질였다. 형섭은 자기도 모르게 가볍게 한숨을 쉬었다. 저물어가는 국도변에 줄지어 서 있던 코스모스가 바람에 날려 비눗방울처럼 부서졌다. 형섭이 설핏 잠이 들었다 깨어나보니 미경이 창밖에 시선을 던져둔 채 혼자 골똘하게 생각에 잠겨 있었다.

버스는 어느덧 긴 다리를 넘어 강화도로 접어들고 있었다.

두 사람이 시외버스 터미널에서 내려 다시 버스를 갈아타고 바닷가의 작은 포구에 도착했을 때는 벌써 어둠이 내려 있었다. 썰물 때인지 바다는 저만큼 멀리 밀려나고 대신 넓은 갯벌이 펼쳐져 있었다. 바다 저쪽에서 수증기처럼 하얀 안개가 몰려왔다. 안개 속에서 해안도로의 가로등이 심해물고기의 눈알처럼 희미하게 불을 밝히고 있었다. 방파제를 따라 포장마차들이 길게 줄을 지어 서 있었다. 안개의 장막 어디선가 유행가 소리가 흘러나왔다. 비릿한 바다 내음이 안개와 함께 폐부 깊이 스며들었다.

"안개가 많이 끼었군."

형섭이 혼잣말처럼 했다.

"이곳에 오면 언제나 노을이 빨갛게 물들 거라고 상상했는데…… 그러나 안개도 괜찮군요."

미경이 말했다.

"난 안개가 싫어. 무언가에 갇힌 것처럼 갑갑하거든. 하지만 오늘은 뭔지 모르게 어울리는군. 우리 어디 들어가서 뭘 좀 먹을까?"

그렇게 말하며 형섭은 미경의 대답을 기다리지 않고 포장마차를 향해 휘적휘적 발걸음을 옮겨놓았다. 미경은 말없이 형섭의 발자국을 따라 걸어갔다. 안개 속에서 파도소리가 낮은 포복으로 기어오고 있었다.

"아직…… 연희씨랑은 만나지 못했나요?"

자리에 앉자 미경이 가방 모서리를 뜯으며 진작부터 물어보고 싶었는지 조심스럽게 말을 꺼내었다. 지난번 엽서에 그녀에 대해 짧게 한마디를 적었는데 그게 미경의 가슴 어딘가에 남아 있었던 모양이다.

"응."

형섭은 그녀의 시선을 애써 외면한 채 대답했다.

"미안해요. 괜히 귀찮게 해서……"

"아냐, 나도 미경이 보고 싶었어."

형섭은 얼른 변명하듯 말했다.

"괜찮아요. 그런 말 하지 않아도…… 기억나세요? 지난 겨울 우리가 우체국에서 처음 만났을 때……"

"응."

"벌써 마치 먼 옛날의 일처럼 생각되는군요."

"그래. 모든 것이 다 황무지 같을 때였지. 몸도 마음도 다 사막처럼 메말라 있었어. 지금이라고 별로 달라진 것은 없지만……"

"그땐 무척 피곤해 보였어요."

"집으로 돌아오자마자 한달 내내 벽을 보며 잠만 잤어. 그러다가 미경일 만나는 순간 난 마침내 긴 잠에서 깨어난 기분이었지. 그때 어쩌면 내게도 아직…… 사랑할 것이 남아 있을지도 모른다는 생각이 들었어."

형섭은 소주잔을 기울이면서 말했다. 술이 한잔 들어가자 가슴 깊은 곳에서 수많은 추억들이 불꽃처럼 되살아났다.

"잠에서 깨어난 건 나였어요. 바보처럼…… 어쩌자고……"

미경의 목소리가 젖었다. 물이 들고 있는지 파도소리가 점점 가까이 들려왔다. 바람이 불 때마다 포장마차의 천막이 펄럭이는 소리를 내며 흔들렸다.

"그 옛날 대학시절 겨울방학 때 미경이에게 전화했던 게 생각나. 눈이 내리던 날이었지. 난 청계다리에서 널 기다리고 있었어. 기억나?"

미경이 고개를 끄덕였다. 그녀의 눈에 물기가 번졌다.

"그때 다리 건너편에서 누군가의 그림자가 어른거렸어. 소리없이 내리는 눈 사이로 말이야. 난 그후 오랫동안 늘 궁금했어. 그 그림자가 과연 미경의 그림자였을까 하고 말이야."

미경이 쓸쓸하게 웃으며 고개를 끄덕였다.

형섭은 눈을 들어 포장마차의 열린 틈 사이로 안개가 몰려오는 바다 쪽을 보았다. 안개는 어느새 작은 포구를 다 점령하고 있었다.

두 사람은 밖으로 나와 방파제 쪽으로 걸어갔다. 그사이 밀려든 바다는 갯벌을 메우고 방파제 아래 발치까지 넘실대고 있었다. 안개 속에서 검은 파도가 무섭게 끓어댔다. 허공에는 달빛이 수채화처럼 젖은 채 희미하게 빛나고 있었다. 멀리서 통통거리며 배 지나가는 소리가 들렸다. 방파제를 돌아서 두 사람은 해안가 도로를 따라 한참 동안 걸었다. 가끔 차들이 지나갈 때마다 헤드라이트에 비친 가로수들이 안개 속에서 도깨비처럼 빠르게 나타났다가 다시 어둠속으로 사라지곤 했다. 그때마다 파도소리에 묻혀 가을벌레 소리들이 자욱하게 일어났다. 한참 걸어가니 바닷가에 여관이 나타났다. 이미 서울로 나가는 차는 끊어진 지 오래였다.

두 사람은 지쳐 있었기 때문에 달리 선택의 여지가 없었다. 안으로 들어가자 작은 창문이 열리고 파마머리의 여자가 나타났다. 형섭이 카운터에서 돈을 지불하는 동안 미경은 낯선 분위기에 약간 겁먹은 표정으로 뒤에 서 있었다.

방으로 들어가자 형섭은 한꺼번에 피로가 몰려와 침대 끝에 털썩 주저앉았다. 그때까지 미경은 문간에 서서 여전히 불안한 눈빛으로 방안을 살피고 있었다.

"들어와. 낼 아침 차 떠날 때까지 편히 쉬다 가자."

미경은 머뭇거리며 형섭 옆에 와서 앉았다.

"이상해. 너랑 이런 데를 다 들어오고……"

어색한 분위기를 의식하며 형섭이 미경을 위해 자리를 내주듯 일어났다. 그러고는 화장실로 가 양말을 벗고 세수를 했다. 형섭이 화장실에서 나오자 미경은 어느새 간편한 옷차림으로 바꿔 입고 있었다.

뒤이어 미경이 화장실로 들어가고 나자 형섭은 침대에 벌렁 드러누웠다. 피로가 온몸 구석구석으로 잉크물처럼 번져왔다. 졸음이 무겁게 머리와 어깨를 눌렀다.

　얼마나 지났을까. 형섭이 눈을 떠보니 사방은 아직 캄캄한데 침대 옆 바닥 한쪽에 미경이 웅크린 채 잠을 자고 있는 것이 보였다. 형섭은 조심스럽게 일어나 앉았다. 그러자 미경이 눈을 떴다.

　"미안해. 깜박 잠이 들었네. 침대 위에서 자."

　형섭이 말했다.

　"아뇨, 됐어요. 형섭 오빠나 더 자요. 몹시 피곤했던가봐요. 코까지 골던걸요."

　"코까지 골았어? 미안…… 덕분에 난 푹 잤어. 이제 네가 편히 눈 좀 붙여."

　"괜찮아요. 이렇게 있으면 돼요."

　"고집부리지 말고……"

　형섭이 미경의 손을 잡고 끌었다. 그러자 미경이 못 이기는 체 일어나 침대로 갔다. 그러나 벽에 기댄 채 눕지는 않았다. 형섭은 냉장고에서 물을 꺼내 소리내어 마셨다. 커튼을 열어젖히자 밤바다에 점점이 불빛이 떠 있는 게 보였다. 형섭이 잠시 그렇게 밤바다를 보다가 침대 가에 기대어 쭈그려앉아 있으려니 미경이 팔을 잡아당겼다.

　"거긴 추울 텐데…… 오빠도 여기 와서 자요."

　형섭이 멈칫거리다 미경 옆에 와서 눕자, 그제야 미경도 자리에 누웠다. 그녀의 숨결이 어둠속에서 느껴졌다.

　"참 오래간만이군. 하숙집 창가에 앉아 있으면 멀리서 네가 철길을 따라 천천히 걸어올 것만 같았는데…… 와줘서 고마워."

　한참 있다가 형섭은 그녀를 향해 돌아누우며 말했다. 순간 형섭은 그녀의 뺨이 축축하게 젖어 있는 것을 깨달았다.

"울고 있었어?"

"아뇨, 아무것도 아니에요."

미경이 눈가를 닦으면서 말했다.

"말해봐. 그동안 무슨 일이 있었지?"

형섭은 두 손으로 미경의 어깨를 잡고 얼굴을 똑바로 쳐다보며 말했다.

"실은 나 결혼해요."

미경이 얼굴을 돌리면서 말했다.

형섭은 둔기로 머리를 한대 맞은 느낌이었다. 자기가 잘못 들었거나 그녀가 농담을 하고 있거나 둘 중 하나일 것이었다.

"그래서…… 마지막으로 형섭 오빠 만나러 온 거예요."

형섭은 갑자기 가슴 한쪽이 뻥 뚫려나가는 기분이었다. 결혼이라니…… 그건 정말 생각지 못한 일이었다.

"그랬었군."

형섭은 자리에서 일어나 담배를 피워물었다.

"왜 진작 말해주지 않았니? 상대는 어떤 사람이니?"

이윽고 자신의 감정을 추스른 형섭이 아무렇지도 않다는 듯 말했다.

"아버지랑 같은 학교에 있던 선생이에요. 집에도 자주 놀러 오던 사람이었어요."

"잘됐군, 잘됐어……"

형섭은 고개를 끄덕이며 혼잣말처럼 중얼거렸다.

"오빠가 서울로 간 다음 난 부산으로 내려갔어요. 나도 한번쯤 날개를 퍼득이고 싶었거든요. 하지만 난 혼자 날 자신도, 열정도 없다는 사실을 금세 깨달았어요. 더구나 어머니마저 세상을 떠나고 아버진 혼자의 길을 찾아가고 나니까 참 외로웠어요. 한때는 기다림이 외로움을 견

여내게 해주는 힘이 되었지만…… 하지만 오빠가 보내준 엽서를 읽고 난 마침내 현실을 깨달았어요. 오빠의 가슴속엔 내가 머물 자리가 없다는 걸요. 그러고 나서 내게 더이상 기다림은 없어졌어요."

형섭은 어둠속에서 공허하게 웃었다. 기대고 있던 벽이 갑자기 허물어지는 느낌이었다. 아무리 낯선 곳에서 오랜 방황을 하더라도 미경이만은 늘 그 자리에서 자기를 기다려주고 있을 것 같았는데…… 그녀야말로 형섭에게 마지막으로 남은 고향 같은 존재였는데……

해안도로를 따라 트럭 지나가는 소리가 들렸다. 잠시 어둠을 흔들어놓던 트럭이 지나가자 사방은 더욱 깊은 침묵에 빠졌다.

"축하해. 다 잊어버리고 행복하게 살아. 알았지? 모든 것 잊어버리고……"

이윽고 형섭이 독백이라도 하듯 중얼거렸다.

"흑!"

미경이 베개에 얼굴을 묻고 흐느꼈다.

형섭은 누운 채 어두운 천장을 쳐다보았다. 창문 사이로 흘러들어온 빛이 천장에 긴 띠를 만들고 있었다. 멀리서 희미하게 파도소리가 들려오는 것 같았다.

너에게로 가는 길

미경이 다녀간 후 속절없이 시간이 흘러갔다.

시간의 강은 그 강에 몸을 담고 있는 개체들의 희로애락과는 상관없이 흘러가는지도 모른다. 눈만 뜨면 여전히 세상에는 수많은 사건과 사고들이 일어났고 그것이 지나가고 나면 새로운 일들이 뒤를 이어 신문과 방송을 장식하곤 했다. 여름내 거리에 그늘을 드리웠던 가로수들도 하루아침에 폭격을 맞은 것처럼 낙엽이 되어 떨어지고 있었다. 바람의 방향이 서북풍으로 바뀌면서 아침 저녁으로 쌀쌀한 냉기가 느껴졌다.

철로가 내려다보이는 창밖의 풍경도 많이 달라졌다. 여름내 기세등등하던 키 큰 옥수수도 대만 몇그루 휑하게 남았을 뿐 텅 빈 밭에는 열기 없는 늦가을 햇살이 뒹굴고 있었고, 그 위로 잠자리들만 오르락내리락 한가롭게 날아다니고 있었다. 무더운 바람에 묻혀 뿌옇던 하늘도 잘 닦아놓은 청색 유리창처럼 번쩍거렸다.

그런 어느날, 학교 캠퍼스를 따라 내려오는데 누군가 형섭 곁으로 바싹 다가오는 것이 느껴졌다. 흘낏 보니 긴 머리카락이 옆얼굴의 반을 가리고 있는 몹시 마른 체구의 사내였다. 그는 옆으로 돌아보지도 않고 똑바로 걸어가며 말을 걸어왔다.

"암말 말고 그냥 걸어가면서 내 말을 들으세요."

회색 바바리코트를 입고 있는 사내는 키가 형섭보다 조금 컸다. 그는 앞을 보고 계속 걸어가면서 무척 딱딱하고 사무적인 목소리로 말했다.

"난 유다가 보낸 메신저요."

형섭은 예감은 하고 있었지만 막상 그의 입에서 유다란 이름이 나오자 자기도 모르게 바싹 신경이 곤두서는 것을 느꼈다. 그렇지만 겉으로는 아무런 내색을 하지 않은 채 사내의 말대로 묵묵히 발걸음을 옮겨놓았다. 아직 푸른 잔디가 햇살을 받아 칼날처럼 반짝이고 있었다. 이마에 땀이 배었다.

"유다를 만나고 싶으면, 시월 마지막 금요일 오후 네시 반, 사당역 사번 출구로 나오시오. 잘 기억하시오. 마지막 금요일 네시 반. 사당역. 사번 출구…… 잘 아시겠지만 꽁지를 조심하구. 이상이에요. 거듭 말하지만 조심하시오. 그럼."

사내는 분명한 어조로 딱딱 끊어지듯이 두 번을 되풀이하여 말했다. 그러고 나서 형섭이 뭐라 물어볼 틈도 없이 총총히 사람들 사이로 걸어가버렸다. 일부러 얼굴을 보여주지 않았기 때문에 형섭은 그의 옆모습만 잠깐 보았을 뿐이다. 그가 사라지고 나자 형섭은 드디어 유다의 메시지가 자기에게 전달되었다는 것을 깨달았다.

시월 마지막 금요일 오후 네시 반. 사당역. 사번 출구…… 형섭은 사내가 남기고 간 말을 음미라도 하듯 반복해보았다. 마치 어딘가 먼 곳에서 신기루처럼 날아온 메시지였다.

'시월 마지막 금요일 오후 네시 반. 사당역. 사번 출구.'

신비한 주술적 힘이라도 지닌 것처럼 그 메시지는 형섭의 머릿속에 맴돌고 있었다.

아, 드디어 유다와 운명적으로 해후할 시간이 다가왔다! 얼마나 기다리던 순간이었는가! 어쩌면 그와 함께 연희도 만나게 될지 모른다! 형섭은 갑자기 아득한 시간의 심연 속으로 빠져드는 느낌이었다. 마치 꿈이라도 꾸는 것 같았다. 형섭은 칼날처럼 반짝이는 잔디밭에 시선을 던졌다.

형섭은 집으로 돌아와 달력을 보았다.

시월의 마지막 금요일, 시월 이십구일…… 꼭 일주일이 남아 있었다.

형섭은 초조하게 그날을 기다렸다. 그사이에 또 한차례 가을비가 내렸고, 종로에서는 가두시위가 격렬하게 벌어졌다. 매캐한 최루탄 냄새가 비에 젖은 거리에 내내 연기처럼 떠돌고 있었다. 계엄령이 떨어질지도 모른다는 소문이 끈질기게 들리고 있었다. 세상은 비등점을 향해 점점 숨가쁘게 달려가고 있는 것 같았다.

가을비가 우울하게 사람들의 가슴을 적시고 있었다.

그런 중에도 시간은 시월의 마지막 금요일 오후 네시 반을 향해 쉼없이 흘러가고 있었다. 약속시간이 가까워질수록 형섭은 점점 불안하고 초조한 기분에 빠졌다.

성유다. 김국진. 그는 과연 어떤 사람이며 실체는 무엇일까……

형섭은 자기 방을 오락가락하며 생각에 잠겼다.

그와 만나면 먼저 무슨 말을 할 것이며, 어떤 표정을 지어야 할 것인

가. 그는 과연 대학생 김진성을 살해한 배후조종자일까…… 아니면 당국의 음모에 걸린 불행한 희생자일까. 열심당이니 시카리니 하는 비밀조직들은 정말 실재하는 것일까. 그와 연희는 어떤 관계이며 얼마만큼 가까운 사이일까……

무엇보다 형섭에게는 마지막 질문이 가장 아팠다. 사실 연희만 아니면 유다를 굳이 만날 필요도 없는지 몰랐다. 연희만 아니었으면 그에게 애증을 가질 이유도 없었다.

그러나 그들 사이에 연희가 있었다. 그리고 애림이 있었다. 그들 두 사람으로 인해 형섭과 유다 사이에는 이미 보이지 않는 관계가 생겨버린 것이었다. 그리고 그녀들로 인해 아직 한번도 보지 않았지만 서로를 끌어당기는 어떤 강력한 자장 속으로 들어가버린 것 같았다.

만일 그들이 서로 사랑하는 사이라면……

그러나 다음 순간 형섭은 고개를 저었다. 그럴 리가 없어. 만나서 확인하지 않고는 믿고 싶지가 않았다.

연희야……

형섭은 속으로 가만히 그녀의 이름을 불러보았다. 이제는 너무나 많은 세월에 아무런 향기조차 없이 말라버린 이름이었다. 그러나 아직도 그 이름은 형섭의 가슴에 깊은 한숨처럼 남아 있었다. 그 이름 속에는 인생의 어떤 불가사의한 수수께끼나 슬픔 같은 것이 내장되어 있는 듯했다.

이제 다시 그 옛날 다정했던 시절로 돌아갈 수 있을까?

형섭은 비좁은 방을 천천히 우리에 갇힌 짐승처럼 맴돌며 생각했다.

타임머신이라면……?

혹은 신이라면……?

돌이킬 수 없는 시간의 비정함 앞에 형섭은 스스로 절망을 느꼈다. 그 누구도, 그 어떤 권력자도 결코 돌아갈 수 없는 것이 바로 과거의 시간일 것이다. 그것은 신의 영역에 속하는 것이었다. 죽은 연인을 찾아 지옥으로 들어간 오르페가 돌아본 순간 뒤에는 아무것도 남아 있지 않은 것처럼 인간은 결코 시간을 거슬러올라갈 수 없는 것이다. 그러니까 과거의 시간 속에 존재했던 연희는 더이상 만날 수가 없을 것이다.

그동안 얼마나 변했을까. 어떻게 변했을까. 이제 다시 만난다면 마치 아무 일도 없었던 것처럼 다정하게 웃고 이야기하고 사랑할 수 있을까.

드디어 시월의 마지막 금요일이 되었다.

형섭은 아침부터 마치 출소를 앞둔 죄수처럼 마음의 갈피를 잡지 못하고 어슬렁거렸다. 이 옷 저 옷 몇벌 되지도 않는 옷을 꺼내 입어보기도 하고, 멍하니 창가에 앉아 철길로 지나가는 열차 수를 세어보기도 하고, 건성으로 책을 들여다보기도 하며 오전을 다 보내었다. 점심을 먹고 나서는 아래층 식당으로 내려가 하숙집에 배달되어온 신문을 읽었다. 이스라엘군들이 팔레스타인 난민촌에 무차별 폭격을 퍼부었고, 그 보복으로 팔레스타인 청년 한명이 폭탄을 가득 실은 트럭을 몰고 이스라엘 사람들이 탄 버스를 향해 돌진하여 십수명이 죽거나 다쳤다는 기사가 실려 있었다. 식당 한구석에는 귀머거리 은지 엄마가 뜨개질을 하고 있었는데, 그녀는 평소와 달리 식당에 죽치고 앉아 신문을 읽고 있는 형섭을 이상한 눈으로 한번씩 힐끔거렸다. 은지가 유치원에서 돌아오려면 아직 이른 시간이었다. 피아노 교습을 하는 이웃 이층집에서 피아노 소리가 들려왔고, 골목을 지나는 채소장수의 마이크 소리가 게으르게 울려퍼지고 있었다. 유리문으로 가을햇살이 환하게 쏟아져들어와 식당 마룻바닥에 길게 누워 있었다.

마침내 시침이 세시를 가리키자 형섭은 보던 신문을 접어두고 자리에서 일어났다. 그리고 이층 자기 방으로 올라와 점퍼를 걸치고 목도리를 한 다음 다시 계단을 밟고 내려왔다.

바람은 없었지만 약간 쌀쌀한 늦가을 날씨였다.

사당역 사번 출구에 도착한 시간은 오후 네시 십분 전이었다.

형섭은 사번 출구의 입구 쪽 계단이 보이는 약국 옆 우체통 앞에 서 있었다. 누군가가 자기를 발견하고 다가오거나 아니면 그곳에서 두리번거리며 누군가를 찾고 있다면 자기 쪽에서 먼저 다가갈 수 있기 위해서였다. 형섭은 마치 접선을 기다리는 스파이나 지명수배자를 쫓고 있는 형사라도 된 기분이었다. 전철이 도착할 때마다 한 무더기의 사람들이 쏟아져나왔다가 좀 뜸해지길 반복하였다. 아직 퇴근시간이 아니라서 그렇게 복잡하지는 않았지만 환승역이라 그런지 사람들의 발길이 제법 잦았다. 아마 오후 네시 반의 시간을 택한 것도 어떤 치밀한 계산법에 따랐을 것이다. 시월의 마지막 금요일 오후 네시 반은 조금씩 해거름이 지는 시각이었다.

네시 반, 낮과 밤의 교차점. 이제 조금 지나면 낮의 밝은 빛은 차츰 날개를 접고 대신 어둠의 장막이 드리워질 것이다. 그러면 어둠속에서 잠든 혼들이 기지개를 켜고 일어날 것이다.

시침이 네시를 넘기고 분침이 이십분을 지나 삼십분에 가까워졌을 무렵이었다. 누군가 형섭의 뒤로 그림자처럼 다가오는 게 느껴졌다. 전철역 계단 입구 쪽에만 온통 신경을 모으고 있던 형섭은 순간, 깜짝 놀라서 돌아보았다.

"장형섭씨?"

작은 키에 어깨가 벌어지고 눈썹이 유난히 시커먼 삼십대 후반의 사내였다.

"그렇소만……."

"조용히 날 따라오시오."

사내는 악수는커녕 인사도 없이 그렇게 말한 다음 다짜고짜 형섭을 끌고 복잡한 골목 안으로 앞장서서 걸어들어갔다. 아주 빠른 걸음이었다. 형섭은 허겁지겁 그의 뒤를 따라갔다. 비좁은 골목을 헤치고 들어가자 시장이 나타났다. 사내는 여전히 저만큼 앞서서 빠르게 걸어갔다. 형섭은 사내를 놓칠세라 거의 뛰다시피 쫓아갔다. 시장이 끝나는 지점에서 다시 가파른 돌계단이 이어졌다. 사내는 비로소 걸음의 속도를 조금 늦추고 뒤를 돌아보았다.

"사실은 아까 전철역에서 당신이 도착하는 순간부터 죽 지켜보고 있었소."

사내의 말에 형섭은 뒤통수를 한대 맞은 느낌이었다. 자기 딴에는 약게 계산을 한다고 했는데 뛰는 놈 위에 나는 놈이 있다더니 그 꼴이었다.

"혹시 꽁지를 달고 오지나 않았나 하는 염려 때문이었소."

"꽁지라뇨?"

형섭은 자신을 믿지 못하는 듯한 사내의 말에 약간 기분이 상한 표정으로 물었다.

"그렇다는 뜻이오. 워낙 위험하고 수상한 세상이라…… 이런 땐 서로 조심하는 게 상책이오."

그러고 나서 사내는 몸을 돌려 빠르게 계단을 올라가기 시작했다.

"잠깐만!"

형섭은 돌아서서 가는 그를 향해 짧고 급한 목소리로 불렀다. 사내는 걸음을 멈추고 무슨 일인가 하는 표정으로 돌아보았다.

"어디로 가는지 알 수 없겠소?"

형섭은 한편 불안하기도 하고 한편 불만에 찬 목소리로 물었다. 자신이 꼭 무언가에 홀려서 어디론가 끌려가는 기분이 들었기 때문이다.

"흥."

형섭의 질문에 사내는 가볍게 코방귀를 뀌었다.

"유다를 만나고 싶지 않으면 지금이라도 돌아가도 좋소. 그렇지 않다면 아무 말도 말고 조용히 따라오기나 하시오."

그러고는 다시 몸을 돌려 가파른 계단을 향해 날렵한 자세로 걸음을 옮기기 시작했다. 형섭은 사내의 오만한 태도에 다소 기분이 상했지만, 쫓기고 있는 유다의 처지를 생각하면 그럴 수도 있겠거니 하고 더이상 묻지 않고 사내의 뒤를 따라 자기 역시 빠르게 계단을 올라갔다. 계단 오른쪽으로 판잣집들이 지붕을 맞대고 다닥다닥 붙어 있었고, 다른 한쪽에는 철조망을 쳐놓은 야산이 보였다.

이윽고 계단이 끝나자 벌건 황토가 드러난 넓은 개활지가 나타났다. 서울에도 이런 데가 있었나 싶을 정도였다. 개활지의 한쪽으로는 잎이 거의 다 진 오리나무와 떡갈나무 숲이 보였고, 그 뒤로 사당동과 봉천동의 산비탈을 따라 게딱지처럼 늘어서 있는 집들이 보였다. 벌건 황토와 더러운 웅덩이, 그리고 누렇게 변해버린 풀들이 마구 자라 있는 길을 따라 사내는 계속 걸어갔다. 이상할 정도로 적막한 풀숲에선 벌레소리만 시끄럽게 울려나왔다. 탁 트인 언덕 위에는 반쯤 잘라먹힌 낮달이 낙엽처럼 떠 있었다.

"이제 조금만 더 가면 돼요."

사내는 아까 퉁명스럽게 대답한 게 약간 걸렸던지 이번에는 다소 누그러진 목소리로 말했다.

"아시다시피 지금 유다를 찾기 위해 당국에선 혈안이 되어 있어요. 그래서 당분간 누구와도 만나지 않는 중이오. 이곳은 나까지 포함해 우리 열심당 핵심간부 몇사람 외에는 아무에게도 알려지지 않은 곳이오."

"그럼 그곳에 혹시 정연희라는 여자도 있나요?"

형섭은 기회를 놓치지 않고 물었다.

"정연희?"

사내는 걸음을 멈추고 돌아서서 눈을 치뜨며 반문했다. 형섭은 비로소 사내의 오른쪽 눈 하나가 의안이라는 것을 알았다. 형섭의 시선을 의식했는지 사내는 얼굴을 돌리면서 곧 퉁명스럽게 말했다.

"그런 여자는 없소."

그러고는 더이상 묻지 말라는 듯이 다시 빠르게 걸어갔다. 작은 키에 딱벌어진 어깨 때문에 뒷모습이 마치 난쟁이처럼 보이는 그는 어떤 사명감에 사로잡혀 있거나 책임감이 강한 사람들에게서 흔히 보이는 것처럼 여간 까다로운 성격이 아닌 듯했다. 그는 자신이 할 말이 있을 때는 다소 느긋해졌지만 남이 질문을 하거나 기분이 나쁠 때는 노골적으로 적대감을 드러내곤 하였다.

아무튼 연희가 그곳에 없다는 말에 형섭은 적지 않게 실망을 하였다.

연희를 만나면 어떤 말을 할까, 어떤 표정을 지을까, 얼마나 많이 상상하고 지우곤 하였던가. 사실 어젯밤에도 잠 한숨 제대로 자지 못하고 거의 뜬눈으로 보내다시피 하였다. 그런데 그곳에 연희가 없다면 오늘 연희를 만나는 것은 불가능하다는 뜻이 아닌가.

형섭은 맥이 좀 빠지는 느낌이었다.

그런 형섭의 마음을 아는지 모르는지 사내는 더이상 아무 말도 하지 않고 개활지를 지나 다시 낡은 집들이 띄엄띄엄 서 있는 비탈길을 향해 걸어갔다. 날은 차츰 기울어져 땅거미가 밀려오고 있었다. 시계를 보니 다섯시 십분을 조금 지나가고 있었다. 사내를 만난 지 사십여분이 지나간 셈이었다.

"아까 당신은 내게 정연희란 여자가 있느냐고 물었지만 사실 나는 당신에게 아무것도 말해줄 수가 없소. 또한 나는 당신이 왜 유다를 만나러 가는지, 그리고 유다가 왜 당신을 만나려고 하는지 전혀 아는 바가 없소. 나는 충실하게 내 직분을 수행할 뿐이오. 누구에게나 자신의 직분이란 게 있는 법 아니겠소?"

"당신도 시카리 중의 하나요?"

형섭은 사내의 정체를 알고 싶어 재빨리 호기심이 가득 담긴 어투로 물었다.

"시카리?"

형섭의 말에 사내는 냉소를 쳤다.

"그런 것은 없소. 당국에서 조작해낸 것일 뿐이오."

사내는 짧고 분명하게 부정하였다. 그러나 성급한 그의 부정이 오히려 형섭의 의구심을 더해주었다. 그는 다시 입을 다물고 걷다가 언덕 아래 한쪽을 가리키며 말했다.

"이제 다 왔소. 저기 보이는 낡은 건물이오."

형섭은 사내가 가리키는 쪽을 보았다. 비탈진 언덕 아래에 흰색 건물과 거기에 부속된 작은 집 하나가 눈에 들어왔다.

"예전에 예배당으로 쓰이던 건물인데 언제부턴가 비어 있는 곳이오. 큰 건물이 예배당이고, 그 옆에 붙어 있는 작은 건물이 목사관이었소. 지금은 유다가 머물고 있지만……"

사내는 비탈길을 내려가며 무슨 까닭인지 친절하게 설명해주었다.

잡초가 우거진 비탈길을 따라 가까이 내려가자 형섭은 다시 한번 찬찬히 예배당 건물을 살펴보았다. 예배당은 그리 크지 않은 흰색의 시멘트 건물이었는데 오래되고 낡은 표시처럼 곳곳에 금이 가거나 빗물이 흘러내리면서 만들어놓은 검은 자국이 나 있었다. 길고 좁은 창문이 여러 개 달린 벽면은 말라비틀어진 담쟁이 이파리가 반쯤 덮고 있었다.

예배당 건물 입구 현관 쪽으로 가는 길에는 조그만 마당이 있었는데 마당 한 귀퉁이에는 발치에 노란 은행잎을 수북이 깔고 있는 은행나무 한그루가 서 있었고, 돌을 쌓아 만들어놓은 화단에는 해바라기, 백일홍 등 일년생 화초들이 시든 채 박제처럼 서 있었다. 마당 역시 근래에 돌보는 사람이 거의 없었다는 표시처럼 잡초가 마구 자라나 있었다.

사내는 형섭을 예배당 건물 현관 쪽으로 안내하였다.

형섭은 불안하고 초조한 기분을 억누르며 사내의 뒤를 따라 들어갔다. 안으로 들어가자 텅 빈 건물 특유의 냉기가 느껴졌다. 그래도 예배당 안은 생각보다는 깨끗하고 정리가 잘되어 있었다. 의자들이 줄지어 놓여 있는 단상 뒤에는 나무로 만든 십자가가 달려 있었고, 설교대 양옆에는 드라이플라워가 깔끔하게 놓여 있었다.

사내는 그곳에 붙어 있는 작은 방으로 형섭을 데리고 갔다.

"여기는 예전에 교회 사무실로 쓰이던 곳이오."

사내는 사무실에 놓인 소파를 가리키며 말했다.

"이제 곧 유다가 올 테니까 그때까지 좀 쉬도록 하시오."

그렇게 말한 다음 사내는 문을 닫고 발걸음 소리를 내며 가버렸다. 혼자 남은 형섭은 불안한 마음으로 천천히 방을 살펴보았다. 작은 나무 책상이 놓인 방의 한쪽 벽에는 책이 빽빽이 꽂힌 커다란 책장과 달이 훌쩍 지나버린 달력이 걸려 있었고, 다른 한쪽 벽에는 철제 캐비닛과 주보 등이 담긴 작은 나무상자가 붙어 있었으며, 나머지 한쪽 벽에는 아까 지나온 마당이 내다보이는 작은 창문이 달려 있었다. 주보 한장을 집어보았다. 예수가 양떼를 몰고 가는 평범한 그림이 인쇄된 주보 맨 밑에 '은강교회'라는 글자가 박혀 있었다. 그러니까 이곳이 예전에 은강교회가 있던 자리라는 뜻이었다.

형섭은 일어나 창문께로 가서 밖을 내다보았다. 어둠이 내리는 마당은 비록 손질이 되어 있지는 않았지만 오래된 성처럼 적요한 아름다움에 젖어 있었다.

오래지 않아 누군가 복도로 걸어오는 소리가 들렸다. 형섭은 귀를 세우고 발걸음 소리를 들었다. 발소리는 점점 가까이 다가왔다. 빠르지도 느리지도 않은 걸음걸이였다.

이윽고 발소리가 방문 앞에서 멎었다. 문이 열렸다.

곧이어 조금 탁하고 끝이 갈라졌지만 무언가 강한 악센트가 느껴지는 목소리가 들렸다.

"장형섭씨, 먼 곳에 오시느라 수고가 많았습니다."

그제야 형섭은 침을 한번 꿀꺽 삼키고 천천히 뒤를 돌아보았다. 마르고 키가 껑충한 사내가 막 방 안으로 들어서는 중이었다. 곱슬머리에 둥근 뿔테안경, 곧게 뻗은 콧날과 차가운 미소를 머금은 얇은 입술, 사제복처럼 목까지 단추가 달린 까만 윗옷…… 바로 사진 속에서 본 적이 있는 그 유다였다. 다만 아래턱 부분에 손가락 한마디 정도의 수염을 기르고 있는 점이 달랐다. 수염은 그의 인상과 퍽 잘 어울려 보였다.

형섭은 조금 전까지만 해도 불안하고 초조하던 기분이 막상 그를 코앞에 마주하게 되자 이상할 정도로 가라앉는 것을 느꼈다. 마치 유다란 사내를 오래 전부터 알고 있던 것처럼 착각이 들 정도였다.

"성유다? 아니, 김국진씨?"

형섭은 그의 눈을 똑바로 쳐다보며 확인이라도 하듯 조심스럽게 말했다.

"그렇습니다. 내가 김국진, 성유다요. 어떻게 부르든 상관없습니다."

그는 의미를 알 수 없는 미소를 지으며 말했다. 그러고는 형섭 쪽으로 성큼성큼 다가와 악수를 청했다. 바깥에서 금방 들어와 그런지 손가락이 길고 섬세한 손은 차가웠다.

"이렇게 와주어서 고맙습니다. 언젠가는 한번 만나게 될 것이라 생각했지만⋯⋯"

그는 형섭의 손을 잡고 정중하지만 약간 딱딱한 어조로 말했다.

"나 역시 기다리고 있었어요."

형섭 역시 가라앉은 목소리로 말했다.

"자, 앉읍시다. 편안하게⋯⋯ 여러가지 할 이야기들이 많은 것 같으니까."

유다가 먼저 소파에 앉으면서 말했다. 형섭은 그의 맞은편, 창문이 있는 쪽에 앉았다. 그때 아까 형섭을 여기까지 안내해주었던 사내가 소반에 차를 담아서 왔다. 커다란 컵에서 커피향과 함께 김이 올라왔다. 사내가 나가고 나자 유다가 입을 열었다.

"처음 만난 사이긴 하지만 나는 당신에 대해 이미 많은 것을 알고 있어요. 당신이 어떻게 살아왔는지, 또 무엇을 찾고 있는지 말이오. 언젠가 당신의 멍에를 내 손으로 벗겨주고 싶었소."

그는 무겁고 우울한 목소리로 말하고 나서 형섭을 쳐다보았다.

"정연회⋯⋯?"

형섭은 그의 눈을 똑바로 쳐다보며 물었다.

"그렇소. 당신이 찾고 있는 것이 바로 정연희라는 사람 아닌가요?"

유다는 형섭의 눈길을 피하며 짧게 한숨을 쉬면서 말했다.

"나는 당신과 연희가 서로 사랑하던 사이라는 것을 잘 알고 있어요. 그녀가 자기 입으로 말해주었으니까. 아직 그녀의 가슴 한쪽에 당신의 존재를 지우지 못하고 있다는 것도, 그리고 당신이 그녀로 인해 나에게 일종의 적개심을 가지고 있다는 사실도 잘 알고 있소. 당신뿐만 아니라 연희 어머니, 그리고 아버지, 아니 세상이 모두 내게 적개심을 품고 있다는 것도…… 하지만 나는 그 어떤 것에도 개의치 않을 생각이오. 나의 사랑은 당신과 차원이 다르며 나와 그녀는 이미 같은 길을 걸어가기로 약속한 사이이기 때문이오."

"같은 길?"

형섭은 그의 말끝을 잡아채듯 말했다.

"그렇습니다. 그녀와 나는 같은 사명을 가지고 살아가는 사람이 되었다는 뜻이지요."

형섭의 과민한 반응에도 불구하고 유다는 침착하게 말했다.

유다의 말이 끝나자 형섭은 감정을 억누른 채 천천히 말문을 열었다.

"나는 당신이 말하는 사명이 무엇인지도 모르고 또 알고 싶지도 않소. 다만 한가지, 연희가 진심으로 당신을 사랑하고 있는지, 그리고 본인의 뜻에 따라 당신을 추종하고 있는지, 직접 확인하고 싶을 뿐입니다."

형섭은 유다의 눈을 똑바로 쳐다보며 말했다. 유다는 턱수염을 문지르며 가볍게 고개를 끄덕이고 나서 말했다.

"좋아요. 그런데 그 질문에 대답하기 전에 먼저 당신부터 내 질문에 대답을 해주어야겠소. 그런 당신은 무엇 때문에 그녀를 찾고 있습니까? 아직도 그녀를 사랑하기 때문인가요?"

그의 예기치 않은 질문에 형섭은 약간 곤혹스런 표정을 지었다. 사실 그 질문은 이미 스스로에게도 수없이 해보았지만 아직까지 만족할 만한 대답을 얻지 못한 것이었다. 어떠한 대답도 모두 자가당착에 이르고 말 것 같았기 때문이다.

"당신이 아직도 연희를 사랑하고 있다면 그것은 참으로 불행한 일이오. 우리 셋 다에게 말이오."

형섭이 대답을 주저하고 있자 유다가 대신 말했다. 그러고는 무겁고 어두운 표정으로 조용히 차를 마셨다. 그러자 형섭이 천천히 입을 열었다.

"나는 당신이 연희를 진정으로 사랑한다면, 그리고 연희가 당신을 사랑한다면 두 사람 사이에 끼여들고 싶은 생각은 추호도 없어요. 아니, 오히려 그 반대일 거요. 나는 기꺼이 두 사람을 축복하고 미련없이 떠날 겁니다. 하지만 만에 하나 그녀가 당신의 교묘한 교설에 빠져 불행한 상태에 놓여 있다면…… 나는 결코 당신을 용서하지 않을 거요. 그리고 그녀를 절대 포기하지도 않을 거요."

자기도 모르게 형섭의 목소리가 조금 높아졌다.

유다는 고개를 끄덕였다. 반쯤 그늘이 진 그는 턱밑의 수염 때문인지 나이가 들어 보였는데 가까이에서 보니 무척 섬세한 눈빛을 하고 있었다. 그 눈빛은 명멸하는 불빛처럼 쉴새없이 떨려서 그를 무척 신비로워 보이게 했다.

"나는 그녀가 결코 검은 사제의 신부가 되거나 살인자의 짝이 되는 것을 가만히 지켜보지는 않을 거란 말이오."

형섭이 유다의 눈을 쏘아보며 못이라도 박듯 말했다.

"살인자?"

유다가 형섭을 쳐다보며 반문했다. 지금까지와는 너무나 다른 섬뜩한 눈빛 때문에 형섭은 순간 움찔했지만 곧 마음을 강하게 먹고 차가운 표정을 지으며 분명하게 말했다. 자기도 모르게 목소리가 떨렸다.

"그래요. 나는 솔직히 말해 당신이 어떤 사람인지 아무것도 모르고 있습니다. 당신이 이끌고 있는 열심당의 정체에 대해서도 말이오. 그리고 또 나는…… 당신이 당국으로부터 쫓기고 있는 그 사건과 어떤 연관이 있는지 궁금증을 가지고 있어요. 대학생 김진성의 죽음에 대해 말입니다."

형섭의 말에 유다의 표정이 지금까지와 달리 심하게 이지러졌다. 그는 고통스러운 표정으로 고개를 숙인 채 한참 있더니 이윽고 소파에서 일어나 방의 한쪽을 왔다갔다하며 천천히 입을 열었다.

"먼저 김진성에 대해 말하자면 매우 유감스러운 일이긴 하지만 그는 분명히 프락치였소. 지금 보여줄 순 없지만 결정적인 증거도 있소. 그가 극도로 가난한 학생이란 점을 이용하여 당국에서는 졸업과 동시에 모든 것을 보장해주겠다고 회유하였고, 심지어는 유학을 보내주겠다는 약속도 했소. 그는 학원 내 반정부단체의 활동은 물론이고 사회단체의 주요업무에 대해서도 일일이 정보당국에 보고를 했소. 덕분에 우리 뿐만 아니라 많은 조직들이 혼란에 빠졌고, 위험에 처해졌소."

날이 완전히 어두워졌는지 방안이 어두컴컴하였다. 아까 형섭을 안내해준 사내가 다시 촛불램프를 가지고 와 책상에 두고 갔다. 바람이 부는지 창문이 조금 덜컹거렸다.

형섭은 유다의 다음 말을 조금 긴장된 표정으로 기다렸다.

"그런데 그들은 이 가난하고 허영심 많은 친구를 이용해서 정말 비열

하고 무서운 음모를 꾸민 것이었소.”

촛불이 일렁이자 그의 그림자가 마치 검은 커튼처럼 펄렁였다.

“정말 그것은 무섭고 끔찍한 일이었소. 그들은 이제 정체가 드러나 쓸모가 없다고 판단된 그를 유인해 살해한 다음 보름날 저수지에다 갖다버렸소. 그리고 그 혐의를 몽땅 우리들에게 뒤집어씌우려 했던 것이오.”

“왜 그런 짓을……?”

“운동권의 반도덕성을 부각시켜 우리를 포함해 모든 저항세력을 일거에 괴멸시키려는 음모였소.”

“당신은 모든 것을 어떻게 그리 확신하듯 소상히 알고 있습니까?”

형섭은 여전히 의문에 싸인 표정으로 말했다. 그러자 방을 거닐던 유다가 걸음을 멈추고 형섭의 눈을 뚫어져라 쳐다보면서 말했다.

“그는 우리 열심당의 조직원이었고, 나의 직속 비서였어요.”

“아!”

형섭은 자기도 모르게 탄성을 질렀다.

“그는 정말 불행한 희생자였어요. 비록 그가 프락치 활동을 하긴 했지만 나는 그를 이미 용서하고 있었습니다. 대신 위험한 일에서는 그를 제외시켰지요. 그는 내가 자신의 활동을 알면서도 덮어준 것에 대해 고마워하는 한편 죄책감에 시달렸소. 그즈음에 바로 그런 끔찍한 사건이 벌어졌던 거요.”

“……완벽하군요.”

유다의 말 끝에 형섭이 고개를 가볍게 가로저으며 말했다.

“정말 완벽하게 짜여진 시나리오군요.”

“아직 당신은 내 말을 믿지 않는군요.”

유다는 다시 소파로 와서 앉으며 음울한 시선으로 형섭을 보며 말했다.

"내 말을 믿든 믿지 않든 그건 당신의 자유요. 하지만 나는 적어도 이 사건에 관한 한 신 앞에 결백을 맹세할 수 있소. 비록 그가 프락치 활동을 했다곤 하지만 내가 일개 가난뱅이 철없는 복학생이나 죽이는 그런 비열한 사람일 것 같습니까?"

그는 천천히 고개를 저으며 말을 이었다.

"나는 당신이 생각하는 그런 종류의 인간이 아니오. 내가 왜 당신에게 변명하듯 구차한 설명을 하고 있는지 알 수가 없군요."

그러고 나서 그는 고통에 찬 표정을 지으며 엄숙한 목소리로 마치 연설이라도 하듯 말했다.

"지금 이 세상은 공룡들이 어슬렁거리는 때나 다를 바가 없소. 당신은 이성도 영혼도 없이 덩치만 클 뿐인 공룡들이 거닐고 있는 세상을 상상해본 적이 있습니까? 육식공룡이 억센 이빨로 작은 초식공룡들을 뜯어먹는 세상, 아직 인간이 살고 있지 않던 그런 세상 말이오. 타임머신을 타고 그곳에 혼자 떨어져 있다고 생각해보세요. 얼마나 끔찍한 일이겠소? 그런 공룡들의 시간이 지난 후 비로소 인간이 이 지상에 살기 시작했소. 이 별 위에 인간이 살기 시작했다는 것은 참으로 놀라운 일이었소. 만일 인간이란 존재가 살게 되지 않았다면 이 지구는 우주의 돌연변이에 지나지 않았을 거요. 인간이 살게 됨으로써 지구는 비로소 영혼을 가진 별이 되었소. 그와 함께 모든 생물들은 이름을 얻게 되고, 비로소 다른 생물 또한 영혼을 가지게 된 것이오. 말하자면 이 지상에 비로소 하느님이 머물게 된 것이오. 인간이 있고부터 이 지상에 비로소 영혼이 생겨나게 된 것이란 뜻이오. 이 우주에는 수많은 별들이 있고, 어딘가에 물과 산소가 있어 생물이 살고 있을지 모르지만 영혼을 가진 별은 아마 이 지구밖에는 없을 거요."

촛불 때문에 반쯤 그늘이 진 유다는 마치 핏기 하나 없는 하얀 석고
상처럼 보였다. 그러나 형섭을 바라보는 그의 눈만은 어둠속에서 더욱
매섭게 반짝였다.

"인간이 살기 시작하고부터 이 지상의 모든 시간 역시 신의 섭리가
행해지는 시간이 되었소. 말하자면 역사적인 시간이 시작되었던 것이
오. 그 이전의 시간은 다만 물리학적인 빛의 흐름에 지나지 않았소. 인
간이 탄생하기 전 수억, 수십억 년의 시간은 그게 비록 상상을 초월할
정도로 긴 시간이라 하더라도 하등 중요한 것이 아니오. 찰나나 순간이
나 다를 바가 없는 시간이란 뜻이오. 인간이 살지 않고, 따라서 신이 살
지 않았던 시간이란 그것이 아무리 길었다 하더라도 죽은 시간에 불과
했던 것이오."

그는 조용하고 탁한 목소리로 말했다. 형섭은 그의 말이 끝나기를 기
다리며 이미 식어버린 커피를 한모금 마셨다.

"그러나 이 세상은 언제부턴가 다시 공룡들이 어슬렁거리는 시간으로
되돌아가버렸소. 도처에 신의 죽음을 부추기는 악령들, 말하자면 무신
론자들과 허무주의자들이 우글거리며 육식공룡처럼 으르렁거리는 세상
말이오."

유다의 얼굴이 백지장처럼 변했다. 양초 타는 냄새가 짙게 났다.

"인간의 역사는 신성(神性)에서 출발하여 마침내 신성을 되찾는 것
으로 완성되는 것이오. 가이사의 것은 가이사에게, 하느님 것은 하느님
께라는 말은 틀린 말이오. 바로 그 이분법 때문에 인간의 역사는 마침
내 신을 저버리게 된 것이오. 모든 것은 신 안에 있으며, 따라서 신을
저버린 채 인간의 욕망이 이루어놓은 문명은 죄악의 상징물들일 뿐이

오. 국가니 제도니 하는 모든 지배적인 권력도 마찬가지요. 이들은 물신을 숭배하고, 가진 자를 옹호하며 지구의 한쪽에서 대량으로 굶어죽어갈 때에도 한쪽에서 전쟁을 꾸미는 자들이오. 어둠속에서 개와 경찰을 기르고, 군대를 훈련시키는 자들이오."

"그게 당신들 열심당에서 말하는 사명이오?"

오랜 침묵 끝에 형섭이 무겁게 입을 열었다.

유다는 두 손을 깍지낀 채 잠시 깊은 생각에 잠겨 앉아 있었다. 곱슬머리가 몇가닥 흘러내린 창백한 이마에 희미하게 주름살이 잡혀 있었다.

조금 있다가 유다가 천천히 입을 열었다.

"역사는 분노한 자들에 의해 움직여왔소. 로마의 폭압에 맞서 노예의 난을 일으켰던 스파르타쿠스도, 짜르의 기름 짜는 수탈에 저항하여 떨치고 일어났던 러시아의 농부 스뗀까 라진도, 봉건적 질곡과 외세의 침략에 짓눌린 조선민중을 일깨워 갑오전쟁을 일으켰던 녹두장군 전봉준도, 고도성장의 그늘에서 신음하던 청계피복의 어린 여공들 대신에 자기 몸에 불을 댕겨 산화해간 전태일도, 유신의 철권통치에 반대해 할복한 김상진도, 맑스도 체 게바라도 모두 분노한 사람들이었소. 분노야말로 역사를 움직이는 에너지며 원동력이었소. 분노한 인간이야말로 진정한 자유인이며 그들이야말로 사랑을 이야기할 자격이 있는 사람들인지 모릅니다. 불의한 고통 속에서 분노하지 않는 자는 노예와 다를 바가 무엇이겠소. 나의 신은 분노의 신이며, 복수의 신이오. 나의 사명은 바로 이 신의 뜻을 대신해 역사 속에서 신성을 회복하는 것입니다."

"그럴듯하군요. 하지만 당신의 분노는 당신의 작은 복수심에서 출발한 것일 뿐이오. 만일 당신 말대로 신이 있다 해도 신은 당신같이 어둠에 속했던 자를 택하지는 않았을 겁니다. 나는 당신의 어두웠던 과거에 대해 사실은 잘 알고 있어요."

"나의 과거?"

유다가 눈을 반짝이며 물었다. 형섭은 고개를 끄덕였다.

"그렇소. 당신은 윤애림이란 여자까지 끌어들여 자신의 목적을 위해 이용했어요. 안 그런가요?"

"윤애림?"

애림의 이름이 나오자 유다는 마치 아픈 부위를 찔린 것처럼 갑자기 말이 없어졌다. 그는 자리에서 벌떡 일어나 아무 말 없이 아까처럼 뒷 짐을 지고 고개를 숙인 채 한참 동안 서성거렸다. 그러다가 이윽고 발 걸음을 멈추고 형섭을 돌아보며 말했다.

"그녀의 일은 나도 무척 가슴 아프게 생각하오. 그러나 누구나 자신 이 지고 가야 할 짐이란 것이 있는 법이오. 그 짐은 아무도 대신 져줄 수가 없는 것이오."

"그녀가 당신을 얼마나 사랑했는지…… 당신은 알고 있었소?"

형섭의 말에 유다는 미간을 찌푸린 채 다시 방안을 오락가락하기 시 작했다. 발걸음을 옮기는 데 따라 벽에 걸린 그의 그림자가 커졌다 작 아졌다 했다. 바람이 부는지 밖에서 무언가 떨어지는 소리가 들렸다.

"알고 있어요. 부정하진 않겠소. 그러나 나 역시…… 한때 그녀를 사 랑했었소. 그런데 그때 내 앞에 연희가 나타났어요. 그녀가 내 앞에 나 타난 순간, 지금도 선명하게 기억하지만, 나는 마치 무슨 운명적인 예 감 같은 것에 사로잡혀 몸이, 아니 영혼까지 떨릴 지경이었어요."

그는 걸음을 멈추고 형섭을 쏘아보며 말했다.

"정말 영혼이 떨리는 것 같았소."

그의 눈빛이 불꽃처럼 타올랐다. 촛불에 비친 그의 얼굴은 흥분 때문인지 조금 달아올라 있었다.

"이제 당신에게 솔직하게 말해야 될 시점이 된 것 같군요."

유다는 다시 부드러운 목소리로 돌아와서 말했다. 그는 천천히 걸어와서 소파에 앉았다. 무거운 침묵이 방안 공기를 납덩이처럼 누르고 있었다.

형섭은 그가 입을 열 때까지 잠자코 기다렸다.

"나는 당신이 연희를 사랑한다는 것을 잘 알고 있어요. 그녀 때문에 당신이 이곳까지 왔다는 것도……"

이윽고 유다가 무겁게 입을 열었다.

"내가 그녀를 가까이하는 동안에도 당신의 그림자는 언제나 그녀의 뒤에 어른거리고 있었소. 그래서 언젠가 우리는 필연적으로 만날 수밖에 없으리라는 예감을 가지고 있었습니다. 필연적으로…… 당신을 한 번도 보지 못했지만 마치 원수 사이거나 아니면 오랜 친구처럼 느끼고 있었어요. 당신 역시 마찬가지였을 거요."

촛불이 이글거리는 그의 눈 속에서 불꽃처럼 타올랐다.

"어려운 부탁인 줄은 알지만 이제 정연희라는 여자를 잊어주시오."

그는 침통한 어조로 마치 결론이라도 짓듯 짧고 분명하게 말했다.

"이것이 나의 처음이자 마지막 부탁이오."

유다는 마치 간청이라도 하듯, 또 한편으로는 명령이라도 하듯 엄숙한 목소리로 말했다. 그러자 형섭은 천천히, 그 역시 단호한 표정으로 고개를 저으며 말했다.

"부탁해야 할 사람은 나요. 어쩌면 당신과 나, 그리고 연희를 위한 길일지도 몰라요. 부디 연희를 만나게 해주시오."

"……그녀를 만나는 순간, 당신은 후회하게 될 거요."

형섭의 말이 끝나자 유다는 어두운 표정으로 말했다.

"후회해도 어쩔 수 없소. 결코 당신을 원망하지는 않을 거요."

형섭은 결연한 어조로 말했다.

유다는 눈을 감고 한동안 깊은 생각에 잠긴 듯 앉아 있었다. 그러고는 다시 천천히 눈을 뜨면서 말했다.

"좋소. 당신의 뜻이 그렇다면 연희를 만나게 해주겠소. 그러나 이것이 마지막이오. 두번 다시 나나 연희 앞에 나타나지 말아주시오. 약속해줄 수 있겠소?"

형섭은 잠시 생각하다가 고개를 끄덕였다. 유다는 길게 한숨을 쉰 다음 형섭을 향해 무거운 어조로 말했다.

"사실은 연희도 당신이 지금 이곳에 와 있다는 것을 알고 있습니다."

"예?"

"당신이 온다는 이야기를 듣고 그녀가 얼마나 초조하고 불안한 상태에 빠져 있었는지 당신은 알 수 없을 거요."

"아니, 그러면 이곳에 연희가……?"

"그렇소. 지금 바로 저쪽 작은 건물에 있어요. 여기선 연희라면 아무도 모르오. 김안나라고 이름을 바꾸었기 때문이지요."

형섭은 그제야 아까 자기를 안내한 사내가 정연희라는 여자는 없다고 말한 까닭을 알 수 있을 것 같았다. 어쨌든 지척지간에 연희가 있다는 이야기를 듣자 형섭은 다시 머릿속까지 멍해지는 기분이었다.

"어쩌면 잘된 일인지도 모르겠소. 서로 무거운 멍에를 메고 사는 것보다 차라리 서로의 실체를 확인하는 것이…… 실체란 상상한 것보다는 훨씬 보잘것없는 것이니까 말이오. 분명히 말하지만 당신은 절망하고 후회하게 될 거요. 그러고 나서 곧 이곳을 떠나길 바랍니다. 그리고…… 다시는 나와 연희 앞에 나타나지 마시오."

유다는 한숨을 쉬듯 말하고 나서 천천히 자리에서 일어났다.

그는 처음 들어올 때와 마찬가지로 형섭에게 악수를 청했다. 형섭은 그에게 감사의 뜻으로 고개를 가볍게 끄덕였다. 무언가 할말이 남은 듯 잠시 머뭇거리던 유다는 곧 몸을 돌려 처음 들어올 때와 마찬가지로 잽싼 걸음으로 사무실 문을 열고 나가버렸다. 텅 빈 교회당을 걸어가는 그의 발걸음 소리가 한동안 복도를 울리다가 곧 사라져버렸다. 촛불이 타는 방안은 다시 무거운 정적에 싸였다.

혼자 남은 형섭은 소파에 앉아 싸늘하게 식은 커피를 한모금 마셨다.

그러고는 천천히 창문께로 가서 밖을 내다보았다. 완전히 어두워진 마당에는 푸른 달빛이 밝게 비치고 있었다. 을씨년스러운 바람이 마당을 가로질러 불어갔다. 가슴속에서 수많은 그림자들이 일렁거렸다. 형섭은 뒷짐을 진 채 마치 석고상처럼 꼼짝 않고 서 있었다.

얼마나 지났을까. 누군가 조심스럽게 걸어오는 소리가 들렸다. 발소리가 가까워옴에 따라 형섭의 심장은 터질 듯이 뛰기 시작했다. 형섭은 돌아선 채 문이 열리기를 기다렸다.

이윽고 문이 열렸다. 머리를 짧게 자르고 발목까지 오는 긴 회색 원피스에 흰 스웨터를 걸친 여자가 들어왔다. 연희였다.

그녀는 문앞에 서서 잠시 망설이다가 마치 큰 결심이라도 한 것처럼 조심스럽게 걸어들어왔다. 촛불에 비친 그녀는 예전에 비해 무척 마르고 창백해 보였다.

"연희야……"

형섭은 낮은 목소리로 그녀의 이름을 불렀다.

그러자 그녀 역시 감정이 최대한 억제된 목소리로 말했다.

"형섭씨?"

형섭은 고개를 끄덕였다. 그리고 마치 큰 시간의 강을 건너가듯 그녀에게로 성큼성큼 다가가 아무 말 없이 그녀를 꼭 끌어안았다. 그 순간 온갖 감정들이 가슴속으로 소용돌이치며 흘러갔다. 두 사람은 한동안 말없이 그렇게 포옹을 하고 있었다. 연희의 심장 소리가 형섭의 가슴으로 전해져오는 것 같았다. 형섭은 눈을 꼭 감았다. 갑자기 모든 게 꿈처럼 느껴졌다. 이윽고 연희 쪽에서 먼저 힘없이 형섭의 품에서 벗어났다.

"바보. 오지 말라고 했잖아……"

연희가 말했다. 눈에 물기가 번쩍였다. 가까이에서 보니 연희에게도 지난 오년의 세월이 그리 만만치 않았는지 눈가가 꺼멓게 패고 입술도 하얗게 말라 있었다.

"이젠 널 떠나지 않을 거야."

형섭은 목이 멘 채 말했다. 그러자 연희는 고개를 저었다.

"내 편지 받았지?"

"응. 하지만……"

"돌아보기엔 이젠 너무 늦었어."

"그런 말 하지 마. 아직 늦지 않았어. 널 데려갈 거야."

"바보, 나…… 유다의 아기를 가졌단 말이야."

"뭐라구?"

형섭은 망치로 뒤통수를 한대 맞은 느낌이었다. 연희는 소파에 털썩 주저앉아 두 손으로 얼굴을 감싼 채 흐느끼기 시작했다. 그러고 보니 연희의 아랫배가 눈에 띌 정도로 불룩해 있었다. 형섭은 갑자기 끝도 없는 아득한 절벽 아래로 떨어지고 있는 느낌이 들었다. 모든 것이 너무나 비현실적이어서 자기가 혹시 연극 속에 들어와 있는 건 아닌가, 하는 착각이 들 정도였다.

그랬었군.

형섭은 신음하듯 속으로 중얼거렸다. 비로소 유다가 '당신은 절망하고 후회하게 될 것'이라던 말의 의미를 깨달았다. 형섭은 고개를 숙인 채 연희가 울음을 그칠 때까지 기다렸다. 창문 밖으로 바람부는 소리가 들렸다.

"난 네가 떠난 후 다시는 보지 못할 것 같았어."

이윽고 울음을 멈추고 나서 연희가 말했다.

"내가 나빴어. 그때는 힘든 상황을 겪어내기에 너무 어렸지. 지금이라면…… 그러진 않았을 거야."

형섭은 진심으로 후회를 하며 말했다.

"이젠 다 지난 일인걸 뭐. 사실 난 네가 찾아오는 게 두려웠지만 또 한편으로는 기다리고 있었어. 꿈속에서라도……"

연희의 눈에 다시 물기가 고였다. 형섭은 가슴이 찢어지는 것 같았다.

"미안해, 연희야."

"아냐, 네 잘못은 아니었어. 이게 모두 내 삶의 몫인지도 몰라. 이젠 모든 걸 잊고 훨훨 떠나가. 지나놓고 보니 이런 게 인생인가 하는 생각도 들어."

연희는 자신의 배를 쓰다듬으면서 쓸쓸한 표정으로 말했다. 형섭은 더이상 참을 수 없어 벌떡 일어나 창문 쪽으로 걸어갔다. 그러고는 마치 선언이라도 하듯 커다랗게 외쳤다.

"널 데려갈 거야! 다시 모든 걸 처음처럼 되돌려놓을 거야!"

자신도 모르게 형섭의 눈에 불꽃이 이글거렸다.

"널 위해서 내 모든 것을 걸 거야! 다시 시작할 거야!"

"그러지 마, 형섭아."

연희가 다가와 그의 등에 얼굴을 기대며 말했다.

"이미 돌이킬 수 없는 일이야. 한때 너랑 소중한 시간을 함께했다는 것, 난 그것만으로도 충분해."

연희의 따뜻한 숨결이 형섭의 등에 느껴졌다. 형섭은 차가운 유리창에 이마를 대고 한참 동안 서 있었다. 마당을 지나가는 바람소리가 어둡게 들렸다. 푸른 달빛이 어두운 뜰에 조명처럼 드리워져 있었다. 형섭은 깊은 절망감 때문에 미처 슬픔조차 느끼지 못할 정도였다.

"와줘서 고마워."

이윽고 연희가 말했다.

"이제 가. 이렇게 만났으니 나도 더이상 후회는 하지 않을 거야."

연희가 다시 손수건으로 눈가를 닦으며 말했다. 형섭은 이제 떠나야 할 시간이 가까워졌다는 것을 깨달았다. 만나면 하리라고 쌓아두었던 수많은 말들이 거짓말처럼 아무것도 생각나지 않았다. 그럴 뿐만 아니라 지금 자기 앞에 연희가 있다는 사실 자체가 아직도 실감나지 않았다. 형섭은 소파에서 천천히 일어났다. 그리고 그녀를 향해 마지막으로 남겨둔 궁금했던 말을 던졌다.

"그를 정말 사랑하니?"

잠시 생각하다가 연희는 보일락말락 고개를 끄덕였다.

형섭은 괴로운 표정으로 한숨을 지었다.

한동안 연희를 지켜보고 있던 형섭은 마침내 결심한 듯 무겁게 발걸음을 돌렸다. 사무실을 나와 아까 들어올 때처럼 예배당을 지나 현관으로 나왔다. 현관문을 열자 싸늘한 바람이 코끝에 닿았다. 형섭은 돌아서서 연희의 손을 꼭 잡아보았다. 여위고 찬 연희의 손이 형섭의 가슴을 아프게 만들었다. 어디선가 유다가 그들을 지켜보고 있을지 모른다는 생각이 들었다.

"잘 가…… 형섭아……."

입가에 엷은 미소를 지으며 연희가 말했다. 달빛에 비친 그녀의 얼굴은 절망과 슬픔으로 깊은 그림자가 져 있었다. 아냐. 이렇게 가서는 안돼. 이렇게 헤어져서는 안돼. 얼마나 기다리고 기다리던 만남이던가. 이렇게 영영…… 떠나서는 안돼. 그러나 형섭은 어쩔 수 없는 힘에 떠밀려가듯 힘없이 발걸음을 떼어놓았다.

"언젠가는…… 우리 다시 만나게 될 거야. 언젠가는……."

형섭은 마치 자기 자신에게 다짐이라도 하듯 중얼거렸다. 그러나 어쩌면 이제 영영 다시는 연희를 만날 수 없을지 모른다는 예감이 바늘처럼 가슴을 찔렀다.

잡초가 우거진 교회 마당을 가로질러 아까 왔던 언덕길을 따라 올라갔다. 연희의 시선이 등뒤에서 오랫동안 머물며 따라오고 있었다. 어쩌면 지금쯤 그녀 곁에 나란히 유다, 그 사람이 서 있을지도 몰랐다. 하지만 형섭은 끝내 되돌아보지 않았다. 다만 두 손을 바지 주머니에 찔러넣은 채 빠르지도 느리지도 않은 걸음으로 걸어갈 뿐이었다. 푸른 달빛이 그의 등을 물감처럼 적셔놓고 있었다.

개활지를 지나 다시 사당동과 봉천동의 불빛이 내려다보이는 언덕에 이르렀다. 그제야 형섭은 걸음을 멈추고 바위에 허물어지듯 주저앉았다. 더이상 한 걸음도 옮겨놓기가 힘들었다. 등뒤에 커다란 무언가를 두고 온 느낌이었다. 작은 나무 사이로 산동네의 불빛이 별을 쏟아부어 놓은 것처럼 반짝이고 있었다.

형섭은 꼼짝 않고 앉아 저 아래 산동네의 불빛을 하염없이 바라보고 있었다. 그대로 차라리 돌이라도 되어버렸으면 싶었다. 그대로 자기가 앉아 있던 땅이 꺼져 영영 이 지상에서 사라져버렸으면 싶었다. 세상에 남아 있던 모든 희망의 불꽃이 꺼져 영원한 어둠속으로 빠져들어가버린 것 같았다.

　얼마나 긴 시간이 흘러갔을까.

　형섭은 이윽고 자리를 털고 일어났다. 반쯤 잘라먹힌 하현달이 어느새 검은 숲 위로 넘어가고 있었다. 배가 몹시 고팠다.

세상의 안과 바깥

그날 이후, 형섭의 가슴 깊은 곳에는 시월의 마지막 금요일 밤이 슬프고 괴로운 악몽처럼 떠돌고 있었다. 버려진 개활지의 끝 언덕 아래 자리잡고 있던 오래된 교회건물과 촛불이 일렁이는 사무실과 그곳에서 처음 만났던 유다의 모습이 영화의 한장면처럼 반복해서 떠올랐다. 그리고 예전과는 너무나 다른 마르고 초췌한 연희의 모습도 떠올랐다.

……바보, 나…… 유다의 아기를 가졌단 말이야.

연희가 말했다.

형섭은 꿈을 꾸었다.

꿈속으로 황량한 바람이 불어갔다. 사방을 둘러보아도 아무도 없었다. 연희가 떠나가고 나자 세상의 불도 함께 다 꺼져버린 것 같았다. 밤마다 검은 새가 창가에 날아와서 앉아 있었다.

해지는 저녁이면 형섭은 혼자 신림동 시장 근처 술집으로 갔다. 술을 마시고 마흔다섯살의 전직 연극배우였다는 여주인과 잠을 잤다.

형섭은 자기 자신을 시궁창에라도 밀어넣고 싶었다. 술에 취해 세상의 가장 더러운 밑바닥에 누워 있고 싶었다. 그러면 차라리 모든 것을 잊어버릴 수 있을 것 같았다.

몸도 마음도 마른 풀처럼 야위어갔다. 피부는 꺼칠해지고 눈자위는 꺼멓게 변해갔다. 머리카락과 수염은 제멋대로 자라 창백하게 변한 얼굴을 가렸고, 손가락은 뼈마디가 다 드러날 정도로 말랐다. 다만 눈동자만은 마치 광기가 찬 것처럼 반짝이고 있었다. 형섭은 자포자기 상태에 빠져들었다.

지난 여름 지하철 공사장 시절의 형섭을 본 적이 있는 사람이라면 지금의 그를 알아보지 못할 것이 분명했다. 바싹 마른 풀처럼 여윈 형섭의 지금 모습에서 구릿빛으로 번쩍이는 팔뚝과 자신감에 넘치던 그 시절의 형섭을 어떻게 상상이라도 할 수 있단 말인가.

그때는 기다림이 있었다. 아니, 형섭의 모든 세포는 구석구석 기다림으로 채워져 있었다. 그러나 이제는 더이상 기다려야 할 미래가 없었다. 그토록 잠 못 이루며 찾아헤매던 연희는 더이상 이 세상에 남아 있지 않았다. 일찍이 그녀가 머물렀던 자리에는 잡초만이 무성하게 자라고 있었다.

형섭은 저녁에서 새벽까지 인사불성 상태가 되도록 술을 마셨다. 그대로 영영 잠들어버린다 해도 후회하지 않을 것 같았다. 마침내 마흔다섯의 여자도 형섭에게 진저리를 쳤다. 어느날 새벽 세시. 술에 취한 형섭은 여주인과 사소한 말다툼 끝에 술병으로 그 집의 유리창과 탁자를 모조리 깨뜨려 엉망으로 만들어놓았다. 경찰이 달려왔다. 파출소로 실려가는 형섭의 팔뚝에서 붉은 피가 샘처럼 흘러나왔다.

"쓰레기 같은 놈이군."

그의 피에 옷을 더럽힌 경찰이 경멸에 찬 목소리로 말했다. 형섭은 병원에 들러 간단하게 응급조치를 받고 나서 그대로 유치장에 수감되었다. 아주 오래 전에 와본 적이 있는 유치장이었다. 친구들과 함께 「백치 아다다」를 부르며 자유라는 말 하나에도 가슴이 뜨거워지곤 하던 시절이었다. 하지만 지금은 그때처럼 두려움은 없었다. 대신 누더기처럼 더없이 초라해진 사내 하나가 남아 있을 뿐이었다.

그때, 어떤 동정심이 들었는지 술집 여주인이 경찰서로 찾아와 형섭을 용서해달라고 탄원했다. 그녀 덕분인지 형섭은 일주일 만에 유치장에서 나왔다. 경찰서 마당 은행나무의 마지막 잎새가 바람에 날려 떨어지고 있었다. 밖에서 그녀가 기다리고 있었다. 낮에 그녀를 본 것은 처음이었다. 비로소 형섭은 그녀가 예전에 정말 연극배우를 했을지도 모른다는 느낌이 들었다.

"술 좀 작작 처먹어. 더이상 자신을 학대하지 말고……"

마흔다섯살의 여자가 말했다.

"넌 거렁뱅이에, 아무도 구제 못할 폐인이야. 이젠 지긋지긋해. 어디론가 가버려. 더이상 내 앞에 얼씬거리지도 마."

그녀의 목소리가 햇살에 바랬다.

"내가 미쳤지. 처음엔 나도 널 좋아했어. 마치 세상의 바깥에 있는 사람 같았거든. 매력적이었어. 하지만 지금은 아니야. 지겨워…… 너의 절망이 나까지 점점 끌어당기는 느낌이란 말이야. 물귀신처럼 말이야."

형섭은 아무런 대꾸도 없이 묵묵히 걸으며 그녀의 말을 듣고 있었다.

"연희라고 했나? 그년 얼굴 한번 보고 싶군. 언젠가 너도 나만큼 나이를 먹을 때가 오겠지. 나니깐 너 같은 놈을 그동안 거두어줬는 줄이나 알아. 혹시 이 다음에 팔자 피거들랑 한번 찾아와. 외상값 가지고 말이야."

마흔다섯살의 여자가 후후, 공허하게 웃으면서 말했다.

그러나 스물여덟살의 사내는 끝내 아무런 말도 하지 않았다.

네거리에서 그들은 헤어졌다.

하숙집으로 돌아온 형섭은 마치 오랜 항해에서 귀향한 배처럼 닻을 내리고 잠에 빠졌다. 제대하고 고향으로 돌아왔을 때가 생각났다. 잠 속으로 채석장의 돌 깨는 소리가 들려왔다. 어머니 하동댁의 늙은 모습과 죽은 아버지의 얼굴도 떠올랐다. 치자꽃 향기 날리던 환한 고향집 마당도 떠올랐다. 우체국에서 만났던 미경의 모습이 한장의 흑백영상처럼 나타났다.

그리고 마지막으로 이제는 영영 다시 만날 수 없을 연희의 얼굴이 저 깊은 기억의 바닥에서 물방울처럼 떠올랐다.

연희야……

형섭은 절망에 싸인 채 그녀의 이름을 불러보았다. 그러자 비로소 막혀 있던 눈물샘이 열리는 것 같았다. 샘처럼 흘러나온 눈물은 마른 뺨을 적시고 베개를 적셨다. 그녀와 헤어지고 나서 한번도 흘려보지 못한 눈물이었다. 오랜 가뭄으로 말라비틀어진 황폐한 가슴속으로는 빗물처럼 눈물이 스며들었다. 그러자 가슴 깊숙이 감춰져 있던 감정의 씨앗들이 하나둘 싹을 틔우기 시작했다. 그와 함께 어쩐지 살아야겠다는 생각이 어렴풋하게 들었다.

그래, 어디론가 가자. 이런 식으로 계속 살 수는 없잖아. 이 세상 어딘가에 아직 희망의 빛이 남아 있을지도 몰라.

그때 문득 미경의 아버지 문선생의 얼굴이 떠올랐다.

……자네가 환멸에 빠질 때, 자네의 날개에 힘이 빠질 때 마지막 돌아가야 할 곳이 어딘가, 하는 것을 생각해보게.

그래, 문선생이 있었지. 그를 찾아가자. 비록 아무것도 얻을 게 없다 해도 이렇게 죽음의 세월을 보낼 수는 없잖아.

오랜 잠에서 깨어나자 형섭은 짐을 꾸렸다. 짐이래야 옷가지와 한두 권의 책이 전부였다. 그때 주인집 꼬맹이 은지가 빨간 나비리본을 나풀거리며 형섭의 방으로 놀러 왔다.

"아저씨, 어디 가?"

형섭의 차림새를 보고 은지가 불안한 목소리로 물었다. 함께 놀아주지 못한 지도 오래되었다.

"응."

형섭은 짤막하게 대답했다. 그애의 얼굴에 섭섭한 기색이 떠올랐다. 형섭은 억지로 미소를 한번 지어 보였다.

집을 나온 형섭은 뒤도 돌아보지 않고 빠른 걸음으로 골목길을 휘적휘적 내려가기 시작했다. 하늘에는 구름이 잔뜩 끼어 있었다.

산청 읍내 터미널에 도착한 것은 오후 네시가 조금 지났을 무렵이었다. 비가 부슬부슬 내리고 있었다. 형섭은 다시 군내 버스로 갈아타고 이전에 미경이 가르쳐준 기억을 더듬어 문선생이 들어가 있다는 마을을 찾아갔다. 버스에서 내려 담뱃가게에 들어가 물어보니 산길로 이십여분을 더 걸어들어가야 한다는 것이었다. 차바퀴 자국을 따라 잡초가 마구 자라 있었다. 북쪽과는 달리 이제 막 단풍이 한창인 산길은 호젓하기 짝이 없었다. 다람쥐 한마리가 형섭을 빤히 보고 있다가 제풀에 놀라 후닥닥 달아났다. 이어 산꿩 우는 소리가 정적을 흔들더니 도토리 떨어지는 소리가 투둑, 하고 났다. 어느새 비는 머리칼과 어깨를 눅눅하게 적시고 있었다.

그때 약간 경사진 언덕길 한쪽에 '지리산 두레공동체'라는 나무팻말이 서 있는 것을 발견했다. 팻말은 세운 지 오래되지 않았는지 흰색 페인트 자국이 선명했다. 비가 오는데다 산속이라 어느새 땅거미가 몰려오고 있었다. 언덕 위에 올라가서 보니 멀지 않은 곳 산비탈 아래에 마치 쥘부채를 펼쳐놓은 것 같은 널찍한 평지가 나타났다. 그 평지의 산쪽에 마당을 중심으로 창고같이 생긴 집들이 몇채 둘러서 있는 것이 보였다. 어디서 불을 피우는지 빗속으로 푸른 연기가 낮게 퍼지고 있었다. 환청처럼 닭 우는 소리와 개 짖는 소리가 들렸다.

형섭은 어쩐지 불안해지는 마음을 숨긴 채 가방을 한번 추슬러 멘 다음 길을 따라 내려가기 시작했다. 마늘밭을 지나서 알을 다 따내버린 키다리 옥수수밭을 지나 개울 옆길을 따라 올라가니 대문도 없이 곧바로 널찍한 마당이 나왔다. 마당 한쪽에 놓인 평상 옆으로는 크고작은 장독들이 여남은 개 줄지어 서 있었다.

집안은 웬일인지 인기척이 없었다. 누런 중개 한마리가 짖지도 않고 달려와서 꼬리를 흔들며 형섭의 발치에 감겼을 뿐이다. 형섭은 자꾸 불안이 더해가는 마음을 억누르며 여기저기를 둘러보았다. 그때 어두컴컴한 헛간에서 누군가 거름을 뒤집고 있는 것이 보였다.

"계십니까?"

형섭은 헛간 안으로 상체를 기울이며 극도로 조심스럽게 말했다. 그러나 다음 순간 형섭은 자기도 모르게 소리를 질렀다.

"어? 선생님……"

"누구요? 어, 자네, 형섭이 아닌가?"

문선생 역시 깜짝 놀란 표정으로 한손에 쇠스랑을 든 채 밖으로 나왔다.

"어허, 자네가 웬일인가? 이런! 비까지 흠뻑 맞고……"

문선생은 형섭의 아래위를 살펴보면서 말했다.

"죄송합니다, 선생님."

형섭은 씁쓸한 표정으로 웃었다.

"자, 이야긴 천천히 하도록 하고 어서 들어가게. 난 하던 일 마저 끝내고 들어갈 테니까…… 모두들 일하러 나가서 아직 들어오지 않았어."

문선생은 형섭의 표정을 보고 무언가 생각하는 눈치더니 들고 있던 쇠스랑을 다시 고쳐잡으면서 말했다. 그의 몸에서 거름 냄새가 났다.

"괜찮아요. 저도 조금 거들까요?"

"그럴 텐가?"

문선생은 반가운 목소리로 말했다.

"그래, 잘됐어. 옷은 벗어서 가방이랑 저기 두고 와. 그렇지 않아도 식구들 올 때까지 혼자 하려니까 조금 벅찼는데 잘됐어."

형섭은 점퍼를 벗어 가방과 함께 마루에 던져두고 다시 헛간으로 가서 쇠스랑을 잡았다. 퇴비가 산더미처럼 쌓여 있었는데 그것을 뒤집어서 아래에 있는 것을 위로 가게 하고 위에 있던 것을 밑으로 가게 하는 작업이었다. 형섭은 문선생 반대편에 서서 거름 뒤집기를 시작했다.

"얼굴이 형편없군. 고생이 심했나부네."

쇠스랑으로 거름을 찍어넘기며 문선생이 말했다.

"저야 잘 있었어요. 사모님 돌아가신 줄도 모르고……"

"미경이가 말해주던가?"

"예."

미경이 이름이 나오자 형섭은 무언지 모를 죄책감이 들었다.

"때가 되면 누구나 죽게 마련이지. 죽음이란 말이네, 누구에게나 공평한 것이지. 꼭 슬퍼할 일은 아니야."

이마와 등에 어느새 땀이 축축하게 배어올랐다. 형섭은 지난 여름 지하철 공사장에서의 일 이후 참으로 오래간만에 해보는 노동이었다. 몸과 마음이 많이 상한 탓인지 쇠스랑질이 서툴고 힘이 들었다. 밖에는 여전히 비가 내리고 있었다.

"여긴 모두 열두 명이 들어와 있어. 결혼한 사람도 세 쌍이나 되구. 들에 나갔는데 이제 곧 들어올 때가 되었어."

문선생이 설명이라도 해주듯 말했다.

"공동생활이란 게 보기처럼 그리 쉬운 일은 아니야. 사람마다 각기 생긴 모습이 다르듯 생각하는 것이나 욕망이 전부 다르니까 말이네. 이곳에도 많은 사람들이 다녀갔어. 어떤 사람은 호기심으로 왔다가 일주일도 되지 않아 떠나버렸고, 어떤 사람은 반년을 지내다가 소문도 없이 사라지곤 했지. 제가끔 다른 욕망을 조화롭게 만드는 것이 바로 공동으로 노동하는 일이라네. 사람들은 공동으로 노동을 하면서 비로소 자신의 욕망을 통제하는 힘을 가지게 되지."

잠시 허리를 펴고 문선생이 형섭을 바라보며 말했다.

"그러나 그 무엇보다도 중요한 것은 이러한 생활에 대해 확실한 철학을 가지는 일이라네."

그는 형섭의 눈을 똑바로 쳐다보며 말했다.

"미국의 사회학자 중에 스콧 니어링이라는 사람이 있어. 부인 헬렌 니어링과 함께 버몬트 숲에서 돌집을 짓고 채식을 하며 일생을 보냈지.

일년의 반은 농사를 짓고 나머지 반은 여행이나 강연, 저술을 하면서 자유롭고 평화롭게 살다가 백살이 되던 해에 스스로 곡기를 끊고 죽었지. 평생 동안 통장을 가지지 않았고, 은행에도 가지 않았어. 자본주의의 본산인 미국에서 자본주의적 생활방식을 철저히 거부하면서 살았던 이야."

스콧 니어링이라면 형섭도 예전에 어디선가 들어본 이름이었다.

"그가 한평생 그렇게 살 수 있었던 것은 그에게 확고한 철학이 있었기 때문이야. 요즘 귀농이나 공동체 운동을 하는 사람들이 늘고 있지만 그들 대부분이 실패하는 이유는 바로 철학이 없기 때문이지. 욕망의 피가 끓어대는 젊은이들이 이런 골짜기에 들어와 사는 게 어디 쉬운 일이겠는가. 그래서 나는 젊은이들을 그리 반기지 않는 편이라네."

문선생은 부드러운 미소를 지으며 말했다. 가는 주름살이 눈가와 입 주변에 파도처럼 번져나갔다. 형섭은 그런 문선생의 눈매에서 언뜻 미경의 그림자를 보았다. 미경의 눈이 그의 아버지 문선생을 닮았다는 것을 형섭은 비로소 깨달았다.

"그래, 얼마나 있을 텐가?"

"괜찮으시다면 일주일쯤……"

"하하, 괜찮고말고. 얼마든지 쉬다가 가게. 이야기도 많이 하고…… 자네가 와서 반갑네. 다들 환영할 걸세."

저녁을 먹고 나자 문선생은 그곳에 있는 사람들에게 형섭을 인사시켜주었다. 이십대 후반에서 오십대까지, 전직 교사에서 회사원에 이르기까지 다양한 전력을 가지고 있었는데 모두 일하느라 검게 탄 모습이었다. 얼른 본 모습과는 달리 인사를 하며 찬찬히 살펴보니 저마다 만만찮은 삶의 숙제를 안고 이곳으로 들어온 것 같았다.

비가 그쳤는지 하늘에는 등불처럼 큰 별들이 초롱초롱하게 박혀 있
었다. 마당가 풀숲에서 벌레 우는 소리가 시끄러울 정도로 울려나왔다.
두 사람은 밖으로 나와 마당가를 거닐었다.

"그래 그동안 어떻게 지냈나?"

문선생이 돌아보며 물었다.

"그동안…… 많은 일이 있었어요."

형섭은 가볍게 한숨쉬듯 말했다.

"됐다, 지금은 아무 말도 하지 말게. 우선은 며칠간 푹 쉬게. 세상의
독이 어느정도 빠지고 나서도 얼마든지 이야기할 시간이 남아 있을 테
니까. 이곳에서는 모든 시간이 느려터졌다네. 서두를 것도 없고, 바쁠
것도 없어. 다만 정해진 일만큼은 그때그때 철저하게 해야 돼. 그게 함
께 더불어 살아가는 우리들의 의무니까."

형섭은 문선생의 각별한 이해심과 배려에 감사하며 가볍게 고개를
끄덕였다. 두 사람은 말없이 마당을 가로질러 밭길을 걸어갔다. 골짜기
사이로 열린 하늘에는 수천 수만의 별들이 보석을 뿌려놓은 것처럼 빛
나고 있었다. 그중에는 수억 수십억 광년의 저쪽에서 날아온 별빛도 있
을 것이었다. 그것에 비하면 이 지상의 시간이란 얼마나 보잘것없는 것
인가. 하늘을 보며 걸어가노라니 형섭은 마치 광막한 우주의 바다 한
변두리를 걸어가는 느낌이 들었다.

"미경이가 자네를 참 좋아했지."

이윽고 문선생이 마치 한숨이라도 쉬듯 말했다.

"난 너희 둘이 잘되기를 바랐다. 하지만 우리 미경이가 못났으니 어
쩔 수 없지."

한숨 섞인 문선생의 말은 그대로 비수가 되어 형섭의 가슴을 찔렀다.

"아니에요, 그건⋯⋯"

"변명할 필욘 없다. 인연이란 사람의 힘으로는 되지 않는 것이야. 미경인 내년 봄에나 결혼을 하겠다더구나."

"⋯⋯⋯"

형섭은 몇달 전 안개가 자욱하게 낀 해안도로를 따라 미경과 같이 걸어가던 기억이 떠올랐다. 그리고 그녀의 젖은 목소리가 떠올랐다.

연희가 없었다면⋯⋯

형섭은 망설임 없이 미경의 나무로 날아갔을지 모른다. 그리고 그녀의 나무에 둥지를 틀었을지 모른다.

"여긴 별이 참 곱지. 자연은 언제나 우리를 속이지 않아. 철이 바뀌면 어김없이 꽃이 피고 지고 열매를 맺지. 대지야말로 우리가 돌아가야 할 최후의 낙원인지도 몰라."

문선생은 하늘을 한번 올려다보면서 말했다.

"여기선 봄부터 가을까지 공동으로 일하고 겨울에는 다들 밀렸던 공부를 하거나 자기가 가고 싶은 곳으로 간다네. 말하자면 겨울은 육체적인 휴식과 함께 영혼을 관리하는 시간이야. 일종의 방학인 셈이지."

키높이까지 자란 옥수수 잎새에 별빛이 쏟아져 빛나고 있었다. 가벼운 바람에도 마른 잎새들이 서로 부딪쳐 서걱거리는 소리가 들렸다. 어두운 밭길을 따라 형섭은 문선생의 뒤에서 묵묵히 걸어갔다.

"아무튼 잘 왔어. 푹 쉬다가 가게."

그날 밤 형섭은 문선생과 함께 헛간방에서 잤다.

다음날 눈을 뜨자 사방은 조용한데 새소리만 요란하게 들릴 뿐이었다. 밖으로 나가보니 다들 벌써 일을 나갔는지 집에는 식사당번인 여자

두 명과 집안일을 맡은 남자 두 명만 남아 있을 뿐이었다. 집안일을 맡은 남자들은 집 뒤 언덕 아래에 겨울에 무를 보관할 커다란 구덩이를 파고 있었다. 형섭은 자기 혼자 늦잠을 잔 것이 못내 겸연쩍어 조심스럽게 일어나 마당 한쪽 우물로 세수를 하러 가는데 마침 부엌에서 나오던 김미순이란 스물아홉살의 여자가 아는 체를 하며 말을 걸었다.

"일어나셨어요? 배고플 텐데 얼른 씻고 식사하러 오세요."

그녀는 만삭인지 배가 산처럼 불룩하였다.

"다들 일하러 나갔나보죠."

"예."

형섭은 세수를 하고 혼자 식당으로 걸어갔다. 형섭은 온몸이 얻어맞은 것처럼 쑤셨다. 그래도 어젯밤에는 참으로 오래간만에 깊고 편한 잠을 잤다.

"문선생님이 형섭씨는 환자니까 아무 일도 시키지 말고 푹 쉬게 하라고 당부하셨어요. 어디 아프세요?"

김미순이 김이 풀풀 나는 감잣국을 내놓으면서 말했다.

"아, 예…… 그냥…… 그래요."

그러고 보니 환자 아닌 환자가 되어버린 셈이었다. 아닌게아니라 어디에 숨어 있던 병인지 아프지 않은 곳이 없었다.

'지리산 두레공동체' 식구들은 세 조로 나뉘어 두 개조는 밖에 나가 일을 하고 나머지 한 조는 밥을 짓거나 집안에서 할 수 있는 일을 했다. 모든 것을 가능한 한 자급자족하는 것을 원칙으로 하였기 때문에 협업과 분업을 정확히 지켰고, 저녁을 먹고 난 후에는 문선생을 중심으로 둘러앉아 토론을 하거나 학습을 하고 있었다. 구개월 일하고 삼개월은 자유롭게 생활하도록 하였고, 개인의 사유재산은 인정하되 일정한 액

수 외에는 가지고 들어오지 못하게 되어 있었다. 그리고 육개월이 지난 후에는 본인의 의사에 따라 밖으로 나갈 수도 있고, 계속해서 이곳에 식구로서 머물 수도 있었다.

아침을 먹고 나서 형섭은 무 구덩이를 파고 있는 집 뒤로 가서 자기도 거들겠다고 했으나 한사코 사양하여 할 수 없이 혼자 천천히 막사 주변의 산길로 산책을 나섰다. 단풍이 한창 익어가는 산은 불을 지른 것처럼 타오르고 있었다. 제대하고 강원도를 떠나온 후 처음 안겨보는 자연의 품이었다. 멀리 웅대한 지리산의 그림자가 보였다.

그곳에서 일주일의 시간이 정말 눈 깜빡할 새에 지나가버렸다. 울력을 면제해주었기 때문에 형섭은 약간의 미안한 감정을 품은 채 매일 산에 올라 지리산 그림자가 보이는 중턱 소나무 아래 앉아 종일 생각에 잠겼다가 해가 기울어서야 내려오곤 했다. 그곳에서 바라보는 저녁노을은 참으로 곱고 맑았다.

노을 속에서 연희의 얼굴이 떠올랐다. 그리고 촛불이 일렁거리는 낡은 교회의 사무실과 함께 창백한 얼굴을 한 유다의 얼굴도 떠올랐다.

……그녀가 내 앞에 나타난 순간, 지금도 선명하게 기억하지만, 나는 마치 무슨 운명적인 예감 같은 것에 사로잡혀 몸이, 아니 영혼까지 떨릴 지경이었어요.

그래, 이젠 그들을 내 가슴속에서 떠나게 해주자. 이제 내가 사랑했던 연희는 이 지상에 더이상 존재하지 않아. 길고긴 과거의 그림자일 뿐. 못다 한 사랑, 못다 이룬 약속일랑 이제 멀리멀리 날려보내주자. 아름다운 꿈에서 깨어나듯 이제 그들 모두에게 작별의 인사를 하자. 내 청춘의 한때에 마침표를 찍듯이……

잘 가라, 사랑했던 이여. 슬픔도 그리움도 다 묻어버리고…… 가서

부디 행복해라.

형섭의 눈가가 다시 축축하게 젖어왔다. 그러나 그동안 상처가 아물 듯이 형섭의 건강도 몰라보게 좋아졌다. 시꺼멓게 움푹 팬 눈자위도 다시 밝게 변하였고, 우울하게 보이던 뺨에도 붉은 기가 돌았다. 그곳 식구들과 조금씩 웃으며 농담까지 하게 되었다. 건강이 좋아지자 형섭도 밭일을 거들러 따라나섰다.

"마음의 병을 고치는 덴 일이 최고지."

문선생이 그런 형섭을 보고 놀리듯 말했다.

몸과 마음이 어느정도 회복되자 형섭은 이제 서울로 다시 가야겠다고 생각했다.

"그래, 가게나. 아직 자네는 이곳에 올 때가 아니야. 부디 자신의 중심을 상하지 말고 천천히 가게. 천천히 말이야. 지상의 날들은 깨알처럼 많으니까…… 힘들면 다시 와."

문선생은 진심어린 눈빛으로 어린날의 제자에게 말했다.

그런데 형섭이 서울에 오자 뜻밖의 소식이 기다리고 있었다. 성유다가 체포되었다는 것이다. 그 소식을 전해준 사람은 혜숙이었다.

"아니, 못 들었어요? 뉴스에서도 연일 나왔는데……"

전화 속 그녀의 목소리는 흥분으로 떨리고 있었다.

"그게 정말입니까?"

"어디 갔다온 거예요?"

"연희는……?"

형섭은 자기도 모르게 긴장된 목소리로 물었다.

"만나서 얘기해요."

혜숙은 한심하다는 투로 말했다. 전화를 끊자마자 형섭은 곧장 혜숙에게로 달려갔다. 유다가 체포되었다니! 언젠가는 그런 날이 올지 모른다는 불길한 생각이 들긴 했지만 막상 그가 잡혔다니 믿어지지가 않았다. 그러면 연희는 어떻게 되었을까. 왜 혜숙은 연희 이야기는 해주지 않았을까. 불길한 예감이 번개처럼 지나갔다.

"대체 어떻게 된 일입니까?"

혜숙을 만나자마자 형섭은 다짜고짜 추궁이라도 하듯 물었다.

"얼마 전 경찰이 그가 숨어 있던 낡은 교회건물을 덮쳤어요."

"사당동……?"

"거기 가보셨어요?"

혜숙이 눈을 동그랗게 뜨고 반문했다. 그때까지 혜숙은 형섭이 유다와 연희를 만난 사실을 모르고 있는 것 같았다.

"연희도 같이?"

그러나 형섭은 그녀의 말을 무시하고 계속해서 물었다. 그러자 혜숙은 커다랗게 한숨을 내쉬며 말했다.

"물론 연희도 그곳에 같이 있었죠. 그런데 한밤중에 경찰이 덮치자 급하게 도망을 치다가 그만…… 언덕 아래로 굴러떨어졌어요. 임신한 몸으로 말예요."

형섭은 순간 가슴이 철렁 내려앉는 기분이었다.

"그래서……?"

"유다는 남산인가 남영동으로 끌려가고 연희는 병원으로 급히 옮겨졌는데 아직 외부와는 연결이 되지 않아요."

"아!"

형섭은 자기도 모르게 탄성을 질렀다. 지난번 마지막으로 본 연희의 모습이 떠올랐다. 예전의 젊고 발랄하던 모습 대신 마르고 바랜 그 모습에 얼마나 가슴이 아팠던가. 소파에 앉아서 자신의 배를 만지던 모습이 지금도 눈에 선했다. 연희를 생각하자 형섭은 숨이 막힐 지경이었다. 연희가 그렇게 된 것이 모두 자기 탓이라는 생각이 들었다.

"누군가 그들이 있던 곳을 밀고했어요."

혜숙이 단정이라도 하듯 말했다.

"밀고를?"

"그렇지 않곤 그들이 있는 곳을 경찰이 알 리가 없어요. 나는 그들 조직의 생리를 누구보다 잘 알아요. 그들처럼 완벽하게 비밀이 지켜지는 조직은 없을 거예요. 모두가 점으로 되어 있어서 설사 조직원이라 하더라도 두어 명을 제외하고는 그들의 거처를 절대 알 수가 없으니까요."

"다른 소식은 없나요?"

형섭이 다소 냉정을 찾은 목소리로 물었다.

"없어요."

혜숙이 짤막하게 대답했다.

"병원엔 연희 엄마가 가 있다는 이야긴 들었어요."

"연희 어머니가……?"

형섭은 마치 까맣게 잊었던 것처럼 연희 어머니의 얼굴을 떠올렸다. 형섭의 얼굴에 어두운 그림자가 지나갔다.

"이제 우리가 할 수 있는 일은 기다리는 것밖에 없어요."

혜숙이 마지막으로 이야기를 정리하듯 말했다.

혜숙과 헤어지고 나서 형섭은 막막한 상태로 혼자 이런저런 생각을 하며 걸어갔다. 차가운 바람이 서늘하게 이마를 때리며 불어갔다. 무언가 커다란 일이 벌어지고 있다는 생각이 들었다.

텅 빈 거리에는 어느새 땅거미가 몰려오고 있었다. 그런데 집으로 돌아오는 길에 형섭은 누군가가 아까부터 자기 뒤를 따라오는 듯한 느낌을 받았다. 형섭은 무언지 모를 불길한 예감에 무심한 척 뒤를 돌아보았지만 아무도 없었다. 그런데 다시 걸음을 옮길라치면 등뒤에서 누군가의 시선이 자기를 쫓아오고 있는 것이 분명하게 느껴졌다.

누굴까?

형섭은 자기도 모르게 긴장이 되었다. 가슴께에 오스스 소름이 돋아났다. 하숙집으로 올라가는 골목길 구석구석 저녁 어스름이 안개처럼 끼고 있었다. 어디선가 된장국 끓이는 냄새가 났다. 여름내 시퍼렇게 호박덩굴이 뻗어 있던 공동우물 공터에서는 귀뚜라미 소리가 요란하게 울려나오고 있었다. 먼데서 아이 우는 소리가 들렸다.

누굴까?

형섭은 불안한 마음을 누르고 침착하게 걸어가고 있었지만 신경은 온통 등뒤에 쏠려 있었다. 혹시 잘못 본 것은 아닐까. 그러나 등뒤에서 분명히 형섭의 보조와 같이 걸어오고 있는 검은 그림자가 느껴졌다. 형섭의 머릿속으로 짧은 순간 갖가지 생각이 다 스쳐갔다.

산동네로 올라가는 골목이 막 끝나갈 무렵, 마침내 검은 그림자가 정체를 드러냈다.

"장형섭씨!"

사내는 낮고도 분명한 목소리로 형섭을 불렀다. 형섭은 두근거리는 가슴을 억누르며 잔뜩 긴장한 표정으로 돌아섰다. 검은 그림자는 천천히 형섭을 향해 다가왔다.

"아니, 당신은?"

순간 형섭은 그를 알아보고는 반가운 눈으로 쳐다보았다. 작은 키에 딱벌어진 어깨, 유난히 검은 눈썹…… 언젠가 형섭을 사당역에서 만나 유다가 살고 있는 낡은 교회로 인도해준 그 사내였던 것이다. 그런데 그가 왜 느닷없이 이 시간 자기를 찾아왔단 말인가. 혹시 유다나 연희의 소식이라도? 그러나 형섭이 미처 그런 생각을 하기도 전에 사내가 말했다.

"조용한 곳으로 가서 이야기 좀 합시다."

형섭은 사내의 말투에서 언뜻 그가 그리 호의적이 아니라는 느낌을 받았다. 그러나 아무리 생각해봐도 그가 자기에게 특별히 악감을 품고 있어야 할 이유가 없었다. 형섭은 고개를 끄덕이고 그의 뒤를 선선히 따라갔다. 예전에 형섭이 애림과 함께 올라갔던 언덕빼기 공터였다. 곳곳에 황토가 드러나 있고 높은 송전 철탑이 위험하게 서 있는 곳이었다.

선선히 따라오긴 했지만 형섭은 사내의 태도와 목소리로 봐서 어쩐지 기분 나쁜 예감 같은 것이 들었다. 앞서서 걸어가는 그의 어깨에서 무언지 모를 위협적인 냄새가 느껴졌기 때문이다.

그런 예감은 곧 현실이 되어 나타났다.

인적이 드문 공터에 이르자 앞서가던 사내가 걸음을 멈추고 돌아서며 내뱉듯 말했다.

"장형섭…… 더러운 새끼, 밀고자!"

처음에 형섭은 그의 말을 제대로 알아듣지 못했다. 갑자기 돌변한 사내의 표정에 그저 어리둥절한 상태로 서 있을 뿐이었다.

"더러운 밀고자!"

이번에는 형섭도 분명하게 들었다. 증오에 찬 사내의 눈이 어둠속에서 짐승처럼 빛나고 있었다.

"아니, 그게 무슨 말이오?"

226

형섭은 애써 감정을 억누르며 떨리는 소리로 물었다.

"몰라서 묻는 거야?"

사내는 그새 반말이 되어 가시돋친 목소리로 대꾸했다.

"넌 유다와 안나가 거처하는 곳을 경찰에다 고해바쳤어. 그곳은 우리 조직원 몇몇을 제외하고는 절대로 알 수 없는 곳이지. 그런데 네가 다녀간 직후 경찰들이 들이닥쳤어. 아주 주도면밀하게 포위를 한 채 말이야. 그래도 모른 척할 텐가?"

"그건…… 오해요!"

형섭은 비로소 사내가 왜 자기를 찾아왔는지 순간적으로 깨달았다. 형섭은 너무나 억울한 생각이 들어 비명이라도 지르듯 말했다.

"흥! 오해라구?"

사내는 냉소를 쳤다.

"우리를 바보로 알고 있군. 난 처음부터 널 의심했어. 윤애림이 잡힌 것도 그 전날 네 집에서 나온 직후였다는 걸 알고 있어. 그래서 유다가 널 그곳으로 불렀을 때도 나는 한사코 말렸지. 절대로 그래서는 안된다고 말이야. 하지만 유다가 그때만은 어쩐 일인지 내게 화까지 내며 단호하게 명령을 했어. 널 그곳으로 데려오라고 말이야. 그런데 결과는 내가 예상했던 대로 되어버렸어!"

사내는 내뱉듯이 빠르게 말했다. 형섭은 사태가 자기도 모르는 새 실타래처럼 꼬여버렸다는 것을 어렴풋하게 깨달았다. 어둠속에서 보니 저쪽에 낯선 사내 둘이 더 있었다. 사내들 손에 무언가가 들려 있었다.

형섭은 그들에 대한 두려움보다는 그들의 오해를 어떻게 풀 수 있을까가 더 걱정되었다. 그럴 리는 없겠지만 만일 유다나 연희마저 자기가 밀고했다고 생각한다면 그것은 참으로 난감한 일이 아닐 수 없었다.

"각오해!"

사내가 짧고 강한 어조로 말했다. 순간 주위에 살벌한 기운이 감돌았다. 형섭은 이 상황을 벗어날 길이 없다는 것을 깨달았다. 무슨 변명이 통하겠는가.

"당신이 그렇게 생각하고 있다면 어쩔 수가 없군. 하지만 하늘에 맹세코 나는 밀고 따위의 짓은 절대 하지 않았소. 더구나 유다와 함께 있는 그 여자는 내가 진실로 사랑했던 사람이오. 그런데 어떻게 그런 짓을……"

"흥, 네가 아니면 누가 그랬단 말이야! 더러운 자식!"

순간, 그의 주먹이 형섭의 왼쪽 턱을 향해 강하게 날아왔다. 갑자기 날아온 주먹이라 미처 피할 틈도 없었다. 눈앞이 아찔해졌다. 순식간에 입 속이 찝찔한 액체로 찼다. 형섭은 비틀거리는 몸을 억지로 가누며 그를 쳐다보았다. 그러나 의외로 마음이 차갑게 내려앉았다.

"이게 당신들이 말하는 식의 응징이오?"

형섭은 흐르는 피를 손등으로 닦으며 차가운 목소리로 말했다.

"개애새끼!"

언제인지 모르게 아까 저쪽에 서 있던 사내 중의 하나가 달려와 각목으로 형섭의 오른쪽 어깻죽지를 세차게 때렸다.

"억!"

형섭은 고통을 참지 못하고 낮게 비명을 지르며 그 자리에 쓰러졌다. 그러자 다른 사내가 쓰러진 형섭의 옆구리를 향해 발길을 날렸다. 숨이 끊어질 듯 막혔다.

"그래, 우리가 바로 네가 말한 열심당 시카리들이야! 혁명의 파수꾼들이지! 민중의 피를 빨아먹는 모든 가진 자를 응징하라는 사명을 받은 자들이야! 네놈같이 더러운 밀고자는 죽어야 마땅해! 죽어야 마땅하다고! 알겠어? 개애새끼!"

그들은 마치 굶주린 승냥이들처럼 달려들어 형섭의 몸을 물어뜯었다. 주먹과 발길과 각목이 형섭의 몸 아무데나 와서 함부로 찍혔다. 머리가 깨어졌는지 이마에 뜨거운 것이 흘러내렸다. 형섭은 이리저리 낙엽처럼 뒹굴며 아무런 저항도 하지 않고 고스란히 그들의 폭력을 온몸으로 받아들였다.

그래, 때려라. 그래서 너희들의 마음이 풀린다면 마음껏 때려. 유다, 이게 너의 정체냐? 이게 네가 말하는 혁명의 방식이냐?

맞으면 맞을수록 형섭은 이상하게 편안해지는 기분이 들었다. 그리고 왠지 모를 쾌감이 온몸을 짜릿하게 훑고 지나가는 것을 느꼈다.

이미 사방은 어두워졌고, 언덕빼기 공터엔 바람이 몹시 불고 있었다. 폭풍우라도 몰려오는지 공터의 마른 풀들이 바람이 불 때마다 옆으로 쏠려 넘어지며 휘파람 소리 같은 것을 질러댔다. 하늘에는 천군만마가 달려가듯 검은 구름이 몰려가고 있었다.

사내들에 둘러싸인 채 정신없이 맞으면서 형섭은 어쩐지 외로운 생각이 들었다. 생각하면 정말 이상한 일일 터였다. 참혹한 고통 속에서 느끼는 외로움이라니! 그 옛날 어두운 지하실에서 고문을 당할 때도 언뜻언뜻 그런 느낌이 면도칼처럼 폐부를 스쳐지나가곤 했다. 불가항력의 폭력 앞에 몸을 내맡겼을 때 오는 자포자기 상태의 편안함. 그리고 그 편안함 속에 면도칼처럼 비치는 외로움. 그래, 그것은 외로움이었고 슬픔이었다.

땅바닥에 쓰러져 흙에 얼굴을 맞대고 있는 순간, 코끝을 스치는 흙냄새에 형섭은 정신이 아득해졌다. 문득 죽음이란 이런 느낌으로 찾아오는 것인지도 모른다는 생각이 들었다.

그 속에서 연희의 모습이 떠올랐다. 이미 떠난 줄 알았는데 어느새 그의 곁에 와 있었다. 그리고 미경의 모습도 떠올랐다. 가슴이 아려왔다. 그리고…… 애림의 모습도 보였다. 감옥의 면회실 칸막이 너머에서 미소를 짓고 있던 그녀의 모습 역시 슬픈 빛깔을 띠고 있었다. 왜 그네들은 모두 한결같이 슬픈 빛깔을 띠고 있는지 알 수가 없었다.

잡초가 마구 자라 있는 황량한 언덕빼기 공터 위로 차갑고 습한 바람이 윙윙 소리를 내며 불었다. 검은 구름 사이로 가끔 달빛이 이 끔찍한 장면을 사진이라도 찍어두려는 듯 내려비치곤 했다.

형섭은 비명을 속으로 삼켰다.

얼마나 지났을까. 형섭은 정신이 아득해졌다. 울컥울컥 구토질이 일어났다. 한쪽 눈이 부어올랐는지 앞이 자꾸 흐릿하게 보였다. 온몸이 땀과 피로 얼룩졌을 때쯤 사내가 거친 숨을 몰아쉬며 형섭을 불렀다.

"장형섭!"

그의 소리가 저 멀리 아득한 곳에서 들려오는 것 같았다.

"장형섭, 말해봐? 왜 밀고를 했어? 누구한테 밀고를 했냔 말이야?"

사내는 형섭의 멱살을 잡고 눈을 똑바로 쳐다보며 말했다. 억센 손아귀에 잡힌 형섭은 숨이 막힐 지경이었다. 땀에 젖은 머리카락이 이마 위로 흘러내려 반쯤 눈을 가렸다. 그러나 형섭은 자기도 모르게 싸늘한 미소부터 떠올렸다.

"난…… 난, 밀고 따위 더러운 짓은 하지 않아……"

달빛에 형섭의 얼굴이 비쳤다. 피범벅이 된 그의 얼굴은 악귀의 형상을 하고 있었다.

"자식이 그래도……?"

"후후후……"

형섭은 하늘을 바라보며 공허하게 웃었다. 때마침 불어온 바람에 그의 머리카락이 잡초처럼 부서져 날렸다. 울컥 하고 눈물이 치솟았다.

"여보시오, 형씨. 당신은 진정한 고통이 뭔지 알고 있소?"

"이 새끼가…… 정말?"

"그렇게 때리고 싶으면 때리시오. 죽여도 좋소. 난 죽음 따윈 두려워하지 않소. 그러나 이것만은 알아두시오. 나 역시 이 세상의 어둠과 맞서 싸워온 사람이오. 학교를 팽개치고 공장에 들어가 일도 했고, 감옥에도 갔고, 짐승과 같은 고문도 당했소. 내 속엔 아직 꺼지지 않은 불꽃이 있소. 나의 불꽃 말이오. 내가 호락호락하게 밀고를 하거나 당신들의 터무니없는 협박에 무릎 꿇을 놈으로 보였다면 오산이오, 알겠소?"

"개애새끼! 연극하지 마! 지랄 떨지 말란 말이야!"

사내는 형섭의 멱살을 잡고 있던 손으로 마치 팽개치듯 뒤로 밀치면서 말했다. 형섭은 몇걸음 뒤로 비틀거리며 물러나다가 겨우 균형을 잡고 서면서 말했다.

"난 드디어 알았소. 김진성을 죽인 자들이 바로 당신들이란 걸. 당신들이 그를 죽였어. 당신들이 그를 죽여 저수지에 갖다버렸어! 달빛이 환한 보름날에 말이오. 물론 유다가 시켰겠지."

"개애새끼, 정말……!"

그러자 그의 뒤에서 각목을 들고 서 있던 비쩍 마른 사내 중의 하나가 잽싸게 튀어나와 형섭의 왼쪽 다리를 향해 각목을 힘껏 휘둘렀다. 피할 틈도 없이 각목에 맞은 형섭은 억, 소리를 지르며 그 자리에 주저앉았다. 바람을 맞은 전신주에서 윙윙 소리가 났다.

"흥."

사내는 싸늘하게 코웃음을 쳤다.

"네 멋대로 생각해. 하지만 틀렸어! 잘 들어둬. 무엇이 진실인지……
진성이는 유다의 직속 비서이자 내 단짝이었지. 하지만 워낙 감상적이
고 약한 놈이었어. 강철 같은 조직에는 철삿줄 같은 신경을 가진 자만
이 살아남는 법이지. 그게 그의 약점이었어. 그런 약점을 저들이 모를
리가 없었지. 마치 물고기의 코를 꿰는 날카로운 낚싯바늘처럼 저들은
그의 코를 꿰었던 거야. 더러운 거래가 이루어졌어. 프락치를 하는 대
가로 졸업 후 모든 것을 보장해주겠다고 약속했지. 그러나 그는 워낙
마음이 약한 놈이어서 어느날 내게 그런 사실을 모두 고백했어. 그러고
나서 얼마 후 그가 죽었지. 그의 폭로가 두려웠던 정보기관이 그를 죽
였던 거야. 하지만 어쨌든 그는 프락치라는 더러운 짓을 했고, 그 댓가
를 받은 거야. 누구에 의해서든 그는 결국 죽었을 거야."

"누구에 의해서든?"

"그래, 누구에 의해서든…… 만일 당국이 그를 제거하지 않았다 하더
라도 누군가는 그를 응징했을 거야. 어쩔 수 없이……"

"미쳤군."

형섭은 절망적인 기분으로 중얼거리듯 말했다. 마치 뭔가에 홀린 기
분이었다.

"살인자들! 더러운 음모자들!"

형섭은 비틀거리며 일어나 사내에게로 다가가면서 말했다. 바람이
그의 머리카락과 점퍼 깃을 휩쓸고 지나갔다.

"거기 서!"

하지만 형섭은 멈추지 않았다. 그는 마치 술에 취한 것처럼 비틀거리
며 사내의 눈을 똑바로 쳐다보면서 걸어갔다.

"이 세상은 결코 증오에 의해 바뀌진 않았어. 태초부터 지금까지……사랑 없이는 아무것도 바뀌지 않았어. 사랑만이 억압으로부터 이 세상을 해방시킬 수 있었어. 그것이 하느님의 법이야! 유다에게 가서 내 말을 전해!"

"서란 말이야!"

"불꽃으로 이 세상을 이긴 적은 없었어. 저 잡초들……"

"서!"

"대지에 뿌리를 내리고 있는 저 잡초들 같은 인간들이 세상을 바꾸었어!"

형섭의 눈은 무섭게 타오르고 있었다. 바람이 갈기갈기 흩어놓은 머리카락과 피에 얼룩진 얼굴 때문에 섬뜩하게 보였다. 형섭은 비로소 자신의 내부에 도사리고 있던 어둠의 힘을 보았다. 그의 무시무시한 모습을 보고 사내들은 약간 주춤한 표정으로 뒤로 물러섰다.

"흐흠…… 폭풍우 부는 밤의 산책이 나쁘지는 않군."

그때 어둠속에서 누군가가 나지막하게 냉소를 치는 소리가 들렸다. 그 소리는 워낙 낮고 음침하여 마치 땅속에서 들려오는 것 같았다. 형섭을 둘러싸고 있던 사내들은 물론 형섭도 흠칫 놀라 소리가 난 곳을 쳐다보았다. 그러나 소리가 들려온 공터 저편 숲에는 짙은 어둠밖에 없었다.

"누구냐?"

사내 중의 하나가 잔뜩 긴장한 목소리로 낮게 외쳤다. 그러자 나무 그늘 사이로 누군가가 천천히 몸을 나타냈다. 마침 구름 사이로 드러난 달빛이 그의 모습을 희미하게 비쳤다.

"아니, 당신은?"

그를 가장 먼저 알아차린 형섭이 놀란 목소리로 외쳤다. 하얗게 센 숱이 많은 머리, 야수처럼 차갑게 빛나는 눈빛, 굳게 다문 입…… 정보부의 박부장, 바로 그 사내였다. 그는 바바리코트에 두 손을 찌른 채 천천히 그들을 향해 걸어왔다. 형섭은 순간 정신이 멍해졌다. 마치 도깨비에라도 홀린 기분이었다. 박부장이 어떻게 약속이나 한 듯 이 시간에 이 자리를 알고 나타났단 말인가.

"유다의 검은 사제들이 어디 가셨나 했더니 여기에 다 있었군."

"넌 누구냐?"

그가 혼자인 것을 알아챈 사내 중의 하나가 극도로 억제된 목소리로 외쳤다.

"흥, 그건 알아서 뭣 해? 이제 모두 끝났어. 순순히 그 자리에 엎드려!"

박부장이 위협적으로 소리쳤다.

"형사 끄나풀? 그랬었군. 후후."

사내는 다시 형섭에게 눈길을 돌려 자조하듯 웃었다.

"이래도 네가 밀고자가 아니라고 변명할 텐가?"

"아니, 이건…… 나도 모르는 일이오."

"개애새끼!"

순간 사내의 발길이 형섭의 가슴패기를 찼다. 억, 소리를 내며 형섭이 뒤로 넘어졌다. 숨이 끊어질 것 같았다. 가슴을 안고 몇번 나뒹굴었다. 그러나 그것은 사내들이 박부장의 관심을 딴데로 돌려놓고 도망칠 기회를 얻기 위한 행동에 지나지 않았다.

"튀엇!"

사내의 말과 함께 그들은 어둠속을 향해 후닥닥 달아나기 시작했다.

234

순식간에 그들의 모습이 어둠속으로 사라졌다. 하지만 박부장은 코트 주머니에 손을 넣은 채 그들이 사라진 쪽을 보며 여전히 냉소를 짓고 서 있을 뿐이었다.

"오래간만이오, 장형. 그런데 몰골이 말이 아니시군."

이윽고 그가 형섭을 향해 시선을 돌리면서 말했다.

"걱정 마시오. 그들은 곧 잡힐 거요. 근처에 경찰들이 쫙 깔려 있으니까."

"그렇다면……?"

"물론이오. 그들이 장형 뒤를 따라오는 동안 나 역시 그들의 뒤를 밟고 있었소."

형섭은 그 순간 전깃불이 들어오듯 모든 것을 깨달았다.

"윤애림이나 성유다도……?"

그러자 박부장은 알 듯 말 듯한 미소를 지었다. 그의 미소를 보자 형섭은 갑자기 숨이 멎는 것 같았다. 미끼와 덫. 그래, 바로 자신이 그들의 미끼였고 덫이었던 것이다. 그날 애림이 형섭의 하숙집에서 자고 간 다음다음날 바로 체포된 것도, 형섭이 유다가 숨어 있는 사당동의 낡은 교회에 다녀간 후 경찰이 그곳을 급습한 것도 모두 형섭 자신을 미끼로 이용한 덫이었다는 말이다. 그럴 수가…… 형섭은 순간 아득한 나락으로 빠져드는 기분이었다.

검은 구름이 하늘을 가득 덮고 있었다. 폭풍우를 몰고 오는 바람이 박부장의 하얗게 센 머리카락을 날렸다. 그는 싸늘한 눈으로 형섭을 쳐다보며 말했다.

"기분 나쁘게 생각하지 마시오. 그게 내 직업이니까."

절망적인 기분에 빠져 있던 형섭은 다음 순간 끓어오르는 분노를 견디지 못하고 그의 뺨을 힘껏 때렸다. 아니, 때렸다고 생각한 순간 그의 손목은 어느새 박부장의 억센 손아귀에 잡혀버렸다.

"나쁜 놈!"

손목을 잡힌 채 형섭이 분노에 찬 목소리로 말했다.

"장형섭."

박부장은 엄숙한 표정으로 그런 형섭을 쳐다보며 말했다.

"그런 눈으로 날 쳐다보지 마. 너 역시 조심하는 게 좋아. 난 처음부터 너의 자발적인 협조를 기대하지 않았어. 첫눈에 너라는 놈 역시 대단히 위험한 존재라는 걸 알고 있었거든. 아니, 어떻게 보면 나의 예감이지만 유다보다도 네가 더 위험한 인간인지 몰라. 네 눈 깊은 곳에 도사리고 있는 분노의 불꽃, 언제 터져나올지 모르는 휴화산처럼 떨리는 눈빛. 그것을 봤거든."

형섭은 그의 손을 힘껏 뿌리치며 돌아섰다. 둘 사이에 잠시 깊은 침묵이 흘렀다. 싸늘한 바람이 형섭의 옷깃 속으로 파고들었다.

"난 당신이 얼마나 비참한 기분인지 알고 있소. 유감이오. 하지만 이게 우리가 할 수 있는 최선의 선택이었다는 것을 당신도 곧 알게 될 거요."

이윽고 그는 다시 예의바른 말투로 돌아가서 형섭의 등을 향해 마치 변명이라도 하듯 말했다.

"너무 자책하진 마시오. 어차피 그들은 내 손에 잡히게 되어 있었으니까."

그러고는 박부장은 담배를 뽑아물었다. 형섭은 자신에 대한 자학과 분노, 절망과 허탈감에 젖어 여전히 등을 돌린 채 서 있었다. 담배에 불을 붙인 박부장은 마치 독백이라도 하듯 말을 이었다.

"이런 일을 하는 동안 나는 나름대로 한가지 확고한 신념을 가지게 되었지. 그것은 성악설이란 것이오. 인간은 근본적으로 야만적인 동물에 지나지 않는다는 거요. 인간이란 껍데기를 벗겨놓고 보면 그 속엔 온갖 욕망이 범죄를 저지를 틈을 노리고 호시탐탐 준비를 하고 잠복해 있다는 뜻이오. 마치 발병 직전의 세균들처럼. 적당한 온도, 적당한 조건만 주어지면 누구라도 악랄하고 끔찍한 범죄자가 되는 건 한순간이요. 언젠가 아우슈비츠에 대한 영화를 본 적이 있었는데 그곳에 책임자로 있던 한 독일군 장교는 이전엔 중산층의 안락한 생활을 누리던 아주 고상하고 자상한 아버지이자 대학교수였다는 것이오. 그런 그가 일단 수용소의 책임자로 부임하자 가장 악랄한 방식으로 수용자들을 학대하고 죽였어. 심지어는 임산부나 어린애까지 말이오. 그게 인간이오. 아니, 그게 가장 인간적인 인간의 모습이지. 겉으로 아무리 착하고 부드럽게 행동한다 해도 그건 껍데기에 지나지 않는 법이거든. 심지어는 끔찍한 살인자라 해도 범죄를 저지르고 있을 때를 제외하고는 한없이 선량하게 보여서 이 친구가 정말 사람을 죽였을까 하는 의문이 들 때가 있으니까. 그런 모습에 속으면 안되오."

언덕 아래 동네의 불빛이 바람에 떨리는 것 같았다.

"그런 인간들이 모여사는 세상을 그래도 질서있게 만드는 것이 바로 국가권력이며, 경찰이며, 감옥이오. 나는 감옥이 없는 세상이란 걸 상상해볼 수 없소. 나는 이 질서를 파괴하는 어떠한 행위도 용납되어서는 안된다고 믿고 있소. 바로 유다와 그의 추종자들 같은 자들 말이오!"

"흥, 정말 훌륭한 철학이시군."

형섭은 돌아서서 그를 똑바로 쳐다보며 말했다.

"진짜 타락한 것은 당신과 당신이 떠받드는 국가권력이오. 군대를 키

우고 개를 키우고 감옥의 담장을 높이는 자들, 질서의 이름으로 민중을
억압하는 자들 말이오. 나는 유다를 좋아하진 않지만 적어도 그가 당신
보다는 더 고귀한 생각을 가졌다고 믿고 있소."

얼굴에 흐르던 피는 말라붙었지만 형섭은 여전히 귀신 같은 형용으
로 말했다. 구름이 빠르게 흘러갔다. 마른 풀이 미친 듯 날렸다. 달은
더이상 보이지 않았다.

바람소리가 스산하게 가슴속을 쓸며 불어왔다. 누더기처럼 조각조각
찢어진 검은 구름이 음산하게 하늘을 가리고 있었다. 바람부는 산동네
언덕의 밤풍경은 마치 폭풍 전야의 광야를 연상시켰다. 높은 철탑 전신
주가 바람을 맞아 웅웅 소리를 내며 울었다.

형섭은 오한을 느꼈다. 아까 맞은 자리가 몹시 쓰라리고 아팠다.

"이제 얼마 후 재판이 시작될 거고 당신은 증인으로 채택되겠지. 그
곳에서 당신은 오늘밤 일어났던 폭력사건에 대해 자세하게 말해주어야
할 거요."

"거절하겠소."

"그게 그렇게 쉽지는 않을 거요. 당신은 이미 사건 깊이 들어와 있고,
이 모든 절차가 끝나지 않는 이상 자기 마음대로 끝낼 수 없으니까."

"협박하는 거요?"

"마음대로 생각하시오. 어쨌든 곧 재판은 진행될 테지. 대단히 복잡
한 사건이어서 마치 추리소설을 대하는 것처럼 많은 사람들이 관심을
가지게 될 거요. 유다란 인물 자체만으로도 흥미를 끌기에 충분할 테니
까."

그는 냉정한 목소리로 마치 단언이라도 하듯 말했다. 그런 다음 이제
할일이 다 끝났다는 듯 형섭을 향해 가볍게 눈인사를 하며 돌아섰다.

"자, 그럼…… 아, 참! 정연희 일은 참으로 안됐소."

다시 형섭을 향해 뒤돌아보며 그는 갑자기 생각난 듯 말했다.

"그럴 필요가 없었는데 말이오. 임신 칠개월째라더군."

"부탁이 있소."

형섭이 무거운 목소리로 그에게 말했다. 뭔가 하는 표정으로 그가 형섭을 쳐다보았다.

"마지막으로…… 연희를 한번 만나게 해주시오."

형섭은 침통한 어조로 말했다. 박부장은 잠시 곤혹스런 표정으로 서 있다가 말했다.

"좋소, 노력해보겠소. 무엇보다 연희 어머니의 허락이 필요하니까. 어쨌든 그녀가 의식을 회복하는 대로 만날 수 있도록 주선해보겠소. 다른 부탁은?"

"없소."

"그럼……"

박부장은 형섭에게 다시 한번 고개를 까딱하고는 언덕길을 천천히 내려갔다. 먼저 검은 바지가 사라지고 다음에는 회색 바바리코트가 사라지고 마지막으로 그의 하얗게 센 머리가 사라졌다. 그가 사라지고 나자 언덕빼기 공터에는 형섭 혼자 남았다. 바람이 소리내어 불었다.

그가 사라지고 나서도 형섭은 한참 동안 그 자리에 굳은 듯이 서 있었다.

겨울여행

겨울이 오고 있었다. 겨울공기에서는 차가운 유리창의 견고함과 텅 빈 술병의 쓸쓸함이 함께 느껴졌다.

그날의 폭풍우가 지나가고 난 후 형섭은 한동안 방에 누워 끙끙 앓았다. 집에 와서 보니 온통 피멍이 맺혀 있었고, 곳곳에 상처투성이였다. 그 와중에 뼈가 상하지 않은 게 그나마 다행이었다.

처음 며칠 동안은 땀을 뻘뻘 흘리며 악몽을 꾸었다. 악령들에게 둘러싸여 온갖 능욕을 당하다가 어디론가 정처없이 끌려다니는 그런 꿈이었다. 누군가 자기를 부르는 소리가 들렸다.

장……형……섭!

마치 깊은 어둠속에서 부르는 소리 같았다. 단호하고도 명령투인 그 소리. 귀에 익은 듯한 그 소리. 그것은 기억하고 싶지도 않은 시간의 저쪽에서 들려오는 소리였다. 그럴 때면 형섭은 자다가 벌떡 일어나 있곤 했다.

연희를 생각하면, 그녀의 고통과 슬픔을 생각하면, 촛불이 일렁거리는 낡은 교회에서 본 그녀의 초라하고 마른 모습을 떠올리면, 형섭은 당장이라도 그녀에게 가야 할 것 같았다. 그녀 앞에서는 사랑이라는 말조차 함부로 쓰지 못할 것 같았다. 만일 운명이란 게 있다면 이런 경우에 쓰여야 할 단어인지 몰랐다.

그날 형섭에게 폭력을 가했던 사내들은 모두 현장에서 잡혔다. 그들이 끝내 자기를 밀고자라고 확신할 것을 생각하니 형섭은 마음이 무거웠다. 그간의 정황을 보면 그들이 그렇게 오해하는 것도 당연한 일일는지 몰랐다.

애림이 체포된 것도 형섭의 하숙집에서 자고 나간 다음다음날이었고, 유다와 연희가 숨어 있던 낡은 교회가 급습을 당한 것도 형섭이 그곳을 다녀간 직후였다. 그러니까 누군가 형섭의 뒤를 계속해서 감시하고 있었다는 말이고, 그 누군가가 바로 박부장이었다는 게 이제 분명한 사실로 드러났다. 그것을 생각하면 형섭은 심한 자책감과 함께 모멸감이 들었다. 어쨌든 자기가 원했든 원하지 않았든 형섭은 저들에게 협조한 꼴이 되어버린 것이다. 그런 사실을 유다나 연희가 안다면 자기를 얼마나 경멸하고 멸시할 것인가.

아무도 없는 텅 빈 방에는 겨울이 오고 있다는 표시처럼 냉랭한 바람과 귀뚜라미 소리만 떠돌고 있었다. 한밤중의 고요가 바다보다 깊게 가라앉아 있었다. 창문 너머 저 멀리서 기차가 규칙적으로 덜컹거리며 지나가는 소리가 들렸다.

그것마저 지나가고 나면 형섭은 마치 우주의 한구석에 혼자 내버려진 것 같은 외로움에 몸을 떨었다. 사람의 체온이 그리웠다. 한번도 본 적 없는 모르는 사람이라 할지라도 부둥켜안고 상처받은 짐승처럼 몸과 마음을 부벼대고 싶었다. 따뜻한 등불이 비치는 사람들이 사는 세상으로 가고 싶었다. 가리봉동 시절의 친구들도 떠오르고, 봉천동 시절 함께 자취를 했던 동만과 민수의 얼굴도 떠올랐다. 몸을 만져보니 참으로 많이 말랐다는 생각이 들었다.

그런 형섭의 마음을 알기라도 하듯 편지가 한통 날아왔다.

편지봉투 겉면에 '사천오백십일번 윤애림'이란 글자와 그 이름 위에 푸른 잉크로 '검사필'이라고 선명하게 찍힌 도장이 먼저 눈에 띄었다. 그녀의 이름 위에 찍힌 푸른 도장이 형섭의 가슴을 찡하게 울렸다. 그것은 새의 날개에 박힌 못과 같았다. 푸른 하늘을 향해 날고 싶은 새의 날개에 박힌 못……

형섭은 애림의 젖은 눈매를 떠올렸다. 검은 머리카락이 치렁하게 덮고 있던 작은 어깨와 열정에 불타는 듯한 까만 눈동자도 기억났다. 형섭은 조심스럽게 편지를 뜯어보았다.

안녕하세요, 형섭씨.

편지를 쓰고 싶었지만 주소도 모르고 또 외람된 짓 같아서 몇번이나 망설였어요. 그러다가 지난번 혜숙이 면회 왔을 때 주소를 알아두었다가 이렇게 용기를 냈어요. 괜찮죠?

지난번 면회 왔을 때가 엊그제 같은데 어느새 가을도 다 지나가버렸군요. 이곳에도 겨울준비를 하느라고 제법 부산해요. 감옥이라 늘 쥐죽은 듯이 조용할 줄 알았는데 그게 아니군요. 사람 사는 동네란 어디 있으나 바쁘긴 매한가진가봐요.

아직 연희랑은 만나지 못했나보죠? 생각하면 우습죠? 밖에 있을 때 그렇게 쏜살같이 지나가던 시간이 여기선 참으로 느릿느릿 흘러가니 말이에요. 그때 형섭씨랑 함께 앉아 있던 언덕이 가끔 떠오르곤 해요.

창살 너머로 오늘은 하늘이 유난히 푸르군요. 겨울이 오면 재판이 시작된다는군요. 사람들은 자신이 갇혀 있는 동안 필사적으로 이곳을 벗어나려 노력하지만 정작 나가서 뭘 할 거냐고 물어보면 대답이란 의외로 시시하답니다. 먼저 미장원에 가겠다는 사람, 늘어지게 잠부터 자겠다는 사람, 쇼핑을 하겠다는 사람, 라면과 떡볶이부터 실컷 먹어보겠다는 사람…… 그래요. 어쩌면 우리 인생이란 그런 시시한 일들로 가득 차 있는지도 몰라요. 그러고 보면 꿈을 꾸고 있는 동안이 가장 행복한 순간이 될지도 모르겠군요. 나는 나가면 뭘 할까? 그런 상상을 하고 있으면 여기가 감옥이라는 사실도 잊어버리고 실제로 가끔 행복한 느낌이 들기도 해요.

내가 나가는 날, 눈이라도 펑펑 내렸으면 좋겠어요.

나…… 사실, 어젯밤, 형섭씨 꿈을 꿨어요.

보고 싶다는 말, 해도 괜찮겠죠?

외람된 편지, 외람된 말, 정말 죄송해요. 늘 건강하길 빌겠어요…… 윤애림.

편지를 접고 나서 형섭은 한동안 그녀 생각에 잠겼다. 몇번 되지 않는 만남, 짧았던 그녀와의 시간을 기억했다. 그리고 그녀의 따뜻한 가슴과 입술을 떠올렸다.

이제 그녀의 감옥에도 곧 겨울이 올 것이다. 깊고 푸른 겨울밤, 그녀의 꿈속으로 수많은 추억들이 물방울처럼 떠올랐다가 사라지곤 할 것이다. 그 물방울 같은 추억 속에 형섭 자신도 가끔은 푸른빛으로 나타나곤 할지 몰랐다.

형섭은 애림의 편지를 조심스럽게 접어 누워 있던 자리의 밑에 두었다. 그녀가 나오는 날 그녀의 소망대로 흰눈이 펑펑 쏟아져내리면 좋겠다는 생각이 들었다. 형섭은 오래간만에 어쩐지 행복한 기분에 잠겨 이런저런 상상의 날개를 폈다.

며칠 후, 동만이 병문안이라고 찾아왔다. 동만은 혼자 온 것이 아니라 여자와 함께 나타났다. 덩치가 동만보다 크고 말처럼 길쭉한 얼굴에 이목구비가 시원하게 생긴 아가씨였다.

"꼴 조옿다!"

형섭이 누워 있는 자리 옆에 앉으며 동만은 대뜸 웃음부터 터뜨렸다.

"그게 무슨 악담이니? 죽다가 살았는데……"

어이가 없어 형섭 역시 따라 웃으면서 말했다. 딱지는 앉았지만 아직도 얼굴의 상처가 그대로 남아 있었다.

"그래도 입은 살아 있구먼! 인사해, 내 여자친구야."

동만의 뒤에 있던 여자가 고개를 까딱하며 눈으로 웃었다.

"지선이라고 해요. 김지선……"

지선은 과일봉지와 안개꽃으로 장식된 빨간 장미 한다발을 들고 있었다. 형섭이 자리에서 일어나려 하자 동만이 얼른 그의 어깨를 누르며 말했다.

"누워 있어. 네가 일어나면 괜히 불편해지니까 말이야. 그나저나 큰일날 뻔했어. 나쁜 새끼들, 사람을 어쩌자고……"

"그게 아니야."

형섭이 변명을 했다.

"아니긴 뭐가 아니야. 사람을 이렇게 골병들게 해놓고 말이야."

"그게 아니라니깐 그래."

형섭은 지레짐작으로 넘겨짚는 동만의 엉뚱함에 저절로 미소가 떠올랐다. 동만처럼 세상을 그렇게 단순명료하게 볼 수 있다면 얼마나 좋을까, 하는 생각이 들었다.

"넌 언젠가 머리 빡빡 깎고 입산하겠다더니……?"

형섭이 말머리를 돌릴 셈으로 동만의 뒤에 엇비슷하게 앉아 있는 지선에게 관심을 보이며 말했다.

"내가 언제 그랬었나?"

동만이 그제야 이를 드러내고 소리내어 웃었다.

"그게 다아 해보는 소리지 뭐. 세상에 하느님이 인간을 창조할 때 남자 여자를 만든 거이 다아 까닭이 있었는 기라. 나는 그냥 이렇게 살란다. 잘난 놈들 잘난 대로 살라지 뭐."

"세상에 거짓말하는 놈이 딱 세 놈 있다더니 네가 그 하나였군그래. 빨리 죽어야지 하는 노인네, 시집 안 가야지 하는 처녀, 그리고 너!"

"훗! 넘 말 하지 마. 너야말로 여복이 터져서 이 난리 아닌가베. 그래 연희씬 어떻게 됐어? 만났니?"

형섭의 농에 동만이 낄낄거리면서 말했다.

"응."

연희 이야기가 나오자 형섭은 갑자기 표정이 어두워졌다.

"잘 안됐나보네. 그럴 줄 알았어."

동만이 형섭을 위로하듯 말했다.

"깨끗이 잊어버려. 지나간 것은 지나간 것일 뿐이야. 지나간 것은 다시 돌아오질 않아. 과거 현재 미래 중에서 가장 소용없는 것이 과거지. 난 박물관에 가는 게 젤 싫어. 과거의 시체들만 즐비하거든. 난 절대 뒤 돌아보지 않을 거야."

"지선씨는 뭐 해요?"

그의 사설이 듣기 싫어서 형섭이 지선에게 시선을 주며 말했다.

"미장원에서 일해요."

지선이 웃으면서 말했다. 얼굴형이 길쭉하지만 눈빛이 서글서글하고 이마가 넓었다. 동만과 썩 잘 어울린다는 생각이 들었다.

"요즘 말로 하자면 헤어디자이너지. 이대 앞에 머리 커트하러 갔다가 만났어."

동만이 옆에서 거들었다.

"말씀 많이 들었어요."

지선이 약간 혀짧은 목소리로 말했다.

"우리 동만이 잘 돌봐주세요. 아직 철이 없어서……"

"지랄!"

지선이 커다란 입을 손으로 가리고 소리내어 웃었다.

"그나저나 민수는 잘 지낸대?"

"짜식이 맨날 우는 소리지 뭐. 최전방에 배치되었는데 면회 한번 오지 않는다고 투정이 대단하더라. 겨울 가기 전에 제발 한번 다녀가라고……"

형섭은 지난번 휴가 나왔을 때 만난 민수를 떠올렸다. 그리고 겨울날의 썰렁한 내무반 막사와 눈을 이고 달리는 수천 수만 마리 말의 잔등같은 강원도의 산을 떠올렸다. 그리고 가난하던 봉천동 시절…… 그래도 지나놓고 보니 서울 와서 그 시절이 가장 행복했던 것 같았다. 야간쌀롱에서 밤근무를 마치고 돌아온 민수와 둘이서 한꺼번에 두 가지 프로를 틀어주는 싸구려 극장에 갔던 일이 떠올랐다.

"잘됐군. 같이 한번 면회 가. 나도 가고 싶어."

"빨리 일어나기나 해."

"거의 다 낫어. 누워 있는 것도 지겨워. 머리만 복잡하구."

"알았어. 쇠뿔도 단 김에 뽑으라고 이번 토요일 어때?"

"토요일…… 난 좋아."

"됐어. 그럼 토요일 아침에 다시 올게. 그때까지 몸조리 잘해. 그리구 하숙집 아줌마한테 불 좀 넣어달래구. 날씨가 그래선지 어쩐지 방이 썰렁해."

"알았어. 와줘서 고마워. 지선씨두……"

"아예 지금부터 형수님이라 불러봐. 귀여움도 받고 좀 좋아?"

동만이 자리에서 일어나며 그래도 농담이라고 했다.

"넌 아래위도 없니? 제수씨더러 형수라니……"

형섭이 몸을 일으키며 짐짓 능청스럽게 말했다.

"하하하, 생각보다 재미있으시네요. 몸조리 잘하세요."

지선도 웃으면서 동만과 함께 일어났다.

"지선씨두 토요일에 올 거죠?"

"보구요."

두 사람은 밖으로 나갔다. 지선이 목이 긴 가죽구두를 신느라고 어정거릴 동안 동만은 그 뒤에 서서 철길을 바라보고 있었다. 그들이 가고 나자 형섭은 몸도 마음도 한결 가벼워진 느낌이었다. 어둡고 썰렁한 방안에 지선이 두고 간 장미꽃 다발에서 은은한 향기가 흩어지고 있었다.

동만과 약속한 토요일이 올 동안 형섭은 혹시나 박부장으로부터 무슨 연락이라도 오지 않나 하고 초조하게 기다렸다. 시간이 지날수록 연희의 상태가 궁금해서 견딜 수 없었던 것이다. 그런데 금요일 아침, 박부장이 아니라 혜숙으로부터 전화가 왔다. 별일 없느냐는 것이었다. 혜숙은 아직 형섭이 폭행당한 사실을 모르고 있는 것 같았다.

  "……그랬어요?"

  형섭이 그간 일어난 일을 대충 이야기해주자 혜숙이 깜짝 놀라면서 말했다.

  "어떻게 그런 일이! 많이 다쳤어요?"

  "조금…… 이젠 괜찮아요."

  "누군가 밀고했을 거란 생각은 했는데, 일이 그렇게 되었을 줄이야."

  "저들이 오해를 하는 것도 무리가 아니에요. 조심하지 않았던 내 탓이 커요."

  형섭은 자책하듯이 말했다.

  "조심하세요, 아직 끝난 것은 아니니까. 그리고 그 박부장이란 자, 별명이 '장가방'이라고 악랄하기로 소문난 인간이에요. 김진성의 죽음에도 그자가 연관되어 있는 게 틀림없어요."

  "그럴까요?"

  형섭이 조금 미심쩍은 목소리로 말했다.

  "어차피 유다가 체포되었으니 이제 진상이 밝혀지겠죠."

  "연희 소식은 들었죠?"

  혜숙이 물었다.

  "조금……"

  "유산을 했어요. 피도 많이 흘렸고…… 상태가 아주 심각한가봐요.

사람을 잘 알아보지 못할 정도니까."

"........."

유산이라니? 불길하고 어두운 예감이 형섭의 뇌리를 스쳤다.

혜숙의 전화를 끊고 나서도 형섭은 한동안 멍한 상태로 전화기 앞에 서 있었다. 불쌍한 연희…… 그녀에게 무슨 일이라도 일어난다면…… 그녀 곁에 갈 수 없다는 것이 형섭을 한없이 괴롭고 우울하게 만들었다.

형섭의 그런 마음을 아는지 모르는지 토요일 아침, 동만이 중고 르망 차를 끌고 하숙집으로 찾아왔다. 운전석 옆에는 어디 놀러 가는 사람마 냥 흰 꽃무늬가 박힌 주황색 원피스에 챙이 둥글고 넓은 초록색 모자를 쓴 지선이 타고 있었다. 햇살이 거울처럼 환하게 비치는 날이었다. 그러 나 형섭은 어제 혜숙의 전화를 받은 터라 찜찜한 얼굴로 그들을 맞았다.

"난 아무래도 안되겠어. 연희 소식도 궁금하고……"

그러자 동만이 강권을 하고 나섰다.

오늘 면회 갈 약속 때문에 모든 일을 취소하고 왔는데 그럴 수가 있 느냐, 이미 민수한테도 같이 간다고 이야기를 해두었다. 하루이틀 사이 에 무슨 일이 벌어지겠느냐, 이런 때일수록 여유를 가지고 냉정해질 필 요가 있다. 네가 집에서 끙끙 앓고 있다고 하여 뭐가 달라지겠느냐…… 등등.

"그래요, 같이 갔다와요. 오늘 갔다가 낼 아침 일찍 오면 되잖아요?"

지선까지 차에서 내려 거들었다.

형섭은 어쩌지도 못하고 난처한 표정으로 서 있었다.

"거울 좀 봐. 네 얼굴이 말이 아니야. 그런 얼굴로 연희씨를 만나느니 차라리 만나지 않는 게 좋겠다. 가면서 좋은 경치 구경도 하고 하루쯤 푹 쉬어봐. 마음의 그림자를 지우고 나면 훨씬 좋아질 거야. 바쁠수록 에둘러가라는 말도 있잖아?"

하긴 지금까지 아무 일 없었는데 하루 동안에 무슨 일이 일어날 것 같지는 않았다. 집에 있어봤자 동만이 말대로 이런저런 깨알 같은 걱정거리에 머리만 무거울 터였다.

"내일 일찍 올라와야 해."

형섭은 다짐이라도 하듯 자신없는 목소리로 말했다.

"알았어!"

동만이 큰 소리로 시원하게 대답했다.

형섭이 점퍼를 걸치고 나오자 동만이 시동을 걸어두고 담배를 피우고 있었다. 운전석 옆에 누가 앉을 것인가를 두고 지선과 잠시 승강이를 하다가 결국 지선이 동만과 나란히 앞자리에 앉고 형섭이 뒤에 앉았다.

마침내 털털거리며 차가 출발했다. 초겨울의 투명한 햇살을 받아 산동네의 비탈진 언덕이 환하게 드러났다. 가난한 살림살이도 그 순간 자연의 축복을 받아 마치 동화 속의 성처럼 평화롭게 보였다.

차가 서울을 벗어나 경춘가도로 접어들자 형섭은 집을 나선 게 잘한 일인지도 모른다는 생각이 들었다. 차가 북한강을 끼고 가평으로 접어들 무렵 지선은 어느새 고개를 옆으로 젖히고 잠에 빠져 있었다.

"너도 좀 자둬. 양구, 인제 지나 진부령 넘어가려면 왼종일 걸릴 테니까."

동만이 백미러로 뒤를 보며 말했다.

"알았어. 넌 안 졸려?"

"난 괜찮아. 어제 많이 자두었거든."

그러나 형섭 역시 잠이 오지 않았다. 오래간만에 나서는 겨울여행은 지나간 시간 속으로 달리는 추억여행처럼 향수를 불러일으켰다. 미루나무들이 줄지어 서 있는 강가와 물비늘을 반짝이며 흘러가는 강이 보였다. 그러자 하얀 치자꽃이 피어 있던 고향집 마당이 떠올랐다. 이번 일이 지나고 나면 고향에 한번 다녀와야겠다고 생각했다. 어머니의 늙으신 모습이 떠오르자 자기도 모르게 눈가가 침침해졌다.

춘천 지나 양구에 닿았을 무렵 이미 점심때가 지나 있었다. 휴게소에 들러 간단하게 요기를 하고 다시 서둘러 길을 재촉했다. 어두워지기 전에 민수가 근무하는 부대에 도착하려면 부지런히 길을 가야 했다.

인제로 접어들자 길이 자주 가팔라졌다. 백두대간 설악의 줄기가 본격적으로 시작된 것이다. 진부령으로 넘어가는 길은 형섭이 군대생활할 때만 해도 비포장도로였는데 몇년 사이에 아스팔트로 포장이 되어 있었다. 동만이 끌고 온 낡은 중고차가 털털거리며 가쁜 숨을 몰아쉬었다. 아침에 떠나올 때는 화창하던 날씨가 산길로 접어들고부터 꾸무럭거리더니 마침내 후드득후드득 빗방울을 떨어뜨리기 시작했다.

서울이 멀어질수록 이상하게 그곳의 일이 까마득하게 여겨졌다. 불과 몇시간 전의 일조차 아물아물하게 느껴지는 것이었다. 빗방울이 앞유리창을 타고 긴 선을 그으며 떨어졌다.

안개가 자욱하게 끼여 있는 진부령을 넘어 다시 비포장도로로 한시간여를 달린 끝에 민수가 있는 부대 근처에 도착했을 때는 이미 날이 어두워지고 있었다. 산골짜기 안에 박혀 있는 작은 포병대대였다. 마침 하루 일과가 끝났는지 귀에 익은 나팔소리가 은은하게 골짜기에 울려 퍼지고 있었다. 겨울에 눈을 쓸 싸리나무 작업을 하고 오는 일대의 병사들이 지선을 보자 일제히 휘파람을 불거나 소리를 질러댔다.

형섭이 주위를 둘러보는 동안, 동만과 지선은 정문께로 가서 면회신청을 했다. 그러자 완장을 찬 위병 중사가 매우 곤란하다는 표정을 지으며 말했다.

"지금 일체의 외출외박이 금지되어 있는 상탠데 어쩌나…… 내 참! 미리 연락하고 오셨습니까?"

그러면서 괜히 지선을 한번 흘낏 쳐다보았다. 그게 다 해보는 소리란 걸 모를 동만이 아니었다.

"어떻게 좀 해봐요. 이렇게 멀리 왔는데 면회도 못하고 간대서야 되겠소?"

"허 참! 딴은 그렇기도 하죠만……"

그는 여전히 난처한 표정을 지우지 않은 채 구내전화를 돌려 누군가에게 뭐라고 한참 떠들어대고 나더니 말했다.

"기다려보슈. 오늘 운이 좋은 줄 아시오. 마침 주번사령이 부처님 같은 분이어서 허락이 떨어질 모양이니까. 애인이우?"

그러면서 그는 지선을 눈짓으로 가리키며 장난스럽게 말했다. 뒤에 있던 위병 둘이 그 소리에 낄낄거리며 웃었다.

"아니, 박민수 일병 부인이요."

동만이 능청스럽게 받았다. 그러자 지선이 커다란 입을 가리며 소리 내어 웃었다. 어둠이 내리자 골짜기 아래에서 자욱하게 안개가 밀려올라오고 있었다.

민수는 형섭이 담배를 두 대쯤 피웠을 무렵에야 저쪽 안에서 나타났다. 그동안 지선은 춥다고 차에 들어가 있었고, 동만은 위병 중사와 요즘 군대의 부식관계에 대해 한창 이야기를 나누고 있었다. 점심을 부실하게 먹은 탓인지 형섭은 점점 배가 고팠다.

"충성!"

그들을 보자 민수가 활짝 미소를 지으며 큰 소리로 경례를 붙였다.

외박 나간다고 깨끗이 군복을 다려입은 민수는 지난번 휴갓길에 나왔을 때보다 까맣게 탔지만 훨씬 틀이 잡힌 모습이었다.

"외박증은 끊어왔냐?"

위병 중사가 약간 시비조로 물었다.

"예, 여기……"

민수는 윗주머니에서 꾸깃꾸깃 접힌 종이를 꺼내어 보여주었다. 그 종이를 받아서 초소 안에 있던 위병이 서류철에다 기록을 하고는 다시 돌려주었다. 수속을 하는 동안 동만은 담배를 꺼내 위병 중사에게 권하고 있었다. 근무중에는 담배를 피울 수가 없다는 사양에도 불구하고 동만은 억지로 그에게 담배를 권한 다음 불까지 붙여주었다. 이윽고 수속을 마치고 민수가 정문 밖으로 나오자 세 사람은 번갈아 악수를 한 다음 동만의 차에 탔다.

"수고하슈!"

동만이 창문을 열고 그동안 친해진 위병 중사를 향해 넉살좋게 인사를 던졌다. 시동이 걸린 차는 위병소 앞의 공터를 커다랗게 돌아 아까 왔던 산길로 다시 돌아나왔다.

위병소를 벗어나자 민수는 해방이라도 된 것처럼 수다를 떨었다.

"동만이 형, 형섭이 형, 올 줄 알았어! 면회 안 온다고 혼자 얼마나 섭하게 생각했는지 아우? 그래, 서울에선 몇시에 출발했수? 강릉 쪽으로 넘어왔수, 진부령으로 넘어왔수? 진부령? 근데, 이 아가씬 누구요?"

"말조심해라. 너그 형수님이시다."

동만이 백미러를 보며 딴엔 무게를 잔뜩 넣어서 말했다.

"지선이라고 해요. 김지선……"

그제야 지선이 뒤로 고개를 돌려서 일전에 형섭에게 한 것과 똑같이 인사를 했다.

"오메, 이걸 어쩌나. 정말 미인이시네. 나, 동만이 형 옛날부터 이럴 줄 알았다니까. 어쨌든 형수님, 반갑습니다. 저는 박민수라고 해요."

"알아요."

지선이 입을 가리고 웃으며 말했다.

"형섭 형은?"

민수가 이번에는 화살을 형섭에게 돌렸다.

"응? 난 아직도 그냥 그래……"

민수의 갑작스런 질문에 형섭은 약간 당황한 표정으로 얼버무렸다.

"형섭 형은 그게 탈이우. 맨날 세상의 짐은 혼자 다 지고 다니는 사람처럼…… 이제 그만 내려놓고 대충 살아유. 세상에 재미난 일이 얼마나 많은데."

"나두 그랬으면 좋겠다만……"

민수의 뼈있는 농담에 형섭은 입맛을 다시며 다소 겸연쩍은 표정으로 웃었다. 아닌게아니라 요즘 자기가 돌아봐도 자기 꼴이 말이 아니었다. 그러자 다시 아침의 찜찜하던 기분이 되살아났다. 무엇보다 연희 상태가 걱정이었다. 그녀를 생각하자 어느새 마음에 그늘이 졌다.

"얼굴은 또 왜 그래유?"

그런 형섭의 옆모습을 쳐다보며 민수가 말했다.

"암것도 아냐."

"말 마라. 죽지 않은 것만 해도 다행이지. 세 놈에게 둘러싸여 무진장으로 얻어터졌다는구나. 나쁜 새끼들……"

형섭의 변명에 동만이 대신 설명을 해주었다.

"언 놈이!"

민수가 괜히 목청을 높였다.

"어허, 암것도 아니라니까."

형섭은 볼의 딱지를 만지며 난처한 표정으로 말했다.

"하여간 형도 조심하슈. 먼 놈의 세상일이 그다지도 어려운지, 츳."

더이상 묻지 않고 민수는 혀를 차면서 말했다. 옛날부터 민수는 꼭 그렇게 자기가 형이라도 되는 것처럼 말하곤 했다.

그사이 밖은 캄캄해져 있었다. 잘 닦아놓았다고는 하지만 비포장의 군사도로라 길이 울퉁불퉁했다. 헤드라이트 불빛 속으로 길가에 서 있는 나무들이 도깨비처럼 비쳤다가 뒤로 사라졌다. 그쳤던 비가 다시 가늘게 내리기 시작했다. 앞유리창이 안개처럼 젖었다. 윈도우 브러시를 켜자 빗물이 한쪽으로 밀려났다. 비포장도로가 끝나고 다시 진부령 넘어가는 큰길과 만났다.

"어디로 갈까?"

운전대를 잡은 동만이 백미러를 보며 물었다.

"여기까지 왔으니 간성으로 해서 동해로 빠지지 뭐."

형섭이 말했다.

"아, 바다! 그래, 우리 바다로 가요! 오랜만에 밤바다도 보고……"

동해라는 말에 지선이 갑자기 큰 소리로 말했다. 그러자 동만은 더이상 물어보지 않고 차를 동쪽으로 틀었다.

그들이 해수욕장에 연해 있는 바닷가의 작은 항구에 도착한 것은 밤 여덟시가 다 되어서였다. 초겨울로 접어들 무렵이라 바닷가는 썰렁했다. 짭짤한 소금내와 생선 비린내가 범벅이 되어 코를 자극했다. 형섭 일행은 근처에 차를 대놓고 가까운 천막집으로 들어갔다. 다닥다닥 좁게 붙어 있는 탁자를 사이에 두고 대여섯 명이 둘러앉아 회를 먹고 있었다. 때마침 불어오는 바닷바람에 비닐벽이 사방에서 펄럭거렸다. 아침부터 달려온 터라 다들 배가 고팠고, 으슬으슬 한기조차 들었다. 동만이 밖으로 나가더니 광어 한마리와 오징어회를 시키고 왔다.

민수는 먼저 지선의 술잔부터 채웠다.

"한잔 받으슈, 형수님. 이렇게 멀고먼 곳까지 면회를 다 와주셔서 고맙습니다."

"어따, 인사 하난 잘한다. 진작에 그래야지."

동만이 기분좋게 웃으면서 말했다.

"뭐니뭐니 해도 지금이 최고 좋은 때 아니우? 자, 동만이 형, 그리고 형섭 형두……"

네 개의 잔이 채워지자 곧이어 건배를 하였다.

"나라와 민족의 무궁한 영광을 위하여!"

"지랄한다! 군바리 아니랄까봐……"

민수의 너스레에 동만이 웃으면서 면박을 주었다. 다들 오래간만에 소리내어 웃었다. 차고 날카로운 술은 식도를 타고 곧장 명치 아래쪽으로 내려갔다. 그렇지 않아도 형섭은 밥보다 술을 한잔 했으면 하던 터라 빠르게 거푸 세 잔을 비우고 나니 갑자기 머릿속이 아찔해지는 기분이었다. 발치 아래로 파도소리가 요란하게 철썩거렸다.

지선이 군대생활에 대해 묻자 민수는 기다렸다는 듯 자기 부대의 인사계가 짬밥으로 돼지를 키워 팔아먹은 이야기며 야간사격 나갔다가 실수로 방아쇠를 당겨 소대원이 전부 죽을 뻔한 이야기를 신이 나서 떠들어대기 시작했다. 동만과 형섭은 그런 이야기에 별로 흥미를 보이지 않았기 때문에 민수는 주로 지선을 상대로 떠들어댔다.

형섭은 술이 들어갈수록 흥이 나기는커녕 점점 불안해지는 느낌에 사로잡혔다. 아침에 찜찜한 마음으로 출발해서 여기까지 오는 동안 내내 가슴 깊은 곳에 용수철처럼 감겨 있던 불안이었다. 형섭은 자신이 너무나 멀리 낯선 곳까지 와 있다는 생각이 들었다. 그렇다고 자신이 지금 어디에 있어야 좋을지 분명한 답을 가지고 있는 것도 아니었다. 그저 막연할 뿐인 불안감이었다.

민수는 술이 들어가자 더욱 신이 난 표정으로 떠들어대고 있었다.

"……하루는 연대장이 우리 부대를 방문했어요. 밖에서야 말똥 세 개가 그리 대단하게 여겨지지 않을지 모르지만 우리 같은 쫄병들에겐 하느님 같은 존재죠. 암, 하느님 같은 존재고말고요. 그런데 그 연대장과 내가 마침 식당에서 딱 부딪쳤지 뭐예요. 이등병 때니까 정신이 하나도 없었어요. 식당이 떠나가라고 소리치며 경례를 붙인다는 게 그만 식판을 연대장 가슴에다 던져버렸지 뭡니까! 그땐 정말이지 하늘이 노랬어요……"

지선이 입을 벌린 채 듣고 있었다. 동만은 그게 순 거짓말인 줄 알면서도 미소를 띤 채 가만히 귀를 기울이고 있었다. 형섭은 화장실에 갔다오마, 하고 혼자 밖으로 나왔다. 천막 밖으로 나오자 쌀쌀한 바람이 먼저 가슴팍으로 파고들었다. 비는 그쳤지만 하늘에는 먹구름이 몰려다니고 있었다. 하늘과 경계가 불분명한 바다가 규칙적으로 몸을 뒤척일 때마다 검은 파도가 일렁이며 방파제에서 하얗게 부서져내렸다. 밤바다 저 멀리 오징어배들이 점점이 등을 밝힌 채 떠 있는 것이 보였다. 형섭은 혼자 터벅터벅 방파제 끝으로 걸어갔다.

파도소리가 점점 더 거칠게 들려왔다.

형섭은 방파제 끝 시멘트덩이들이 아무렇게나 뒹굴고 있는 한곳에 걸터앉아 밤바다 쪽을 바라보았다. 목덜미에 소름이 돋을 정도로 차가운 바람이 불어왔지만 그렇게 싫지만은 않았다. 검은 잉크를 쏟아부어 놓은 듯한 바다는 마치 지상의 인간들이 짊어진 생의 불가사의한 비밀들을 비웃는 것처럼 들끓어대고 있었다.

연희가 유산을 했다. 그 말을 듣는 순간, 형섭의 가슴속에는 두 가지의 복잡한 감정이 일어났다. 하나는 선신(善神)의 얼굴을 한 감정이었고, 또다른 하나는 악신(惡神)의 얼굴을 한 것이었다. 어둠속에서 고통에 찬 유다의 얼굴이 보였다. 유다와 연희. 생각하면 그들의 사랑은 또 얼마나 비극적인가. 그리고 애림은……?

형섭은 무릎 사이에 턱을 묻고 가만히 애림의 편지를 떠올렸다.

……내가 나가는 날, 눈이라도 펑펑 내렸으면 좋겠어요. 나…… 사실, 어젯밤, 형섭씨 꿈을 꿨어요. 보고 싶다는 말, 해도 괜찮겠죠?

그녀의 편지 속에는 수많은 말줄임표들이 한숨처럼 숨어 있었다. 그러나 형섭은 그 속에 무엇이 담겨 있는지 잘 알았다. 그리고 그렇게밖에 자신의 마음을 표현할 수 없는 그녀의 슬픔이 아프게 전해져왔다.

"형섭 형!"

그때 저 멀리 어둠속에서 민수가 부르는 소리가 들렸다. 바람소리가 부르는 소리의 끝부분을 잘라먹었다. 방파제 저쪽에서 세 사람이 걸어오는 모습이 희미하게 보였다. 형섭은 그제야 상념에서 깨어나 자리에서 천천히 일어났다. 그새 몸이 얼었는지 머릿속이 얼얼하였다. 파도소리가 더욱 소란스러워진 것 같았다.

"어따, 오줌 누러 간 사람이 죽은 줄 알았네."

"어디 갔나 했더니 여기서 혼자 밤바다 전세 놓고 있었구먼요."

둘이 번갈아 낄낄거리며 말했다. 술이 한잔 되었는지 그리 나쁘지 않은 얼굴들이었다.

"감기 걸리겠어요."

그래도 지선이 걱정을 해주었다.

"자러 가요, 형. 여관에 가서 술이나 한잔 더 하지 뭐. 형 이야긴 동만이 형한테 다 들었어요. 씨펄놈들, 우리 형섭이 형 한번 더 손댔단 봐라. 다 쏴죽일 거야!"

민수가 술김에 호기롭게 말했다. 그의 말을 들으며 형섭은 씁쓸한 미소를 지었다. 성난 야생마처럼 달려온 검은 파도가 커다란 소리를 내며 무너졌다.

이별 없는 사랑

　그날 밤 바닷가의 허름한 여관에서 자고 점심때를 훌쩍 넘겨 서울로 돌아왔다. 그런데 형섭이 하숙집에 들어서자마자 늙은 주인 아주머니가 전화왔었다며 쪽지를 하나 건네주었다. 혜숙으로부터 온 전화였다. 들어오는 대로 전화를 해달라는 내용이었다.

　"어딜 갔다왔어요? 하루종일 얼마나 찾았는데……"

　전화를 걸자마자 혜숙은 원망부터 늘어놓았다.

　"무슨 일 있었어요?"

　"연희 엄마한테서 전화가 왔어요. 연희가 의식을 찾았는데 마지막으로 형섭씨를 한번 보고 싶대나봐요."

　"예……? 마지막이라뇨?"

　형섭은 어쩐지 불길한 예감이 맞아떨어지는 듯해 가슴이 철렁 내려앉았다.

"아직 단정해서 말할 계제는 아니지만…… 어쨌든 형섭씨도 마음 단단히 먹는 게 좋을 것 같군요. 걔 엄마가 그렇게 말할 정도니까."

"………"

"내일 일찍 만나 같이 병원에 가봐요. 사실 난 다른 중요한 약속이 있긴 하지만…… 듣고 있나요?"

"……예."

"그럼, 낼 봐요."

더이상 할말이 없다고 생각했는지 혜숙이 먼저 전화를 끊었다. 혜숙이 전화를 끊고 나서도 형섭은 한참 동안 수화기를 들고 있었다. 마치 꿈이라도 꾸고 있는 기분이었다. 요 며칠째 혹시나 하는 불길한 예감이 들지 않은 건 아니었지만 막상 그게 사실로 다가오자 도리어 비현실적으로 느껴졌던 것이다.

어쨌든 분명한 것은 연희가 생각보다 매우 위독한 상태에 놓여 있다는 것이었다. 형섭은 그게 어쩌면 모두 자기 때문인지도 모른다는 생각이 들었다.

낡은 교회당의 어두운 방, 일렁거리는 촛불 아래서 본 연희의 모습이 떠올랐다. 초췌하고 여윈 그녀의 모습은 형섭의 가슴에 내내 상처처럼 박혀 있었다. 그날 푸른 달빛을 밟으며 돌아오는 동안 형섭은 죽은 것도 아니었고 산 것도 아니었다.

……연희가 죽어가고 있다니!

연희에 대한 연민과 죄책감 때문에 형섭은 가슴이 터질 것만 같았다.

형섭은 간신히 자기 방으로 올라와 무너지듯 자리에 누웠다. 땅속 깊이 빠져들어가는 기분이었다. 손가락 하나 까딱할 수가 없었다. 죽어가고 있는 것은 연희가 아니라 자기라는 생각이 들었다. 아니, 차라리 그랬으면 좋겠다는 생각이 들었다.

……연희야, 기다려. 이젠 결코 네 곁을 떠나지 않을 거야.

형섭은 잠꼬대처럼 혼자 중얼거렸다. 그러다가 어느새 깊은 잠에 빠져들었다. 잠 속으로 바람이 불고 별들이 쏟아져내렸다.

다음날 형섭은 아침 일찍 눈을 떴다.

유리잔에 담아 창가에 놓아둔 히아신스 구근에서 어느새 흰 수염처럼 가늘고 긴 뿌리가 내려 있었다. 구근 위쪽에는 연한 싹이 뾰족하게 머리를 내밀었다. 얼마 지나지 않아 길게 뻗어나간 꽃대 위에 황금종 같은 꽃이 달릴 것이었다.

그것을 보는 동안 형섭은 어젯밤의 무겁고 고통스런 기분은 사라지고 대신 따뜻하고 신비로운 생명의 힘이 세포마다에 스며드는 듯했다. 문득 저 히아신스를 연희의 병상 침대맡에다 갖다놓아야겠다는 생각이 들었다.

형섭은 먼저 깨끗하게 면도를 했다. 왼쪽 뺨과 입술 언저리에 난 상처에서 아직 딱지가 떨어지지 않았지만 그렇게 보기 흉할 정도는 아니었다. 거울을 보니 그새 얼굴 살이 쏙 빠져 턱이 뾰족하게 드러날 지경이었지만 창백한 얼굴빛과 어울려 오히려 기품있어 보였다. 모든 것이 만족스러웠다. 세수를 마친 다음 형섭은 양복을 입고 그 위에 여름내 넣어두었던 코트를 꺼내 걸치고 목에는 굵은 털실로 짠 감색 목도리를 둘렀다. 그렇게 정장을 하자 마음조차 한결 밝아진 느낌이었다. 준비가 다 끝나고 나자 마지막으로 유리잔에 담긴 히아신스를 조심스럽게 종이로 싸들고 밖으로 나왔다.

이제 몇시간 후면 다시 연희를 만난다. 절대로 슬픈 표정 따위는 짓지 않으리라. 큰 소리로 떠들고 간간이 밝은 웃음을 터뜨리리라. 마치 아무 일도 없었던 것처럼…… 마치 아무 일도 일어나지 않은 것처럼……

형섭은 스스로에게 다짐이라도 하듯 속으로 중얼거렸다.

병원 정문 근처 다방에 혜숙이 먼저 와서 기다리고 있었다.

"날씨가 많이 쌀쌀해졌죠? 그새 살이 쏙 빠졌군요. 그래도 밝아 보여서 좋아요."

그녀 역시 긴장한 탓인지 형섭이 앉자마자 수다스럽게 말을 늘어놓았다. 회색 반코트에 빨간 머플러를 한 그녀는 지난번 보았을 때보다 훨씬 생기있어 보였다.

"그건 뭐예요?"

형섭이 종이에 싸온 히아신스를 탁자에 내려놓자 혜숙이 물었다.

"히아신스. 유리잔에 담아 키운 건데 그새 뿌리가 하얗게 내렸지 뭡니까. 연희 병실에다 놓아두려구요."

"세상에!"

혜숙은 어처구니없다는 표정으로 웃었다.

"연희가 알아보기라도 할 수 있다면 좋으련만……"

김이 하얗게 피어오르는 찻잔을 끌어 조심스럽게 입술에 대며 혜숙이 말끝을 흐렸다.

"근데 유다 소식은 들었어요?"

찻잔에서 입술을 떼며 혜숙이 갑자기 생각난 듯 물었다.

"아뇨."

형섭은 미간을 찌푸리며 대답했다.

"지난번 형섭씨를 구타했던 친구들이랑 같이 구치소로 넘어갔어요.
곧 재판이 시작될 거라고 해요. 애림이도……"

유다를 떠올리자 형섭은 갑자기 머릿속이 복잡해졌다. 아침의 가벼
웠던 기분은 어느새 사라지고 다시 마음이 납덩이처럼 무거워졌다.

"유다 얘긴 괜히 꺼냈나봐요."

혜숙이 형섭의 안색을 살피면서 조심스럽게 말했다.

"아뇨."

형섭은 고개를 저었다.

"형섭씨 마음 다 알아요. 그러나 너무 자책하진 마세요. 그런다고 그
들 두 사람에게 도움이 될 건 하나도 없으니까……"

혜숙이 위로라도 하듯 말했다.

"연희 어머닌?"

"병원에 계세요. 그분 역시 정신이 극도로 날카로워져 있는 상태니까
별다른 말은 하지 않는 게 좋을 거예요."

형섭은 가볍게 고개를 끄덕였다.

"나갈까요?"

혜숙이 먼저 가방을 어깨에 메고 일어서며 말했다. 형섭은 풀어놓았
던 히아신스를 다시 종이에 감아서 들고 그녀를 따라 일어났다.

밖으로 나온 그들은 곧장 병원을 향해 걸어갔다.

중환자실이 있는 오층은 아래층 현관의 분위기와는 달리 너무 조용
해서 형섭은 갑자기 얼떨떨한 기분이 들었다.

혜숙이 앞서 복도를 걸어갔다. 조용한 복도에 두 사람의 발걸음 소리
가 필요 이상으로 크게 울리는 것 같았다. 형섭은 잔뜩 긴장된 표정으
로 혜숙의 뒤에 바싹 붙어서 따라갔다. 파일을 잔뜩 가슴에 안은 간호

사가 급한 걸음으로 그들 곁을 지나갔다.

"잠깐만 여기서 기다리세요."

중환자실 옆에 붙어 있는 작은 방 앞에서 혜숙이 말했다. 형섭은 알겠다는 표시로 고개를 끄덕인 다음 문 옆으로 조용히 비켜 서 있었다. 실내는 그렇게 덥지 않았지만 땀이 났기 때문에 형섭은 목도리를 벗어 주머니 속에다 구겨넣었다. 가까이에 연희가 있다고 생각하니 자기도 모르게 가슴이 뛰었다.

잠시 있다가 혜숙이 방문을 열고 목을 내밀어 형섭에게 들어오라고 손짓했다.

형섭은 옷맵시를 살핀 다음 혜숙을 따라 들어갔다. 그 방은 생각보다 넓고 조용했다. 환자 가족들의 대기실로도 쓰이는지 한쪽에는 매트리스가 깔려 있었고, 가운데에는 작은 탁자를 사이에 두고 별로 비싸 보이지 않는 인조가죽 소파가 놓여 있었다. 그 소파의 한쪽에 연희 어머니와 머리가 약간 벗어진 초로의 사내가 엉거주춤 앉아 있었다.

형섭은 긴장된 표정으로 그들을 향해 인사를 했다.

"앉게."

연희 어머니가 무겁게 입을 열었다. 형섭이 그들의 맞은편 소파에 앉자 혜숙도 그 곁에 조심스럽게 앉았다.

"장형섭이랬나?"

연희 어머니 대신 초로의 사내가 먼저 입을 열었다. 이마에 주름살이 깊게 지고 사각진 얼굴에 눈썹이 짙은, 퇴역군인 같은 인상을 한 사내였다.

"나는 연희 외삼촌이네. 자네 이야기는 예전에도 들었어. 강철 같은 인상을 하고 있는 줄 알았는데 여자처럼 생겼군그래."

그는 형섭을 관찰하듯이 쳐다보며 말했다.

"무슨 인연인지 모르지만 우린 별로 좋은 인연이 되지 못할 것 같군. 이제 운명의 순간이 다가오는 중이라네. 날 따라오게나."

그렇게 말하며 그가 천천히 자리에서 일어났다. 형섭은 순간 그가 지금의 곤경으로부터 벗어나게 해주려고 한다는 것을 깨달았다. 형섭은 그를 따라 밖으로 나왔다.

"어린시절 연희는 외갓집에서 자랐지. 난 누구보다 걔의 성격과 마음을 잘 알아."

병실을 향해 걸어가면서 연희 외삼촌은 침통한 목소리로 말했다.

"자네가 나타나는 걸 연희 어머니는 극도로 싫어했어. 왜 그런지 자네도 잘 알 걸세. 내가 설득을 했지. 자네를 위해서가 아니라 우리 연희를 위해서 말이야. 무슨 까닭인지 의식을 차리자마자 연희가 자네를 찾더군. 걔의 가슴에 한을 남기고 싶지 않았어."

그는 걸음을 멈추고 형섭을 돌아보며 의미심장한 눈빛으로 말했다.

"언젠가 연희가 자네 이야기를 해주었어. 안타까웠어. 내가 해줄 수 있는 것이 아무것도 없었거든."

그는 다시 몸을 돌려 복도 맨 끝에 있는 병실 앞에서 멈추었다.

"여기야. 들어가봐. 조금 전까진 자고 있었는데……"

형섭은 잠시 망설이다가 이윽고 멈칫멈칫 병실문을 열고 들어갔다. 혜숙이 잔뜩 긴장된 눈빛으로 그 뒤를 바싹 따라 들어왔다. 침대가 놓여 있는 병실은 작았지만 깨끗하게 정돈이 잘되어 있었다. 병실에는 두 개의 침대가 놓여 있었는데 문 쪽의 침대 하나는 비어 있었고, 녹색 블라인드가 쳐진 창가 침대에는 누군가 죽은 듯이 누워 있었다. 연희였다.

혜숙이 먼저 침상 근처로 가서 연희의 얼굴을 살폈다.

"이리 와보세요. 자고 있어요."

그때까지 문 입구에 장승처럼 서 있던 형섭을 향해 혜숙이 낮은 목소리로 불렀다. 어두컴컴한 실내 조명과 스팀에서 김이 새어나오는 낮은 소리와 몸에 연결된 계기판에서 나는 규칙적인 소리 때문에 병실은 마치 깊은 바닷속 같은 착각을 일으켰다.

"……연희야."

형섭이 다가가자 혜숙이 낮게 그녀의 이름을 불러보았다. 그러나 아무런 기척이 없었다.

형섭은 가까이 가서 그녀를 내려다보았다. 이렇게 가까이에서 그녀의 얼굴을 보는 것도 참으로 아득한 일이었다. 그녀의 얼굴은 마른 꽃처럼 여위어 있었다. 핏기 없는 볼에는 어두운 그림자가 져 있었고, 도톰하고 탐스럽던 입술은 하얗게 말라붙어 있었다. 다만 그녀에게 아직 생명의 불이 꺼지지 않았다는 표시처럼 넓고 반듯한 이마가 블라인드를 통해 들어온 빛에 반사되어 밝게 빛나고 있을 뿐이었다. 그 모습을 보자 형섭은 자기도 모르게 울컥 가슴이 메었다.

"……연희야."

형섭은 목멘 소리로 그녀를 불렀다. 그러고는 침상 곁에 꿇어앉아 가만히 손을 넣어 연희의 손을 잡아보았다. 마른 나뭇가지처럼 여위고 찬 손마디가 잡혔다. 형섭은 연희의 손을 잡아끌어 자신의 가슴에 꼭 안았다. 참을 수 없는 감정이 명치끝을 대꼬챙이처럼 찌르며 올라왔다. 형섭의 어깨가 가늘게 떨렸다.

그때 연희의 손가락이 조금 꿈틀거렸다. 잠시 후, 얼굴을 찡그리며 연희가 힘겹게 눈을 떴다. 그러고는 한동안 멍하니 촛점 없는 눈으로 형섭을 쳐다보았다. 퀭한 눈동자 속에 깊이를 알 수 없는 그림자가 파문처럼 일렁이며 지나갔다.

"……연희야, 나야. 형섭이……"

손을 잡은 채 형섭이 터져오르는 감정을 억누른 채 말했다. 그러자 연희의 눈에 희미한 광채가 돌기 시작하더니 차츰 물기가 차올랐다.

"……형……섭……이?"

가늘게 입술을 떨며 연희가 띄엄띄엄 말했다.

"응, 나 형섭이야. 이젠 널 떠나보내지 않을 거야. 너랑 같이 있을 거야."

"……바……보."

연희는 시선을 돌려 멀리 천장 너머로 던지면서 말했다.

"……너무…… 늦었어. 얼마나…… 기다렸는데……"

눈꼬리에 맺힌 눈물이 뺨을 타고 귓바퀴 쪽으로 굴러떨어졌다.

"아니야, 이제 다시 시작하면 돼. 빨리 일어나기나 해. 이제 모두 잊고 다시 옛날처럼 웃어봐. 알겠니? 곧 첫눈이 내릴 거야."

그러자 연희의 입가에 쓸쓸한 미소가 떠올랐다.

"눈……?"

"그래, 눈 말이야. 펄펄 날리는 하얀 첫눈 말이야. 기억나? 첫눈 내리던 날 종로에서……"

"……기억나. 내가 얼마나 기다렸는데…… 사랑한단…… 말도 안해주고……"

"미안해. 연희야…… 사랑해!"

형섭의 눈에 자기도 모르게 눈물방울이 맺혔다.

"울지 마…… 형섭아…… 날, 한번…… 안아주지 않을래……?"

형섭은 연희의 어깨를 감싸안았다. 그리고 이마에다 입술을 꼭 갖다

대었다. 그러자 오랫동안 잊고 있던 연희의 냄새가 났다. 사월 초파일 연등빛과 같은…… 경춘선 주말열차의 슬픈 기적소리와 같은…… 연희의 냄새…… 형섭은 가만히 눈을 감았다.

"……사랑해, 연희야."

연희의 머리를 가슴에 안은 채 형섭이 속삭이듯 말했다.

"내가 사랑한 사람은 오직…… 너, 하나였어…… 바보…… 그날…… 헤어지고 나서…… 얼마나…… 기다렸는데……"

그러고 나서 연희는 몹시 힘이 드는지 다시 눈을 감아버렸다. 백지장 같은 이마에 땀이 촉촉하게 배어 있었다. 마지막까지 힘을 다해버렸는지 파랗던 입술도 하얗게 변해 있었다.

어느새 혜숙이 뒤에서 소리없이 다가와 형섭의 어깨에 손을 얹었다. 그러고는 가만히 고개를 옆으로 흔들었다. 형섭은 연희를 베개에다 누이고 다시 한번 그녀의 이마 위에 입맞춤을 했다. 땀이 밴 이마는 차갑게 식어 있었다.

연희는 다시 깊은 잠에 빠져버렸는지 더이상 꼼짝하지 않았다. 형섭은 기도하듯이 침상 옆에 서서 한참 동안 그녀를 내려다보고 있다가 혜숙이 소매를 끌어당기자 비로소 돌아서서 나왔다.

집에서 가져온 히아신스는 혜숙이 창틀에다 얹어두었다. 이제 곧 히아신스 꽃대에 황금종 같은 꽃이 달리겠지. 어두운 병실을 밝혀줄 노오란 히아신스…… 하지만 그녀가 과연 그 꽃을 볼 수 있을까.

밖으로 나오자 겨울햇살이 눈부시게 파고들었다. 형섭은 갑자기 현기증을 느꼈다.

북서풍이 점점 강해지면서 추위가 몰려왔다. 겨울하늘 속으로 작은 종이비행기가 하나 날아가고 있었다. 형섭이 담뱃갑의 은박지로 접은 종이비행기였다.

인천에서는 노동자가 또 분신을 했고, 한 젊은 대학생이 어두운 남영 동의 구석방에서 물고문을 당하다가 죽었다는 흉흉한 소문도 들렸다. 그러나 형섭의 은빛 종이비행기는 마치 이 세상의 그런 소문 따위에 아 랑곳없다는 듯 유유히 연희가 잠들어 있는 병실을 향해 날아가고 있었 다. 연희의 병실에는 어느새 히아신스가 노랗게 피어 있었다. 길게 뻗 은 꽃대 위에 나비처럼 사뿐하게 앉은 꽃을 보고 연희가 행복한 미소를 지었다.

연희의 죽음을 알려준 사람은 혜숙이 아니라 뜻밖에도 정보부의 박 부장이었다.

"……나쁜 소식이오."

전화기 저쪽에서 굵고 탁한 목소리가 들렸다.

"………"

"……정연희가 죽었소."

형섭은 이미 예감하고 있었다는 듯 담담한 마음으로 그의 말을 들었 다. 이상하리만큼 마음이 가라앉아 있었다. 아무런 생각도 나지 않았 다. 마치 마음의 문이 닫혀 그대로 돌이라도 되어버린 것 같았다.

"장형, 듣고 있소? 정연희가 죽었소. 어젯밤 열한시에……"

"………"

"내일 아침에 발인을 한다는군. 이런 경우엔 부검을 해야 하지만 연 희 어머니가 반대를 하기 때문에 그냥 장례를 치르도록 했소. 화장을 하겠다더군. 가보겠소?"

"………"

"맘대로 하시오. 참, 유다가 안부를 전하더군. 혹시 연희에게 무슨 일이 일어나면 자기 대신 잘 좀 돌봐달라고 말이야. 그는 아직 연희가 이렇게 된 걸 모르고 있소. 안됐지만 어쩔 수 없는 일이지. 나는 그에 대해서는 일말의 연민도 갖고 있지 않소. 불쌍한 건 연희와 당신이야."

그는 마치 동정이라도 하듯 말했다.

"……됐어요."

형섭은 그의 말을 끊듯 차갑게 말했다.

"아무튼 가슴 아픈 일이오. 믿을지 모르지만 난 진심으로 장형과 정연희가 잘되기를 바랐어."

박부장은 침통한 어조로 말을 맺었다.

"호의가 고맙군요."

형섭이 냉소하듯 말했다.

전화가 끊어졌다. 형섭은 비로소 무슨 일이 일어났는지를 깨달았다.

연희가 죽었다……

처음엔 그저 공기 속으로 떠도는, 전혀 질량을 가지지 못하던 그 말이 점점 지구보다, 아니 우주보다 더 큰 무게로 형섭에게 다가오기 시작했다. 형섭은 마치 아득한 낭떠러지 아래로 끝도 없이 낙하하고 있는 기분이었다. 이제 그 이름을 가진 사람, 오직 하나뿐인 연희는 더이상 이 지상에 존재하지 않게 된 것이다. 아아, 연희가 죽다니……!

박부장으로부터 전화가 오고 나서 한시간쯤 지나 혜숙에게서 전화가 걸려왔다. 왜 전화를 걸었는지 그녀가 말하지 않아도 알 수 있었다.

"연희 소식…… 들었어요?"

혜숙이 망설이며 말을 꺼냈다.

형섭은 들었다고 대답했다. 혜숙은 잠시 동안 아무런 말도 하지 않았다. 형섭은 그녀가 울고 있을지도 모른다는 생각을 했다.

"……가볼 거예요?"

조금 있다가 혜숙은 코가 맹맹해진 목소리로 박부장과 똑같이 물었다.

어떻게 할까? 형섭은 머릿속이 백지처럼 텅 비어버린 느낌이었다.

"혜숙씬…… 갈 거예요?"

잠시 망설이다가 형섭이 말했다.

"가야겠죠. 마지막인데…… 그러고 보면 갈 사람도 없어요."

"그럼 나…… 부탁 하나 해도 될까요?"

형섭이 더듬거리며 말했다.

"무슨 부탁?"

혜숙이 되물었다.

"화장하고 나면 유골을 조금 가져다줄 수 있을까요?"

"그야, 어려운 일은 아니지만……"

혜숙은 말끝을 흐렸다.

"어쩌면 이것이 마지막 부탁이 될지도 모르겠군요."

"……알았어요."

혜숙이 마침내 한숨을 토하듯 말했다.

"그동안 정말 고마웠어요. 연희 보내고 나면 우리 차나 한잔 해요. 지나간 이야기도 하구요."

형섭이 말했다.

"알았어요. 걱정 마세요. 형섭씨도 힘 좀 내세요."

혜숙이 짐짓 밝은 목소리로 말했다.

형섭에게는 모든 게 농담 같고 거짓말 같았다. 차라리 농담이고 거짓말이었으면 싶었다. 연극이라면 빨리 막이 내리고 불이 들어왔으면 싶었다.

　며칠 후 혜숙으로부터 전화가 왔다. 약속대로 연희의 유골을 조금 얻
어왔다고 했다. 아침부터 하늘이 어두컴컴한 게 구름이 잔뜩 낀 날씨였
다. 혜숙의 전화를 받고 나서 형섭은 동만에게 전화를 넣었다.
　"웬일이야, 아침부터?"
　"응, 네 차 하루만 빌리자."
　"그런데 목소리가 왜 그래? 풀이 팍 죽었어. 그새 무슨 일이라도 있
었니?"
　"연희가 죽었어. 그저께 화장을 했대. 그것 때문인데 미안하지만 시
간 좀 내어줄 수 있겠니?"
　"연희가……? 알았어. 금방 갈게. 마침 오늘 수업도 없고 잘됐구먼."
　전화를 끊고 조금 있으니 동만이 차를 끌고 나타났다.
　"허, 참! 할말이 없네그랴."
　형섭을 보자 동만은 딱히 위로할 말이 생각나지 않는지 연신 혀만 차
댔다.
　"눈이 오려나봐. 하늘이 꺼멓게 내려앉았어."
　동만이 말했다.
　"눈?"
　형섭은 그 말에 갑자기 생각난 듯 창가로 걸어가서 창문을 열었다.
싸한 바람이 안으로 들어왔다. 철길이 보이는 풍경은 그새 완전히 바뀌
어 있었다. 멀리 공장 굴뚝과 전신주 위에 걸린 회색빛 하늘이 마치 군
용담요처럼 무거워 보였다. 그 아래로 비둘기 떼가 커다란 곡선을 그리
며 날아가고 있었다. 아랫동네 옥상에 널어둔 빨래가 바람에 깃발처럼

펄럭거렸다. 하지만 아직 눈은 내리지 않았다.

"올핸 눈이 늦어. 겨울가뭄이래."

뒤에서 동만이 변명이라도 하듯 말했다.

"조금 있다 혜숙이라고 연희 친구랑 만나기로 했어. 나랑 북한강에
좀 갔다올 수 있겠니?"

형섭이 목도리를 감고 돌아서며 말했다.

"북한강?"

그러나 동만은 더이상 묻지 않았다. 두 사람은 밖으로 나와 차를 타
고 혜숙과 약속한 장소로 갔다. 혜숙은 약속시간이 삼십여분 지나서야
나타났다.

"늦어서 미안해요. 차가 많이 밀렸어요."

그러면서 형섭이 미처 말하기도 전에 가방에서 하얀 편지봉투를 꺼
냈다. 제법 불룩했다. 그것을 받아드는 형섭의 손이 가늘게 떨렸다.

"연희예요. 우습죠?"

혜숙이 쓸쓸하게 웃었다. 형섭은 봉투를 두 손으로 감싸서 가슴에 꼭
안았다.

"연희 외삼촌이 담아주신 거예요. 나머지는 고향 선영 언덕에 뿌려주
겠다더군요. 사람들이 없어 장례식이 참 쓸쓸했어요."

그런 형섭을 향해 혜숙이 보고라도 하듯 빠르게 말했다.

"고마워요, 혜숙씨."

형섭이 봉투를 안쪽 주머니에 소중하게 집어넣으며 말했다.

"그런데…… 시간 있으면 나랑 같이 가지 않을래요?"

"어딜?"

"그냥, 가보면 알아요."

274

"좋아요. 눈도 내릴 것 같으니까 기분도 그렇고, 핑계로 놀죠 뭐. 나중에 빚 다 갚아야 해요?"

형섭이 알았다는 듯 가볍게 고개를 끄덕였다.

"참, 인사하세요. 여긴 최동만, 이쪽은 안혜숙씨."

그러자 동만이 엉거주춤 자리에서 일어나며 말했다.

"저, 최동만이라고 해요. 말씀 많이 들었어요."

"전…… 안혜숙이라고 해요. 연희 친구예요."

인사를 마치고 나자 더이상 할일이 없었기 때문에 셋은 일어나 밖으로 나왔다. 그새 하늘에서 무언가 푸슬푸슬 떨어지고 있었다.

"어머, 눈이잖아!"

혜숙이 손바닥을 펴서 떨어지는 눈송이를 받으며 말했다. 형섭과 동만은 동시에 하늘을 올려다보았다. 바람에 희끗희끗 날리며 떨어지는 게 눈발이 틀림없었다.

오늘 같은 날, 어쩌자고 눈까지 내린담……

형섭은 떨어지는 눈송이를 맞으며 속으로 중얼거렸다. 코트 안주머니에 들어 있는 연희의 뼛가루에서 왠지 따뜻한 기운이 도는 것 같았다. 그녀의 영혼이 아직 이 지상에 남아 있다면 그녀 역시 눈이 내리는 것을 보고 있을 테지.

"뭘 멍청하게 서 있니? 어서 타!"

동만이 운전석에 앉아 유리창을 열며 커다랗게 소리쳤다. 그제야 형섭은 혜숙과 같이 뒷자리에 앉았다. 곧 시동이 걸리고 시끄러운 소리를 내며 차가 출발했다.

차창 밖, 평행으로 달리는 눈발이 제법 굵어졌다. 눈발 사이로 겨울 강이 보였다.

경춘선 철로를 넘어 강가로 가자 제일 먼저 잎새가 져 앙상해진 미루나무가 그들을 맞아주었다. 겨울이라 강가는 텅 비어 있었다. 여름내 장사를 하였을 간이상점들은 아무렇게나 방치되어 있었고, 미루나무가 서 있는 넓은 공터에는 방금 내린 눈이 엷게 덮여 있을 뿐 아무도 눈에 띄지 않았다. 어디선가 누런 중개 한마리가 달려와 그들을 호기심 어린 눈빛으로 보며 주변을 어슬렁거렸다. 그새 눈은 그쳐 있었다.

차에서 내린 형섭은 혼자 강가를 따라 올라갔다. 미리 약속을 한 것은 아니었지만 동만과 혜숙은 차에 그대로 남아 있었다.

잠깐이지만 눈이 내린 뒤끝이라 그런지 공기에서 눈냄새가 났다. 강가에 매어둔 보트는 물살이 밀려올 때마다 삐걱거리며 날카로운 비명을 지르고 있었다. 한참을 올라가자 미루나무 숲이 끝나고 강심 쪽으로 붕긋 나온 지점에 이르렀다. 형섭은 무엇을 찾는 듯 사방을 두리번거리며 살폈다.

이쯤인가.

까악, 까악……

얼음 같은 정적을 깨면서 까치들이 날카로운 소리로 울며 이리저리 날아다녔다. 강은 소리없이 흘러가고 있었다.

그래, 여기가 좋겠군……

형섭은 붕긋 나온 지점 한곳을 골라 자리를 잡으며 혼잣말처럼 했다. 그곳엔 마른 잡초가 무릎까지 칼날처럼 빽빽이 자라 있었고, 물이 들어왔던 바닥에는 엷게 살얼음이 껴 있었다. 형섭은 코트 속에 손을 집어넣어 조심스럽게 편지봉투를 꺼내었다. 그러고는 이제 영영 이별을 하지 않으면 안되는 사람과 포옹이라도 하듯 가슴에 봉투를 꼭 끌어안았다. 수많은 감정들이 추억을 일깨우며 가슴속으로 흘러갔다.

……연희야, 잘 가. 이젠 영영 이별이야. 아니, 이젠 더이상 가슴 아픈 이별은 없을 거야. 항상 내 가슴속엔 네가 머물고 있을 테니까. 이 세상 끝까지……

형섭은 봉투에서 하얀 뼛가루를 꺼내 강 위로 흩뿌렸다.

강물 위에 떨어진 가루는 마치 무슨 할말이라도 있는지 머뭇머뭇 형섭의 발치에서 맴돌다가 마침내 푸른 물결을 따라 아래로 사라져갔다.

……잘 가. 날 용서해, 연희야…… 못다 한 사랑, 우리 먼 세상 뒤에 만나 꼭 이루자. 그때까지 기다리고 있어야 해, 알았지? 언제까지나 기다린다고 했잖아…… 바보……!

까악, 까악……

까치 소리가 또다시 정적을 깨뜨렸다.

형섭은 한참 동안 그 자리에 서서 연희의 뼛가루가 사라진 강 아래쪽을 지켜보다가 이윽고 발걸음을 옮겨 동만과 혜숙이 기다리고 있는 곳으로 걸어갔다.

발걸음을 옮길 때마다 옅은 눈으로 덮인 언 땅이 바스락거리며 소리를 내었다. 사금파리를 뿌려놓은 것처럼 수없이 반짝이는 물비늘을 머리에 인 채 푸른 강물이 출렁이며 흘러갔다.

차 있는 곳으로 가니 동만은 밖으로 나와 담배를 피우고 있었고, 혜숙은 강가로 가서 혼자 물수제비를 뜨고 있었다. 형섭이 다가가자 동만이 기다렸다는 듯 아무 말 없이 담뱃불을 끄고 차의 시동을 걸었다. 그 소리에 혜숙이 돌팔매질을 멈추고 천천히 그들 있는 곳으로 걸어왔다.

"이제 나는 조만간 유다를 만나러 가야겠어요."

차가 출발하자 형섭이 갑자기 생각난 듯 말했다.

"유다를?"

혜숙이 뜻밖이라는 듯 형섭을 쳐다보며 물었다. 형섭은 말없이 고개를 끄덕였다.

"그래요, 그에게 연희 소식을 알려주어야겠어요. 그게 그에 대한 예의일 것 같군요."

"………"

"비록 그가 어떤 사람이건 간에 그 역시 연희의 죽음을 알아야 할 충분한 권리가 있다는 생각이 들었어요. 그리고 그 소식을 전해주어야 할 의무가 어쩐지 내게 있는 것 같은 생각이 들구요."

형섭의 설명에 혜숙은 가볍게 한숨을 지으며 고개를 끄덕였다.

"듣고 보니 그렇기도 하군요."

그새 그쳤던 눈이 다시 시작할 요량인지 하늘 한쪽이 꺼멓게 허물어지고 있었다. 미루나무 가지 끝에 걸린 바람이 회초리 소리를 내며 맵게 울어대고 있었다.

겨울과 봄 사이

며칠 후 형섭은 유다를 면회하기 위해 구치소로 갔다.

지난번 애림을 면회하러 이곳을 찾은 지 꼭 석달 만에 다시 온 것이었다. 그때는 혜숙이 함께 왔었는데 지금은 혼자였다. 면회 접수를 하고 바깥 벤치에 앉아 기다리는 동안 형섭의 가슴속으로 수많은 생각들이 스쳐지나갔다. 유다를 만나면 무슨 말부터 해야 할까. 장형섭이 면회 왔다는 통보를 받고 그는 과연 어떤 반응을 보일까. 혹시나 면회를 거부하지는 않을까. 연회의 죽음을 알고는 있을까. 그녀가 죽었다는 소식을 들으면 그는 얼마나 충격을 받을까. 자기가 찾아온 것이 과연 서로에게 좋은 일일까.

그런 수많은 상념들을 날리기라도 하듯 형섭은 담배를 피워물었다. 쌀쌀한 겨울대기 속으로 푸른 연기가 실타래처럼 풀리며 흩어졌다.

이윽고 스피커에서 수번과 함께 육번 창구로 들어가라는 안내방송이 흘러나왔다. 형섭은 얼른 담뱃불을 끄고 황급히 면회실로 걸어갔다.

어두컴컴한 형광등이 켜져 있는 면회실로 들어가자 저쪽에 벌써 누군가가 교도관과 함께 들어와서 기다리고 있었다. 밝은 곳에서 들어온 형섭이 미처 투명 플라스틱 너머의 그를 알아보기도 전에 귀에 익은 약간 탁하고 끝이 갈라진 목소리가 흘러나왔다.

"장형, 와줘서 고맙소."

유다였다.

그는 다른 죄수들과 달리 면회를 나와서도 여전히 포승으로 두 팔이 꽁꽁 묶여 있었고, 팔목에는 수정을 차고 있었다. 약간 마르긴 했지만 예전과 다름없이 침착하고 위엄있는 모습이었다.

"언젠가는 당신이 찾아올 거라고 믿었소."

형섭은 그와 눈을 마주치지 않으려고 아래로 시선을 둔 채 말없이 고개를 끄덕였다. 무슨 말을 먼저 꺼내야 할지 그때까지 결심이 서지 않았던 것이다.

"우리 동지들이 당신에게 집단으로 폭행을 가했다는 사실은 나도 뒤에야 알았소. 참으로 어리석은 짓이었어요. 내가 알았더라면 어떻게 해서라도 말렸을 텐데…… 당신도 알다시피 나는 그때 이미 체포가 되어 구금된 상태였소. 나는 당신이 밀고 따위를 할 사람이 절대로 아니라는 것을 잘 알고 있어요. 순전히 박부장이란 친구의 농간 때문이었다는 것도……"

유다의 말에 형섭은 곤혹스러운 표정을 지으며 고개를 저었다. 차라리 자기에게 고함을 치고 욕설이나 퍼부어주었으면 덜 고통스러웠을 것이다.

"그들을 대신해 진심으로 사과를 드리겠소."

"아니오. 나는 오늘 그런 이야기를 하자고 찾아온 것이 아닙니다. 그럴 뿐만 아니라 그들이나 당신이 나를 밀고자로 오해할 수 있는 것도 어쩌면 당연한 일이었고 어쩔 수 없는 일이라고 생각해요. 모든 불찰은 내게 있었어요. 박부장이란 자가 처음부터 나를 자신의 미끼로 이용하고 있었다는 사실을 모른 것은 순전히 나의 어리석음 때문이었어요. 윤애림이 잡힌 것도, 그리고 당신과 연희가 급습을 당한 것도 알고 보면 나의 잘못이었소."

형섭은 한숨을 쉬듯 말하고 비로소 고개를 들어 유다의 얼굴을 똑바로 쳐다보았다.

"그러나 오늘 내가 당신을 찾아온 것은 그 일을 따지기 위해서가 아니오. 내가 찾아온 것은……"

"연희에 관한 이야기 때문이군요."

순간 유다는 어떤 직감이 들었는지 형섭의 말을 끊으며 말했다.

"……그래요."

형섭은 자신도 모르게 다시 그의 눈길을 피한 채 무거운 목소리로 말했다. 잠시 동안 두 사람 사이에 무거운 침묵이 흘러갔다.

"………"

"이제 당신은…… 연희를 더이상 이 지상에서…… 만날 수 없을 거요."

형섭은 마침내 용기를 내어 선언이라도 하듯 말했다.

"그러면……?"

순간, 유다의 얼굴이 백지장처럼 하얗게 변해버렸다. 그의 눈은 얼어붙은 듯 형섭의 얼굴에 박혔다. 그러고 나서 한동안 숨이라도 멎어버렸는지 미동도 하지 않았다. 창백한 그의 이마 위에 주름살이 깊게 잡혔다. 그것은 그가 내부에서 얼마만큼 격렬한 고통을 견디고 있는지 보여주는 것이었다.

한동안 그는 그렇게 돌처럼 굳어진 채 서 있었다.

한쪽 구석에서 두 사람의 대화를 기록하던 면회담당 교도관이 유다를 흘낏 쳐다보았다. 형섭은 인내를 가지고 그가 침묵에서 깨어나기를 기다렸다. 한바탕의 격렬한 감정이 지나가고 나자 그의 얼굴은 다시 천천히 평온을 되찾았다. 그 시간이 서로에게 매우 길게 느껴졌지만 사실은 불과 일이분도 되지 않은 짧은 순간이었다. 그의 얇은 입술에 예의 보일락말락한 미소 같은 것이 떠올랐다. 그것은 세상의 모든 고통으로부터 달관한 자의 웃음 같기도 하고, 복수의 집념에 찬 인간이 흘리는 비웃음 같기도 했다. 잠시 후 그는 조금 전보다 느리고 가라앉은 목소리로 말했다.

"그래, 장례는 잘 치러주었소?"

형섭은 고개를 끄덕이며 말했다.

"나 역시 장례식엔 참석하지 못했어요. 대신 안혜숙이 갔다왔는데 화장을 했다는군요. 유골을 조금 얻어 북한강에다 뿌려주고 왔습니다."

형섭은 최대로 감정을 억제하면서 차분한 어조로 말했다. 형섭의 이야기를 듣고 나서 유다는 무슨 생각에 빠졌는지 잠시 사이를 두었다가 말했다.

"이제야 당신이 찾아온 이유를 알겠군요. 아무튼 고맙소. 참으로 슬픈 일이긴 하지만 그게 섭리라면 어쩔 수가 없는 일이지요. 나는 언제나 당신과 연희, 두 사람에게 미안한 마음을 지닌 채 살고 있었소. 이제 당신이 그녀의 유골을 일부나마 추슬러 마지막 길을 전송해주었다니 그녀에게 마음의 빚을 좀 더는 기분이군요."

그의 말에 형섭은 천천히 고개를 저었다.

"아니오, 그녀가 진정으로 사랑했던 사람은 내가 아니라 바로 당신이었소."

그러고 나서 형섭은 한숨을 쉬듯 말을 이었다.

"병원에 누워 있을 때 마지막으로 면회를 갔었소. 이미 그녀의 눈가에 죽음의 그림자가 짙게 드리워져 있을 무렵이었어요. 그때 그녀는 마지막으로 힘을 다해 당신에게 꼭 자기의 말을 전해달라고 말했소. 당신을 사랑하며, 당신과 함께 지낸 시간을 자랑스럽게 생각하며, 이 세상은 그것으로 아름다웠다고 말이오. 딱 이 세 마디였소. 내가 당신을 찾아온 것은 그 말을 전해주기 위해서요."

형섭은 거짓말을 하고 있었지만 말을 하는 동안 어쩌면 연희가 그렇게 말했을지 모른다는 착각에 빠졌고, 마침내 그녀가 그렇게 말했다는 확신을 가지게 되었다. 유다의 얼굴에 잠시 감동과 슬픔의 물결이 지나갔다.

"……고맙소."

유다는 안경을 고쳐쓰며 조금 떨리는 목소리로 말했다.

"어떻게 보면 그녀를 위해서 잘된 일인지도 모르겠소."

그는 잠시 사이를 두었다가 말했다.

"사실 그녀가 살아 있었다 해도 그녀의 삶은 불행의 연속이었을 거요. 이런 감옥은 그녀에게 어울리지 않는 곳이오. 어떻게 그녀가 이렇게 냄새나는 감옥에서 나처럼 온갖 죄수들과 섞여 지내는 걸 상상이나 할 수 있겠소. 비록 그녀가 나를 사랑하고 내가 가는 길에 동참했다 하더라도 그녀의 몸은 생기를 잃고 마른 나무처럼 죽어갔을 것이오. 차라

리 병실에서 고요히, 안전하게 죽음을 맞이할 수 있었다는 게 그녀에겐
다행한 일이었을 거요."

"처음엔 나도 당신에게 이 사실을 알려야 좋을지 어떨지 무척 망설였
어요. 하지만 당신은 누구보다도 그녀의 죽음을 먼저 알아야 할 권리가
있고 왠지 나는 당신에게 그 사실을 알려주어야 할 의무가 있다는 생각
이 들었어요."

형섭이 용기를 내어 말했다.

"알고 있소. 당신은 처음 만났을 때부터 느꼈지만 무척 섬세하고 예
민한 사람이오. 그러나 내 걱정은 하지 마시오. 생각보다 나라는 인간
은 훨씬 강하니까. 말이 나왔으니 말이지만 지금 내겐 이곳처럼 편한
곳이 없소. 어둡고 낮은 곳이야말로 처음부터 내가 있어야 할 자리였으
니까."

그는 다시 예전의 위엄있는 모습으로 돌아가서 말했다.

"아무튼 이렇게 찾아와 소식을 알려줘서 고맙소. 그녀는 나의 위안이
었고, 자랑이었소. 그녀는 내 아이를 잉태했고…… 나와 함께 걸어왔
소. 나는 다시 옛날처럼 혼자가 되었소. 이제야말로 나는 홀가분한 몸
이 되었다는 뜻이오. 나의 싸움은 이제부터요!"

순간 형섭은 그의 눈빛 안쪽에 화산처럼 이글거리는 불꽃을 보았다.
그것은 열정에 차서 소명을 이야기하던 사람의 눈빛과는 완전히 다른
것이었다.

"잘 가시오, 장형…… 아니, 장형섭씨. 찾아와줘서 고맙소."

말을 마치자 유다는 고개를 숙인 채 더이상 되돌아보지 않고 교도관
을 따라 나가버렸다. 칸막이 저쪽이 갑자기 텅 비었다.

잠시 우두커니 서 있던 형섭은 천천히 발걸음을 돌려 면회실을 나왔다.

밖으로 나온 형섭은 계단에 서서 시선을 멀리 하늘을 향해 던졌다. 구름 한점 없이 푸른 하늘엔 그 옛날처럼 낮달이 하나 떠 있었다.

이제 자신이 해야 할 최소한의 일, 즉 자기가 스스로에게 부여했던 마지막 숙제를 다한 셈이었다. 이제 그에게 남아 있는 일은 아무것도 없었다. 혹시 재판이 시작되면 박부장의 말대로 증인으로 채택될 일이 일어날지 모르지만 만일 그런 일이 벌어진다 하더라도 형섭은 증언을 거부할 생각이었다.

그러자 갑자기 무거운 짐을 벗어버린 사람처럼 등짝이 허전해져왔다. 텅 빈 가슴속으로 견딜 수 없는 공복감이 밀려왔다. 형섭은 이제 자신의 길을 걸어가야 할 때가 되었다는 생각이 들었다. 무엇보다 사람이 그리웠다. 사람들이 벅적거리는 시장바닥에 주저앉아 사람들의 체온을 느껴보고 싶었다. 그 옛날 가리봉동 시절이 떠올랐다. 비록 가난했지만 행복하던 시절이었다. 추운 겨울 야근을 하고 나오는 날, 골목 어귀 포장마차에서 친구들과 따끈한 라면 국물을 안주로 소주를 마시던 생각이 났다.

어디로 갈까? 동만을 불러내어 술이나 한잔 하자고 할까? 오랜만에 석태나 만나볼까?

형섭은 구치소의 넓은 마당을 가로질러 나올 동안 아무런 결정을 내리지 못하고 있다가 버스 타는 곳에 이르러서야 비로소 혜숙에게 전화를 넣어보기로 결심했다. 마침 혜숙은 집에 있었다.

"어디예요?"

"구치소 앞이에요. 성유다 면회 갔다가 오는 길이에요."

"아, 만나셨군요. 무척 충격을 받았을 텐데……"

"그런 것 같았어요. 하지만 곧 냉정을 되찾았어요. 역시 유다답더군요."

"후후, 어쨌든 고생이 많았어요."

"아뇨, 나야 당연한 일이지만 그동안 혜숙씨가 고생이 많았어요. 시간이 된다면 차라도 한잔 하고 싶은데……"

"……그럴까요. 그럼, 이쪽으로 오실래요? 집 근처루요. 지금 빨래를 하고 있거든요."

"그러죠. 근처로 가서 전화할게요."

전화를 끊고 나서 형섭은 가게로 들어가 담배 한갑과 커피캔 하나를 샀다. 시내로 들어가는 버스는 십분 간격으로 왔다. 차가 지나갈 때마다 마른 먼지가 하얗게 일어났다가 가라앉곤 했다. 형섭은 차가 두 대쯤 지날 때까지 가게 앞에 놓인 음료수 회사의 하얀 플라스틱 의자에 앉아 커피를 마셨다.

세번째 버스가 왔을 때 형섭은 그제야 빈 깡통을 쓰레기통에 버리고 천천히 자리에서 일어났다.

겨울이라 그런지 날빛이 짧았다. 형섭이 버스를 갈아타고 다시 지하철에서 내려 혜숙이 사는 정릉 근처에 이르렀을 때는 벌써 오후 해가 거의 기울어졌을 무렵이었다. 전에 혜숙이 이 근처에서 자취한다는 말을 듣긴 했지만 한번도 가본 적이 없었기 때문에 어림짐작으로 찾아가는 길이었다. 정릉 올라가는 갈랫길에서 혜숙에게 전화를 했더니 버스 정류장 지나 계속 올라오면 자기가 나가겠다고 했다.

오다가 포장마차에서 점심을 국수로 대충 때운 터라 형섭은 배가 고팠다. 오르막길을 한참 가고 있는데 저쪽에서 혜숙이 활짝 웃으면서 내려오는 게 보였다. 쌀쌀한 날씨임에도 불구하고 가벼운 점퍼 차림에 슬리퍼를 신고 있었다.

"시간이 많이 걸렸죠?"

"생각보다……"

"그럴 줄 알았으면 내가 시내로 나갈 걸 그랬어요. 난 빨래가 많아 늦어질 줄 알았어요."

"집이 가까운가보죠?"

"여기서 한 오분. 반지하 단칸방이에요. 혼자 사는 방이지만 너무 지저분해서 가잘 수도 없고…… 배고프죠?"

"조금."

"어쩌나…… 많이 피곤해 보이는군요."

나란히 걸어가며 혜숙이 형섭의 옆모습을 흘낏 보면서 말했다.

"괜찮아요. 우리 어디 가서 간단하게 뭐라도 좀 먹을까요? 오늘은 내가 사고 싶은데……"

형섭은 억지로 웃으면서 말했다. 아닌게아니라 자기가 생각해도 얼굴이 푸석푸석하고 입술마저 메마른 느낌이 들었다.

"이 근처엔 마땅한 데가 별로 없어요. 워낙 변두리라서요."

혜숙은 잠시 무언가 생각하는 눈치더니 결심한 듯 말했다.

"괜찮으시다면 우리집으로 가는 게 어때요? 반찬은 별로 없지만 사먹는 것보담은 나을 테니까. 동태찌개도 있고……"

"나야 괜찮지만……"

형섭이 머뭇거리며 말했다.

"됐어요. 그럼 가요."

혜숙이 활짝 웃으며 결론이라도 짓듯 말했다.

"오늘은 내가 저녁을 사기로 하고 왔는데……"

형섭은 말은 그렇게 했지만 어느새 발걸음은 그녀를 따라 걸어가고 있었다. 배도 고팠지만 더이상 헤매다니고 싶지 않을 정도로 피곤했기 때문이다.

혜숙은 앞장서서 한참 오르막길을 가다가 오른쪽으로 작은 하수도를 끼고 나 있는 비좁은 골목으로 접어들어 낡은 슬라브집들이 다닥다닥 붙어 있는 곳으로 들어갔다. 골목 곳곳에 연탄재들이 수북하게 쌓여 있었고, 머리 위에는 전선이 어지럽게 널려 있었다. 비탈진 골목에서 아이들이 아슬아슬하게 자전거를 타며 그들 곁을 지나갔다.

"다 왔어요. 저기 빨간 이층집이에요. 지저분하다고 욕이나 하지 않았으면 좋겠는데……"

혜숙은 집이 가까워오자 다시 걱정되는지 변명삼아 말했다.

"걱정 마세요. 나야 불청객 주젠데 뭘……"

시멘트가 깔린 쪽마당을 지나자 곧 방으로 내려가는 계단이 나타났다. 혜숙이 먼저 들어가서 불을 켰다.

"반지하라 낮에도 조금 어두워요. 다행히 습기는 차지 않아서 견딜 만하지만……"

그러나 혜숙의 자취방은 생각보다 훨씬 깨끗하고 잘 정리되어 있었다. 넓지도 좁지도 않은 방에는 책상을 겸한 화장대와 작은 장롱이 놓여 있었고, 한쪽 벽에는 책꽂이와 냉장고가 나란히 붙어 있었다. 작은 반투명 유리문 틈으로 부엌이 보였는데 씽크대와 찬장이 놓여 있기에도 비좁은 공간이었다.

"어때요? 엉망이죠?"

혜숙이 조금 쑥스러운 듯 말했다.

"아뇨, 아주 좋은걸요. 따뜻하고 아늑하군요."

"그렇게 말해주니 다행이네요. 그럼, 나 얼른 밥 준비할 테니까 좀 쉬세요."

　그렇게 말해놓고 혜숙은 점퍼를 벗고 부엌으로 들어가버렸다. 곧 쏴, 하고 물 흐르는 소리가 들렸다. 형섭은 약간 어색한 표정으로 책상 앞에 앉아서 책꽂이의 책들을 이것저것 빼서 보다가 이윽고 코트를 벗어 걸어두고 수돗가에서 손과 얼굴을 씻었다. 거울을 보니 눈자위가 발갛게 충혈된데다가 눈가의 근육이 축 처져 있었다. 입술은 말라서 허연 꺼풀 같은 것이 앉아 있었다.

　세수를 하고 방에 들어온 형섭은 다시 책상 앞 의자에 앉아서 무료하게 이 책 저 책 건성으로 보다가 판화집과 시집 한권을 들고 방 한쪽에 개켜놓은 이불에 기대어 누웠다. 혜숙에게 좀 미안했지만 엄습해오는 피로를 견딜 수 없었다.

　따뜻한 방바닥에 두 다리를 뻗고 누워 있자니 온몸이 그대로 아득히 땅속으로 꺼져들어가는 기분이 들었다. 부엌에서는 혜숙이 무엇을 만드는지 부지런히 도마질하는 소리가 들렸다. 투닥거리는 도마질 소리는 마치 아득한 기억의 저편에서 들려오는 것처럼 느껴졌다. 눈 가는 대로 건성으로 책을 뒤적이던 형섭은 자기도 모르게 책을 떨어뜨리고 어느새 깊은 잠에 빠져버렸다.

　얼마나 잤을까.

　형섭이 눈을 뜨자 천장의 형광등 불빛이 먼저 환하게 들어왔다. 그리고 낯선 장롱과 낯선 벽지의 무늬가 눈에 들어왔다. 가벼운 캐시밀론 이불에서 낯선 여자 냄새가 났다.

　여기가 어딜까……

　가늘게 눈을 뜬 채 형섭은 잠시 혼란에 빠졌다. 아주 먼 옛날로 돌아온 것 같기도 하고 아주 먼 미래의 어딘가에 온 것 같기도 했다. 어두운 반지하 창문 너머로 아이들이 떠들어대는 소리가 들리고 어른들이 고함지르는 소리도 들렸다.

"……일어났어요?"

그때 발치께에서 귀익은 여자의 목소리가 들렸다. 순간, 형섭은 정신이 번쩍 들었다.

"아, 내가…… 나도 모르게…… 깜박 잠이 들었네."

형섭은 재빨리 상체를 일으켰다. 그러자 그의 발치께에 앉아 책을 보고 있던 혜숙이 책을 내려놓으며 말했다.

"밥먹어야죠? 동태찌개 끓여놓은 게 다 식었겠어요."

그러나 형섭은 아까까지는 꽤 배가 고팠는데 지금은 이상하게 별로 생각이 없었다. 대신 조금 더 누워 있고 싶었다. 참으로 오래간만에 맛보는 편안한 기분이었다.

"잠깐만…… 정신 좀 차리고요. 아깐 배가 몹시 고팠는데 자고 나니까 오히려 밥생각이 없어졌어요. 여긴 참 편안하고 좋네요. 아무튼 여러모로 신세를 많이 지는군요. 사실 낮에 유다를 면회하고 나왔을 땐 마음의 갈피를 잡을 수 없었거든요. 혼란스럽기도 하고 허전하기도 하고…… 그의 열정과 그의 고통…… 아무튼 피곤했어요."

긴장이 풀어진 형섭은 마치 잠꼬대라도 하는 것처럼 혼자 아무렇게나 떠오르는 대로 주절주절 말을 이어갔다. 혜숙은 일어서려다 말고 다시 자리에 앉았다. 형섭은 다시 이불에 비스듬히 기대 누웠다.

"언젠가 연희가 말했죠. 자기가 만일 먼저 죽으면 화장해 우리가 함께 갔던 강가에 뿌려달라고…… 그땐 그저 농담으로 들은 말이었는데 현실이 되어버렸군요."

그러고 나서 형섭은 공허하게 웃었다.

"………"

"그때 우린 너무 어렸고, 아직 사랑하는 법을 몰랐죠. 지금이라면 어디든 함께 갔을 텐데…… 내 머릿속엔 온통 나밖에 없었어요. 그리고 그땐 그게 연희를 위한 길인 줄 알았어요."

형섭은 마치 고백이라도 하듯 말했다. 혜숙은 그의 발치에 앉아 가만히 그의 이야기를 듣고 있었다. 그런 상태로 두런두런 이야기를 하는 동안 형섭은 자기도 모르게 감상에 빠져들었다.

"유다처럼 나 역시 그땐 온통 열정으로 차 있었어요. 머리채를 잡힌 채 끌려가는 나보다 더 어린 여공들을 보면 가슴이 들끓곤 했죠. 그땐 연희와의 사랑도 사치스럽고 죄스런 느낌이었어요. 하지만 연희를 사랑한 것은 진심이었어요. 아니, 사랑이라기보다는 차라리 지독한 운명이었다고 하는 편이 좋겠군요. 연희는 어쩌면 내게 천국과 지옥을 다 보여주었는지도 몰라요. 나는 도처에서 그녀의 환영을 보았고, 그녀의 목소리를 듣고, 그녀의 냄새를 맡았어요. 내게 다시는 그런 사랑은 오지 않을 거예요. 아니, 온다 해도 그렇게 지독한 사랑은 두번 다시 하지 않을 거예요."

형섭의 목소리는 어느새 젖어 있었다. 형광등 불빛이 물기 때문에 이지러졌다.

"그동안 많이 말랐어요."

"그런가요?"

형섭은 자신의 볼을 한번 손으로 어루만졌다. 까칠한 수염이 느껴졌다.

"그런데 나…… 혜숙씨에게 고백할 게 하나 있어요."

다시 형섭이 배를 깔고 누우며 말했다. 마음이 전에 없이 편하고 가라앉아 있었다. 혜숙이라면 무슨 말을 하더라도 다 들어줄 것 같은 기분이 들었다. 형섭은 잠시 사이를 두었다가 이윽고 마치 큰 결심이라도 한 사람처럼 말했다.

"사실…… 나 애림씨랑 그날 같이 있었어요."

"………"

"지난 가을 애림씨가 잡히기 직전에 우리 하숙집으로 왔었어요."

"알고 있어요."

그러자 혜숙이 뜻밖에 태연한 얼굴로 말했다.

"애림이에게 직접 들었어요. 면회 갔을 때 말해주더군요. 형섭씨한테 편지를 보냈다는 말과 함께…… 처음으로 이성에게 따뜻한 정을 느꼈다고 했어요."

"……그랬군요."

"애림인 좋은 여자예요. 순수하고 열정적이고, 그러면서 섬세한…… 걔의 눈을 가만히 보고 있으면 같은 여자인 나도 가끔 반할 때가 있는 걸요."

혜숙이 마치 자상한 언니라도 되는 것처럼 말했다.

형섭은 다시 바로 누워 팔베개를 하고 멀리 천장 너머로 시선을 던졌다. 하얀 형광등 불빛이 그의 마른 얼굴을 더욱 희게 보이게 했다.

"우습죠? 사람의 마음…… 온통 연희만이 자리잡고 있어 빈틈이 없어 보이던 그곳에 어느 순간 느닷없이 애림이란 풀씨가 하나 내려와 뿌리를 내리고 있으니 말이에요."

"그래요. 후후후…… 그래서 어쩌면 인생이란 살 만한 것인지도 모르죠. 이렇게 형섭씨가 우리집엘 다 오고……"

혜숙이 재미있다는 듯 웃었다.

"미안해요, 혜숙씨. 그러고 보니 끝까지 신세를 지고 말았군요."

"그만 하고 일어나세요. 밥먹어야죠. 찌개부터 다시 데워야겠네."

혜숙이 벌떡 일어나 부엌으로 나갔다. 그러나 형섭은 그대로 누워 멀고 먼 곳에 시선을 던져둔 채 생각에 잠겼다. 골목길에서 누군가 싸우는 소리가 개 짖는 소리와 뒤섞여서 들렸다. 겨울밤이 깊어가고 있었다.

십이월 중순, 드디어 재판이 시작되었다.

재판정은 아침부터 가족과 친구, 재야단체에서 나온 사람들, 기자들로 입추의 여지 없이 꽉차 있었다. 형섭은 혜숙과 함께 일찌감치 방청석 앞쪽에 자리를 잡고 앉았다. 재판이 시작되기 전의 법정은 방청객들의 웅성거리는 소리로 다소 어수선했다.

형섭은 혹시나 아는 얼굴이 있을까 하고 재판정을 한번 둘러보았다. 그때 언뜻 형섭의 눈에 낯익은 얼굴이 하나 보였다. 그는 형섭과 마주치자 알듯 말듯 미소를 지었다. 하얗게 센 머리, 눈꺼풀이 가리듯 덮고 있는 날카로운 눈매…… 정보부의 박부장이었다.

형섭은 못 본 척 얼른 고개를 돌려 앞을 쳐다보았다. 괜히 가슴이 철렁 내려앉는 기분이었다. 시계를 쳐다보았다. 조금 후면 애림과 유다, 그리고 폭풍우치던 날 밤 그에게 집단으로 폭행을 가했던 친구들이 나타날 것이었다.

얼마나 기다렸을까. 갑자기 웅성거리는 소리가 들리더니 법정 앞 왼쪽 문에서 포승에 묶인 죄수복 차림의 사람들이 차례로 교도관의 호송을 받으며 나타나는 게 보였다. 맨 앞에 형섭을 사당동 교회로 안내했던 땅딸막한 체구의 사내가 들어오고 다음엔 그날 밤 형섭에게 주먹을 날렸던 이른바 열심당의 시카리라는 다른 두 사람, 그리고 형섭이 전혀 모르는 낯선 젊은 사내 한명이 들어오고 뒤따라 애림이 나타났다.

애림이 나타나자 형섭은 갑자기 숨이 딱 멎는 듯했다. 지난 가을 혜숙과 면회하러 갔을 때 만나고 나서 처음 보는 모습이었다. 푸른 수의를 입은 애림의 모습은 갑자기 삭막한 법정에 피어난 한송이 눈부신 푸른 꽃처럼 보였다. 그녀의 입가에는 가벼운 미소 같은 게 흐르고 있었는데, 출렁이는 머리칼 아래의 이마는 햇빛을 받지 못해 그런지 더욱 희고 투명해 보였다. 매우 당당하면서도 기품있는 모습이었다.

……애림씨.

형섭은 속으로 가만히 그녀의 이름을 불러보았다. 그러나 그녀는 방청석을 향해 한번도 눈길을 주지 않은 채 곧장 걸어가서 자기 자리에 앉았다. 형섭은 그녀의 뒷모습을 안타까움에 젖은 눈빛으로 바라보았다.

그녀가 들어오고 나서 조금 있다 다시 웅성거리는 소리가 한번 더 들리더니 누군가가 조그맣게 외쳤다.

"……성유다다!"

과연 그때 문 입구에서 유다가 두 명의 교도관에 싸인 채 나타났다. 법정 안은 삽시간에 물을 끼얹은 듯 조용해졌다. 유다는 걸음을 멈추고 잠시 위엄있는 모습으로 법정 안을 가만히 둘러보았다. 껑충한 키에 남루해 보이는 푸른 수의, 둥근 뿔테안경과 안경 너머에 자리잡고 있는 타는 듯한 눈빛…… 그 모습은 마치 사자와 싸우기 위해 사람들이 아우성치는 원형경기장 가운데 들어서는 로마의 검투사를 연상시키기도 했고, 세상의 모든 영광을 다 버린 채 죽음을 맞으러 가는 선지자를 연상시키기도 했다. 그의 모습이 너무나 초연하고 의연해서 그 곁에 함께 호송하여 온 교도관들이 오히려 왜소해 보일 정도였다.

잠시 그렇게 서 있던 유다는 이윽고 뚜벅뚜벅 동료들이 앉아 있는 피고석의 중간으로 걸어가서 앉았다. 키가 컸기 때문에 앉았을 때도 다른 사람에 비해 눈에 띄었다. 그때까지 숨을 죽이고 있던 법정 안이 다시 여기저기서 수군거리는 소리로 소란스러워지기 시작했다.

피고들이 모두 자리에 앉고 나자 곧이어 머리카락을 뒤로 넘긴 다소 신경질적으로 보이는 검사가 서류 뭉치를 안고 입장하였고, 반대편 문으로 머리가 하얗게 센 국선인 듯한 늙은 변호사가 들어왔다. 늙은 변호사는 자리에 앉자마자 커다란 돋보기안경을 꺼내 쓰고 기록문을 뒤적이며 쿨룩쿨룩 기침을 했다.

잠시 후 정리가 모자를 쓰고 작지만 법정 안에 다 들릴 정도로 높은 소리로 외쳤다.

"일동 기립!"

그 소리에 맞추어 까만 법복을 입은 세 명의 재판관이 각기 겨드랑이에 파일을 하나씩 끼고 법정 상단에 나 있는 작은 문으로 들어왔다.

"착석!"

드디어 재판이 시작되었다. 팽팽한 긴장감이 법정 안에 감돌았다. 형섭은 자기도 모르게 마른침을 한번 꿀꺽 삼켰다. 주심을 맡은 재판관의 간단한 인적사항 확인절차가 끝나고 나자 곧이어 검사의 심문이 시작되었다. 그는 안경을 고쳐쓰고 약간 여유를 보인 뒤 검사보의 도움을 받으며 서류를 들추어보다가 이윽고 피고인들을 내려다보며 마이크에다 대고 먼저 험험, 작게 기침을 하였다. 작지만 그의 기침소리는 귀에 거슬릴 정도로 똑똑히 법정 안에 울려퍼졌다.

"에…… 먼저 피고 김국진. 가명으로 성유다, 맞죠?"

그는 힐끗 유다 쪽을 쳐다보며 말했다.

유다는 가볍게 고개를 끄덕여 그렇다는 표시를 했다.

"묻는 말에 맞으면 맞다, 아니면 아니다, 하고 분명하게 소리를 내어 대답해주기 바랍니다. 피고 김국진은 일천구백팔십일년 유월 삼일 일명 열심당이라는 반국가단체를 박아무개, 서아무개 등과 결성하고 스스로 그 수괴가 되었지요?"

"………"

"어허, 분명하게 예, 아니오, 하고 소리내어 대답을 해주라니까요. 맞습니까?"

"………"

"이의 있습니다!"

늙은 변호사가 자신의 소임을 다하려는 듯 일어나서 재판관석을 향해 말했다.

"검사측에서 피고를 너무나도 위협적인 분위기에서 예에, 답변을 강요하고 있습니다."

그러나 그의 이의는 기각되었고 재판은 계속되었다.

"묵비권을 행사하겠다? 흥, 좋습니다."

검사는 냉소를 한번 치고 나서 다시 서류와 유다의 얼굴을 교대로 바라보며 말했다.

"피고 김국진은 일천구백팔십일년 유월 삼일 일명 열심당이라는 반국가단체를 결성하여 스스로 수괴임을 자처하고…… 호시탐탐 국가 전복의 기회를 노리며…… 동지들을 규합하고 동년 팔월에 대학가와 구로지역 공장 일대에서 침투할 대상을 물색하던 중…… 인천지역 노동자대회를 이용해 총파업을 유도하고…… 대학생들로 하여금 반체제단체를 결성해 정부기관을 점거 방화하도록 하는 일을 획책하였지요?"

"………"

"예, 좋습니다. 피고는 일찍이 아버지를 잃고, 시장에서 술집을 하는 홀어머니 밑에서 자라 어릴 적부터 사회에 대한 원망과 개인적인 복수심으로 불타오르다가…… 열다섯살에 처음 소년원에 들어간 후……"

"열세살 때요."

그때 갑자기 유다가 불쑥 내뱉듯이 말했다.

"흠, 그렇군. 열세살 때로군……"

검사는 서류를 확인해보며 다시 정정해서 말했다. 여기저기에서 가벼운 웃음소리가 터져나왔다. 그는 자신이 놀림감이 되었다는 것을 알고는 얼굴이 달아올라 화가 잔뜩 난 목소리로 유다를 노려보며 말했다.

"강도와 사기, 절도, 소매치기 등 파렴치범으로 도합 십사년 사개월을 감옥에서 보낸 후 또다른 범행을 물색하던 중…… 교도소 안에서 오 아무개라는 전도사를 만났지요?"

그러나 유다는 다시 시종 침묵으로 일관하였다. 그의 무거운 침묵은 재판이 벌어지는 전체 상황을 다소 희극적이면서 비극적인 분위기로 만들었다. 그럼에도 불구하고 재판은 한달에 걸쳐 일사천리로 진행되었다. 검사의 사실심리는 대부분 인정하는 것으로 받아들여졌다.

치열한 공방이 예상되었던 대학생 김진성의 의문사 부분에 대해서도 유다는 아무런 변명도 하지 않았다. 그 부분의 심리에서 검찰측 증인으로 뜻밖에 박부장이 나왔다. 그는 말끔한 검정색 양복에 붉은 넥타이를 매고 있었는데, 그의 굳게 다문 입술은 비정하다 못해 비장한 느낌마저 주었다.

그는 검사의 질문에 낮고 짧은 목소리로 대답했다.

"……그러니까, 당시 피고 김국진은 열심당의 기밀을 유지하고…… 조직원들에게 일벌백계의 응징적 차원으로 비서였던 복학생 김진성을 살해하기로 결심하고…… 수하 열성당원이었던 일명 시카리라고 불리는 피고 강아무개, 이아무개, 장아무개에게 이월 십이일, 음력 보름날 범행을 하도록 교사하고 그 시신을 저수지에다 갖다버렸습니까?"

"예, 그렇습니다. 이것이 당시 사진입니다."

박부장은 흑백으로 된 사진을 두 장 들어 보이며 말했다. 한장은 무참하게 살해당한 채 저수지에 버려진 어떤 청년의 사진이었고, 다른 한장은 인양중인 모습의 사진이었다.

그때 유다 옆에 앉아 있던 땅딸막한 키의 사내가, 그의 이름이 강동수라는 것을 형섭은 재판정에서 처음 알았는데, 갑자기 벌떡 일어나 증언대 앞으로 뚜벅뚜벅 걸어나가서 손가락으로 박부장을 가리키며 격한 목소리로 말했다.

"거짓말! 살인자! 네가 그를 죽였어! 나쁜 놈!"

"………"

그러자 재판관이 다급한 목소리로 제지를 하고 나왔다.

"앉아요! 피고! 여봐, 정리! 뭣 하나?"

그러나 그는 박부장을 노려보며 더욱 큰 소리로 말했다.

"더러운 살인자! 진실이 무엇인지 넌 알고 있을 거야!"

그의 돌발적인 행동으로 재판정은 삽시간에 아수라장이 되어버렸다. 정리와 교도관이 급히 달려나와 그를 끌고 밖으로 나갔다. 그러나 박부장은 돌처럼 굳은 얼굴로 그런 상황을 차갑게 지켜볼 뿐이었다. 유다 역시 꼼짝하지 않았다. 그들은 서로 상대방의 힘을 시험해보는 듯 무거운 침묵을 지키고 있었다.

잠시 후 재판은 속개되었다. 검사의 심리가 끝나자 이어 늙은 국선변호사가 쿨룩쿨룩 기침을 하며 변론을 하기 위해 일어섰다. 그러자 그때까지 침묵으로 일관하던 유다가 비로소 조용한 목소리로 말했다.

"재판장님, 죄송하지만 나를 위해서라면 변호사님의 변론을 사양하고자 합니다. 추운 날씨에 나와주신 변호사님의 호의에 감사를 드리지만……"

재판장은 옆에 앉은 부심과 잠시 상의를 하더니 다른 피고들의 의견을 물었고, 그들도 필요없다고 하자 유다의 청을 받아들였다. 사실심리가 끝나자 검사의 논고와 구형이 이어졌다. 재판도 거의 막바지에 이르렀다.

"피고 김국진은 일명 열심당이라는 해괴한 반국가단체를 결성하여 수괴가 된 자로서 국가전복을 획책하고 사회를 불안케 하였으며, 살인을 교사한 죄를 적용하여 사형을…… 동 강동수는 동 김국진의 비서로서 일명 시카리라는 암살집단의 행동대원으로 각종 파업선동에 앞장서고 대학생 김진성 살인에 직접 가담한 죄로 무기징역을…… 동 이상목은 징역 십년에 자격정지 십년을…… 동 장준식은 징역 칠년에 자격정지 칠년을……"

준엄한 목소리로 검사의 구형이 이어가는 동안 형섭은 손가락으로 연신 의자 모서리를 뜯었다. 드디어 애림의 이름이 나왔다.

"……동 윤애림은 동 김국진의 사상에 동조하여 열심당의 선전위원으로 활약하면서 각종 불온유인물을 만들고 연락책으로 암약한 죄로 징역 삼년에 자격정지 삼년을 각각 구형하는 바입니다. 이들은 모두 위와 같이 엄청난 범행을 저질렀음에도 불구하고 개전의 정이 전혀 없고, 심지어는 묵비권을 남용하는 등 재판을 방해하였으므로 엄벌에 처해주실 것을 요청합니다. 이상입니다."

검사의 논고와 구형이 끝나고 나자 변호사가 일어나 형식적으로 간

략하게 선처를 부탁하고 앉았다. 마지막으로 피고들의 최후진술이 있을 차례였다.

유다가 천천히 자리에서 일어섰다.

그가 일어나자 다시 법정 안은 이상한 긴장감으로 팽팽하게 굳어졌다. 방청석에 앉아 있는 형섭은 그의 마르고 껑충한 뒷모습밖에 볼 수 없었지만 그의 창백한 이마와 둥근 안경 속에서 신비롭게 빛나는 눈을 마주보고 있는 것 같았다.

"존경하는 재판장님, 그리고 지금까지 심리를 진행하느라 수고해주신 검사와 변호사님……"

그는 약간 끝이 갈라진 목소리로 느리지만 무언지 모르게 사람의 마음을 잡아끄는 듯한 어조로 입을 열었다.

"방금 검사께서는 내게 사형을 구형했습니다. 참으로 당연한 일입니다. 나는 불의와 탐욕으로 공룡처럼 비대해진 세상과 싸우려 한 자요, 국가를 부정하고, 경찰과 군대와 감옥을 깨부수려 힘쓰는 자입니다. 나는 여러분들이 지키려는 질서에 반하는 자이며 어둠의 자식이자 곧 빛의 아들이기도 합니다. 비록 지금 내게 힘과 능력은 없으나 그런 생각을 가지고 있는 것은 틀림없습니다. 그러므로 검사가 내게 사형을 구형한 것은 당연한 일입니다."

유다는 그렇게 말하고 나서 잠시 사이를 두었다. 그의 말은 모순과 역설로 가득 차 있어서 어떻게 보면 매우 겸손한 것같이 들리기도 하였고, 어떻게 보면 오만함으로 가득 차 있는 듯이 들리기도 했다. 그러나 형섭은 그의 말 속에서 비수와 같은 분노와 연민을 느낄 수가 있었다.

"그러나 나는 여러분을 원망하거나 여러분에게서 어떠한 자비도, 동정도 바라지 않습니다. 자비와 동정을 베풀어야 할 사람은 여러분이 아니라 바로 나이기 때문입니다. 지금 제 가슴은 여러분을 비롯해 이 세상에 살아가는 모든 인간들에 대한 연민으로 가득 차 있습니다. 그렇습니다. 연민입니다. 육신의 죽음은 누구도 피할 수 없으며, 이 세상에 존재하는 모든 생명은 언젠가는 소멸할 수밖에 없는 운명을 가지고 있습니다. 그러므로 나는 나의 죽음 역시 그렇게 대단한 것으로 여기지 않습니다. 말이 났으니 말이지만 이 지구라는 별 위에 생명이 탄생한 것은 실로 우연이라고밖에 부를 수 없을지도 모릅니다. 광막한 죽음의 우주 속에 아슬아슬하게 탄생한 생명…… 엷은 대기막으로 싸인 한겹의 온실 속을 마치 영원인 것처럼 살아가는 뭇생명들 말입니다. 그러나 그것은 빵덩어리 위에 우글거리는 곰팡이와 같은 맹목적인 생명에 불과한 것입니다. 그러나 이 별의 생명들은 인간의 탄생과 더불어 비로소 영혼을 얻었습니다. 그리고 이 영혼의 탄생으로 말미암아 이 지구는 더이상 우주를 떠돌아다니는 우연한 생명의 별이 아니라 비로소 죽음과 같은 우주를 통째로 껴안는 신성한 별이 된 것입니다. 말하자면 신이 인간과 함께, 그리고 뭇생명들과 함께 살아가는 별이 된 것입니다."

유다는 마치 설교라도 하듯 조용하지만 확신에 찬 어조로 말했다. 최후진술이라고 하기에는 너무나 어울리지 않는 내용이었지만 아무도 그를 제지하지는 않았다. 법정은 마치 찬물을 끼얹은 것처럼 소리 하나 나지 않았다.

"그러나 세상은 타락하였고, 전쟁과 고문, 억압과 착취는 이 신성한 별을 죽음의 땅으로 만들었습니다. 독재자의 군홧발은 가난하고 헐벗은 이웃들을 짓밟고 탄식과 한숨소리만이 허공중에 가득하게 만들었습니다. 그리하여 더이상 인간은 신의 형상을 지닌 존재가 아닌, 폭력과 욕망으로 부풀어오른 가장 위험한 생명체가 되어버린 것입니다."

그는 잠시 사이를 두었다가 다시 한마디 한마디 마치 끊듯이 말했다.

"이 세상에 가장 동물적인 적나라한 약육강식의 법칙이 존재하는 한, 억압과 착취와 고통이 이어지는 한, 어둠속에서 누군가 울고 있는 한, 나와 같은 사람들은 끝없이 나타날 것입니다. 그리고 그들은 끝없이 무시무시한 권력과 군대와 경찰에 맞서 싸우고, 바로 오늘 이 자리와 같이 재판대에 서게 되고, 마침내 죽음을 맞이하게 될 것입니다. 그것이야말로 역설적이게도 인간의 역사 속에 신이 존재한다는 명백한 증거가 아니고 무엇이겠습니까? 이 세상에 두려움 없이 죽음을 맞이할 수 있는 생명체가 신과 함께하는 신성한 존재인, 신념에 찬 인간이 아니고 또다른 무엇이 있을 수 있겠습니까?"

유다의 목소리는 흥분으로 다소 떨리는 것 같았다. 마르고 구부정한 그의 어깨 뒤로 법관들이 돌처럼 무표정한 모습으로 앉아 있었다.

"당신들은 공공질서와 국가안보의 이름으로 내게 사형을 내리려 합니다. 하지만 그 질서와 안보는 당신들과 같이 가진 자들, 권력자들을 위한 질서와 안보일 뿐입니다. 당신들이야말로 그 질서와 안보를 위해 전쟁을 하고, 착취하고, 감시하며, 어둠속에서 고문을 자행하는 자들입니다. 그러니까 심판을 받아야 할 사람은 내가 아니라 바로 여러분과 여러분의 배후입니다! 세계화된 자본가들! 공룡과 같은 파시스트들! 바로 그들입니다!"

그러자 조용하던 법정 안이 갑자기 술렁거리기 시작했다.

그러나 유다는 아랑곳하지 않고 계속해서 말했다.

"나는 처음부터 보잘것없는 자였으니 내 죽음을 슬퍼할 사람은 아무도 없을지 모릅니다. 그러나 설사 내가 죽는다 하더라도 내 뒤에 또 수많은 내가 나타나 여러분과 여러분의 배후인 여러분들을 심판하려 할 것입니다. 완전한 자유와 해방을 위해, 신들과 같은 인간들이 거니는 세상을 향해, 혁명은 결코 그 걸음을 멈추지 않을 것입니다! 이것이 바로 내가 이 어둠에 가득 찬 세상에 던지는 희망의 메시지이며 모든 고통받는 인간을 위한 기도입니다. 희망을 버려서는 안됩니다. 인간은 누구나 고귀하게 살아갈 권리가 있습니다. 그것이 이 먼지처럼 작은 행성에 인간이란 거룩한 존재가 살아가는 이유입니다."

최후진술을 마친 유다는 무척 피곤한지 약간 비틀거리는 몸짓으로 다시 자리에 앉았다. 자리에 앉기 위해 약간 숙인 그의 이마는 땀으로 젖어 있었고 창백하게 빛났는데 형섭의 눈에 그의 그런 모습이 한편으로는 순교자처럼 외롭고 고귀해 보이기도 했고, 한편으로는 비현실적인 꿈을 꾸는 몽상가처럼 공허해 보이기도 했다.

유다를 비롯한 피고들의 최후진술이 모두 끝나자 그때까지 인내심을 최대한 발휘하여 앉아 있던 재판관은 기다렸다는 듯 결심공판을 일주일 후 십이월 세번째 금요일에 한다는 말을 남기고 자리에서 일어났다.

"구형이 예상보담…… 무겁군요."

법원 계단을 걸어내려오면서 혜숙이 이마를 찌푸리며 불만스럽게 말했다. 그러나 형섭은 혼자 생각에 잠겨서 아무런 대꾸도 하지 않았다. 고뇌에 찬 유다의 말이 가슴속에 어두운 바람처럼 내내 떠돌고 있었다.

금세 일주일이 흘러가버렸다. 일주일 후 열린 결심공판에서 성유다는 무기징역을, 그리고 나머지 사람들에게는 각기 삼년에서 오년까지의 무거운 형이 떨어졌다. 모두가 예상한 대로였다. 결심공판 때는 사람들이 거의 오지 않아 법정 안이 썰렁했다. 재판관이 판결문을 읽는 시간은 채 오분도 걸리지 않았다. 뜻밖에도 애림은 집행유예를 받았다.

그것은 매우 이례적인 일이었다.

"아, 애림이 집행유예를 받았어요!"

밖으로 나오면서 혜숙이 자기도 모르게 소리를 질렀다.

"하지만 다른 사람들에게는 너무 무거운 형량이 떨어졌군요."

형섭이 우울한 표정으로 말했다.

"예상했던 일인걸요 뭐. 유다를 생각하면 가슴이 아프지만…… 어쨌든 애림이라도 나오게 되어 다행이잖아요?"

"………"

"집행유예면 오늘중으로 나오는 건가요?"

혜숙이 물었다.

"아마도……"

"어떻게 하죠?"

그렇게 물어놓고 혜숙은 자신의 질문이 턱없이 어리석다고 생각했는지 혼자 웃었다.

"내가 어리석은 질문을 했군요. 이젠 혼자 가세요. 두 사람 사이…… 방해하고 싶진 않으니까."

형섭의 눈을 바라보며 혜숙이 미소지으며 말했다. 그녀의 눈에 쓸쓸한 그림자 같은 게 비쳤다. 형섭은 말없이 서 있었다.

"그럼…… 나중에 또 봐요. 난 이제 퇴장할 때가 된 것 같군요. 애림이에게 안부 전해주세요."

혜숙은 이내 몸을 돌려 잽싼 걸음으로 사라져버렸다. 형섭은 한동안 그 자리에 서서 사라져가는 그녀의 뒷모습을 지켜보았다. 구름이 잔뜩 낀 회색 하늘이 그녀의 등뒤에 무겁게 얹혀 있었다. 어쩐지 또 한바탕 눈이라도 퍼부을 것 같았다.

그날 저녁, 형섭은 동만에게 부탁하여 그의 털털거리는 차를 끌고 구치소로 갔다. 동만의 여자친구 지선도 따라왔다. 그들을 차에다 남겨두고 형섭은 혼자 구치소 철문 앞에서 애림을 기다렸다. 어두운 밤하늘에 파란 수은등 불빛이 형광물질을 뿌려놓은 것처럼 퍼지고 있었다.

눈이 내리고 있었다.

저녁부터 시작된 눈은 제법 넉넉하여 그새 발목을 덮을 정도였다. 오늘 출감할 죄수들의 가족으로 보이는 사람들이 어둠속에 웅성거리며 서 있는 게 보였다. 형섭은 코트 깃을 세우고 부근을 어슬렁거리며 애림이 나오길 기다렸다.

……내가 나가는 날, 눈이라도 펑펑 내렸으면 좋겠어요. 나…… 사실, 어젯밤, 형섭씨 꿈을 꿨어요. 보고 싶다는 말, 해도 괜찮겠죠?

하늘에선 그녀의 소망처럼 눈이 탐스럽게 내리고 있었다.

만나면 무슨 말부터 해야 할까. 자기가 기다리고 있다는 사실을 알기나 할까.

형섭은 담배를 꺼내물고 하늘을 한번 올려다보았다. 수천 수만의 벌떼처럼 형섭의 얼굴을 향해 눈송이들이 날리며 떨어졌다. 형섭의 머리와 어깨 위에도 무겁게 눈이 쌓였다. 푸른 연기는 대기 속으로 미끄러지듯 사라졌다.

얼마나 지났을까? 갑자기 입구 쪽이 소란스러워졌다. 그와 동시에 무거운 철문이 열리는 둔탁한 소리가 들렸다. 날카로운 호루라기 소리가 밤하늘을 찢을 듯 울려퍼졌다.

"여기야, 여기!"

누군가 큰 소리로 외쳤다. 형섭은 그들과 조금 떨어진 곳에 서서 긴장한 눈빛으로 출감자들을 지켜보았다. 여남은 명 되는 출감자는 나오자마자 금세 가족과 친구들에게 둘러싸여 빠르게 사라졌다. 망대에서 비추는 푸른 써치라이트 불빛이 어둠속을 휘저으며 지나갔다. 써치라이트가 비치는 곳을 따라 하얀 눈이 마치 무대장치처럼 인화되어 떠올랐다가 어둠속으로 묻혀갔다. 그러나 주위가 뜸해질 때까지 애림은 나타나지 않았다. 형섭은 불안한 눈빛으로 문 쪽을 쳐다보았다.

얼마나 지났을까. 드디어 형섭의 눈에 낯익은 모습 하나가 나타났다.

애림은 두 손에 무거운 보따리를 하나씩 들고 철문을 나와 약간은 어리둥절하고 약간은 당황스런 표정으로 잠시 그 자리에 엉거주춤 서 있다가 이윽고 아무도 자기를 기다려주는 사람이 없다는 것을 확인이라도 한 것처럼 느릿느릿 발걸음을 옮겨놓기 시작했다. 그녀의 머리와 어깨 위에 하얗게 눈이 쌓였다. 불빛이 그녀의 그림자를 뒤쫓듯 지나갔다. 어둠속으로 눈은 소리없이 내리고 있었다.

형섭은 천천히 그녀를 향해 걸어갔다. 눈이 자꾸만 시야를 가렸다. 가슴이 터질 것처럼 뛰었다.

"……애림씨."

가까이 다가가자 형섭이 낮고 작은 목소리로 그녀의 이름을 불렀다. 애림은 어둠속에서 그의 얼굴을 올려다보았다. 그렇게 두 사람은 서로를 바라보며 한동안 서 있었다. 빗금으로 그어진 눈발이 그녀의 얼굴을 빠르게 지우고 있었다.

마침내 애림이 양손에 들고 있던 보따리를 놓고 달려와 형섭의 품에 꼭 안겼다. 그녀의 눈에 눈물이 가득 고여 있었다. 형섭은 그녀의 머리칼 속에 얼굴을 묻었다. 그녀의 머리칼에서도 연희처럼 아득한 세월 저 너머에서 묻어온 그리움의 내음이 났다. 형섭은 자꾸 눈앞이 흐려지는 것 같아 그녀를 더욱 꼭 끌어안았다.

눈발이 점점 굵어지고 있었다.

작가의 말

　지난 겨울 내내 나는 일영 너머 양주군 백석면 은현리 살구골이란 곳에서 보냈다.

　어떤 아는 서양화가가 비어 있던 화실을 작업실로 빌려준 것이다. 젖소를 키우는 목장과 목장 사이 빈 들녘에 자리잡고 있는 화실은 허름한 조립식 원룸이었는데 겨울에는 수도가 얼어붙어 물이 나오지 않는가 하면, 어떤 때는 보일러가 터져 그대로 얼음처럼 냉방이 되곤 했다. 한 달에 일주일에서 보름 가까이 노트북과 약간의 먹을거리를 가지고 그곳으로 들어가 있는 동안 나는 자신의 숨소리와 계절의 흐름만 감지하며 겨울잠을 자는 벌레처럼 세상과 고립된 채 나날을 보내었다. 그러는 동안 내 잠 속으로 폭설이 내렸고, 폭설과 함께 한 시대가 흘러갔다. 지나놓고 보니 열정과 슬픔이야말로 그 숱한 불면의 한밤중, 적막 속에 혼자 벌레처럼 서성이는 나를 밀고 나가는 힘이 되었다. 열정과 슬픔의 힘으로 나는 외로움의 밑바닥에 이르렀다가 아침이면 가까스로 다시 기어나오곤 했다.

글을 쓰는 동안 봄엔 살구꽃이 연기처럼 피어났고 여름에는 양철지붕을 때리며 소나기가 지나가곤 했다. 그리고 다시 가을이 오고 번개처럼 겨울이 왔다. 옆의 목장엔 젖소들이 새끼를 낳았고, 중학교 일학년짜리 목장집 주인 아들 녀석도 이학년이 되었다.

나는 내가 살아온 시대를 그리고 싶었다. 아니, 내가 사랑했던 것들, 그 사라진 시간과 사람들에 대한 이야기를 하고 싶었다. 이 글을 쓰는 동안 내가 지른 탄식과 한숨이, 그 또한 추억이 되어 강처럼 흘러간다. 누구에게나 자신이 살아온 사랑했던 시절이 있을 것이다. 그것은 자신의 남은 생을 밀어가는 힘이 되는 것이다. 변화하는 시대 속에서 현실과 눈맞추느라 남루하게 변해가는 벗들을 보면 가슴이 아프다. 자신이 살아온 시대의 신화를 잃어버린 존재는 날개를 잃어버린 닭의 족속처럼 초라할 뿐이다. 우리가 두려워하는 것은 더이상 변화시킬 세상이 없다는 사실이 아니라 세월 속에서 변해가는 우리 자신이다.

시간은 과거에서 흘러와 현재를 거쳐 미래로 나아간다. 이것이 지상에서 우리가 경험할 수 있는 세속적 시간이다. 아무도 이 준엄한 시간의 법칙을 거스르거나 벗어날 수가 없다. 하지만 인간은 동시에 꿈을 꾸는 존재이다. 꿈은 초월적 시간이며 신의 시간이다. 체(Che)의 말에 의하자면 "인간은 꿈의 세계에서 내려온다." 따라서 인간 역시 거룩한 존재의 일부이거나 거룩한 존재 그 자체이다. 꿈을 꾸지 않는 인간은 약육강식의 법칙에 따라 움직이는 공룡시대의 공룡들이나 다름이 없다.

나의 꿈은 나의 소설이다. 동시에 나의 소설은 나의 꿈이기도 하다.

원래 이 소설은 연전에 창비에 발표한 「우리 청춘의 푸른 옷」의 3부로 기획된 것이었다. 하지만 글을 써내려가는 동안 많은 것이 바뀌었다. 그리하여 마침내 주인공의 이름만 같은 것으로 남아 있게 되었는데 밑그림으로 스케치한 이들의 그림자가 희미하게나마 남아 있어 그대로 두었다. 그중의 한 사람에겐 늘 미안한 마음뿐이다. 다시 쓸 수 있다면 「우리 청춘의 푸른 옷」을 완성할 수 있을지 모르겠다.

이 소설의 초고를 본 어떤 이가 웃으면서 말했다.

"이 소설은 처음부터 내내 눈이 내리거나 비가 내리네요."

그 말에 나는 또다시 무심코 창밖을 보았다. 정말이지 이 어수선한 시대, 한바탕 눈이라도 내렸으면 좋겠다는 생각이 든다. 나를 아는 모든 이들에게 안부를 전한다.

2002년 겨울

김영현